形色藏人

吴雨初 著

北京十月文艺出版社

西藏人民出版社

吴雨初与形色藏人

　　吴雨初是江西人，最开始是个文艺青年，大学毕业后到西藏工作很多年，后来又在北京工作很多年，当到级别很高的政府官员，再后来主动辞去职务，回到西藏成了一个文化创业者，创办了世界上独一无二的牦牛博物馆。但是如果你见到他，你会发现他既不像文艺人，也不像政府官员，也不像创业老板。你会感觉不到他是哪一个具体地方的人，甚至感觉不到他是哪一个阶层或圈子的人。但是往往很快你就不想再去猜测了，那些标签已经倏忽变得不重要了，因为你已经直接感受到他的内心。这个人超越了所有的地域、种族、阶层、文化的划分，只是一个纯粹的人。世界上这样的人很少，我有幸认识吴雨初。

　　写西藏的人很多，中国外国都很多。精神家园，灵魂归宿，异域风情，野外冒险，是几个常见的写作种类。人人爱西藏，但确定无疑的真诚的感情，往往显露着确定无疑的肤浅。大多数作者的读者其实只是他们自己的圈子，甚至更准确地说是他们自己。自己感动着自己，于是看不到其实陌生的世界并没有向他们打开大门。还有严肃的学者，也是中国外国都很多，研究藏语藏医藏传佛教藏地历史藏地社会，为了得出一个研究结论为了写一篇论文，辛辛苦苦钻故纸堆或者做田野调查。我也曾经忝列其中。但终究还是管中窥豹，脱不开一个"隔"字。

但吴雨初就没有这个"隔"。西藏的大门一直向吴雨初打开着，形形色色的藏人也一直向吴雨初打开着。《形色藏人》记录的是吴雨初40多年西藏经历中交下的朋友，结成的亲人，认识的奇人，以及偶遇的过客。有些人有着让人惊奇的经历，但绝大多数都是过着平凡生活的普通人。吴雨初并不是要写一部"有代表性"的西藏人物画像集，甚至没有刻意要写一部"真实"的藏人记录，其中并没有高超的文字技巧，也没有曲折的故事情节，但在时间、地域、深度三维纵深的交织下，一种不可言说的真实感扑面而来。其中的藏人纠结、犯晕、困惑、喜怒哀乐、生死轮转。吴雨初忙着写别人，很少提到自己。但人是反应性动物，别人对你怎样，你就会对别人怎样。形色藏人们全面的放松，快乐，真实，善待命运，其实映出的正是吴雨初的本性。我可以从形形色色的每个藏人旁边脑补出一个吴雨初，一点也不文艺的依稀老牧民的面色，想开别人一个玩笑却先把自己笑得捂嘴巴，沙哑的嗓子里说不出任何套话官话，简直愧对他二十年的官场历练。但这个人让每个人觉得亲近。

我相信，被吴雨初写过的藏人们也会对书中另一些藏人感到陌生。因为藏人与任何人一样，也有层级有圈子有界限，共同的语言文化其实也只是某种层次某种程度的相同，再细追下去，也都有各种壁垒。曾经有一次吴雨初穿着脏兮兮油腻腻的老羊皮藏袍，脸上黑乎乎的从牧区进城，结果被拉萨城里的藏族朋友以为是牧区来的老牧民大加呵斥。他有很多类似的

"好玩"的经历，其实是因为他跨越了别人跨不过去的纵横交错了好几维的界限。

很难说是西藏造就了吴雨初，还是吴雨初这个人本来就这样？我更倾向于认为，吴雨初这个人本来就这样，但是西藏使他得以保留了本来的样子。因为机缘巧合，这样的吴雨初在西藏遇见了那些也恰巧生在西藏的形色人等，并得以各自展示出最真实之相。吴雨初的《形色藏人》无法模仿，但我们仍然可以期待，如果我们也如他一样还原本心，也会在各自的生活中遇见真实的形色之人。

胡晓江：哈佛大学社会学博士、北京师范大学教授

为什么"亚格博体"……

　　人有各自的命运，亦即贫富、升沉、穷通、贵贱、寿夭，等等，凡人力不可勉强者，即为所谓"命"。人有所追求，有其偏好，有知其不可而为之者，可谓之"宿命"。宿命者，无法摆脱、无法回避，与生俱来，与之终生。小至一个家庭，家族，一个村庄，一座城市，大至一个国家，一种文化，某些共同的经验和历史，使他们享有了共同的观念、价值观。这些共同享有的观念和价值观，常常谓之为"文化"。当这种文化对于个体而言，其无法摆脱、无法回避，与生俱来，与之终生，而对于群体而言，就形成了宿命。

　　亚格博记录了形形色色的藏人，他们性格不同，经历各异，社会地位有差，但都有着体现在每一个藏人命运中共同的宿命。亚格博的记述，就是以藏人个人的经历，表现他们共同的宿命，其文体和方法，可以称之为"亚格博体"。

　　亚格博体不是虚构的，所以不是文学。文学可以没有历史，没有文化，更多的是一种自我虚构的体验。在文学的层面，藏人和藏文化乃是一种传奇，属于不在其中的文化想象。亚格博体乃是身在其中的记述，他们的生活，他们的经历，他们的命运。

亚格博体不是理论演绎，不属于现代学术，如人类学，社会学，政治学，文化学等。概念是抽象的，理论体系或是演绎的，或是归纳的，其实也是虚构的。近一百多年，藏学已是显学，学术论文和著作之浩瀚，足以使人望而却步。但是，学术把藏人抽象成概念，把文化抽象为真空，把历史抽象成"阶段论"，使阅读没有增加对藏人和藏文化的理解和认识。自从有了现代学术，对文化用概念来理解的时候，人就被蒸发了，留下的只是概念。亚格博体记述的，不是学术抽象出来的"人"，不是被格式化的情感，乃是活生生的人，是人生升沉荣辱中的喜怒哀乐，这些个体的命运当集合在一起的时候，就呈现出他们的文化，即宿命。

亚格博体记述的，是关于人的命运，所以不是意识形态。意识形态关注的是价值和立场，关注的是统一性和同一性，其具有强烈的社会控制和社会动员的功能，因而往往忽略文化差异的。也就是说，意识形态把活生生的文化规范在政治程序里面。现代学术以其功利性，也属于意识形态范畴。一种文化是活生生的，只要有足够长的历史，就会形成所称之为的"传统"，从而活在人的生活之中。亚格博体就是描述这个活生生的具有漫长历史的文化。

任何一种文化理论，无非是一种叙述范式。所谓文化比较，就是以一种叙述范式溯源其文化，其实这是不可能的。亚格博体之所以可能，在于去描述属于这个文化的个体的命运，因为作者就生在其中。学术田野调查强调观察及其方法。所谓"观察"，其实已经先有了一套概念和理论体系，这些概念和理论体系就是观察的方法，也就是所谓学术分析工具，从而已经有了先入为主的结论。不在其中的研究，其实都可以称为"想象"，所谓"发现藏人""发现藏文化"，在研究之前已经被发现了，都属于以自己为中心的想象。这个"自己"，可以是文学，根据自己的精神需求虚构出只属于自己的精神体验。这个"自己"，也可以是某种既定的理论及其方法，根据理论体系演绎出既定的结论，这同样也是虚构。学术研究成果之所以浩瀚，就是因为有了学术研究工具，可以如工业生产一样成批地复制出来，叠加起来。亚格博体没有概念，没有理论体系，也没有分析工具，其方法很简单：必须生活在其中。亚格博体不属于现代学术，却是可以感知的，可以体验的。

人都有自己的文化，其群体都有自己的宿命，这就是文化差异。有了文化差异，才有可能建立理解的桥梁。亚格博体消解了文化比较及意识形态所谓的"进步"与"落后"、"文明"与"野蛮"等等现代观念，也消解了文学所谓的"神圣"与"卑污"、"天国"与"世俗"的文化想象。亚格博体的藏人是真实的，藏文化是活生生的，其阅读可以穿越文学，穿越学术，穿越意识形态，穿越的结果，更可以反观自身，反观自身的文化，从而在人和人之间、文化和文化之间，建立一种理解，从而丰富对自身生活、对自己生命的理解，产生并理解更多的生活机会的选择。也许，这就是亚格博体的意义吧。

徐迅：纽约大学社会学博士，著名民间学者

目　录

Contents

游僧索朗伦珠

索朗伦珠从扎日神山走出来，不会想到，他的命运将会发生根本性的逆转。

扎日神山坐落在接近中印边境的藏东南谷地，顶部有白雪覆盖，下面是茂盛的森林，远处还有据说能呈现十三种色彩的湖泊。相传是莲花生大师曾经在这里修行得法，因此成为藏传佛教信徒们必来朝拜的圣地。围绕着扎日神山转一大圈通常需要十多天时间，还有两三天是在雨中行走。

索朗伦珠并没有感觉很累，相比西部和北部的那些高海拔地区的神山圣湖，这里的空气湿润，人会感到舒服很多。但他不习惯雨中行走，生火煮茶都很不方便，要到山洞里才能很费劲地把火点着。现在，他已经转完山了，他不想从原路返回，而是取道林芝地区朗县的金东乡。翻越一座大山，眼前是一处宽阔的谷地，上部是草原牧场，下部则是青稞地，其间分布着三个可以相望的小村庄。

索朗伦珠来到邦玛村借宿。村里有一间公房。人们把他引到这里歇脚。就像索朗伦珠到过的所有村庄一样，人们对于远道而来朝圣的人都很热情，主动地为客人抱来柴火和牛粪，为他生火煮茶，还会送上一些酥油和糌粑，还有当地产的几个苹果。夜晚，人们会围着客人，听听外面的见闻，聊聊家常。

这一夜的聊天，可是非同一般，引起了当地人的极大兴趣——

眼前的这位索朗伦珠，可不是一般的朝圣者啊！

索朗伦珠

　　索朗伦珠的家乡远在东部藏区的甘孜县，离这里至少有1000多公里呢。十二岁的索朗只念了三年书，便出家到甘孜寺当上了小扎巴（僧人）。每天天不亮就起床上早课学经，还要在寺庙里劳动，晚上还要学经，就这样日复一日过了十二年。

　　二十四岁的某一天，索朗伦珠做了一个不知经过多少次"蓄谋"的重大决定：他只带着一部经书、一把茶壶、一只木碗和一条藏毯，告别了家乡父母，告别了寺庙僧友，走出庙门，踏上了游方之路。

　　没有人知道，甚至他自己也不知道，他要往哪里去。

　　索朗伦珠只知道，他此行是一条永无尽头的不归路。他要去朝拜所有能够到达的寺庙、神山和圣湖。他从甘孜走到了阿坝，又从阿坝走到了甘南，再从甘南走到了青海，再从青海走到了西藏。在苍茫青藏高原的雪山草原之间，一个小小的身影，像蚂蚁似的蠕动着。他一路念诵着经文，遇到寺庙法事，他也坐在一旁，跟当地的喇嘛一起念经；遇到村里的喜事，他为人们祝福；遇到丧事，他为人们祈祷。

山上的雪积了又化了，原上的草绿了又黄了，索朗伦珠仍然在路上。渴了，解下茶壶，捡几块牛粪，用火镰打着火，煮上一壶茶；饿了，用小木碗揉上一坨糌粑；困了，盖上单薄的藏毯，在路边就地睡上一觉，然后继续行走。在广大藏区，人们对于游僧，总是有几分尊敬和怜悯，或者给他的口袋添上几把糌粑，或者给他的木碗里添上一坨酥油，或者请他在帐篷里住上一晚，或者请他为自己家念上一两天经。从家里出发时穿的一双藏靴早已破烂，他就光着双脚，沙石地把脚底磨成铁板一般。若是冬天，他就会从垃圾堆里捡上一双破胶鞋，继续他的行程。

索朗伦珠自有他的审美情趣，如果遇到著名的神山或者圣湖，他会不自觉地把步履放慢，甚至坐上半天，静静地欣赏贡嘎山、卡瓦博格、阿尼玛卿、念青唐古拉、珠穆朗玛、冈仁波齐，还有那些数不清的雪山银峰，欣赏青海湖、纳木错、羊卓雍错、玛旁雍错、当惹雍错那些多彩的湖光。当然，索朗伦珠不是艺术家，也不是职业旅行家，他一路上都在念诵着经文，为他所走过的每一处人们，也为天下众生祈福。

就这样，索朗伦珠游走了十二年，翻过多少雪山，他记不得了；蹚过多少河流，他记不得了；走过多少村庄，他记不得了；进过多少寺庙，他也记不得了……他只知道，每天太阳升起，他就开始行走，每天月亮升起，他就躺下，他一路念经，一路祈福，就这样，他游走了十二年。索朗伦珠甚至把那双破烂的胶鞋脱下来，村人们一看，惊呆了，那哪是血肉的脚啊，分明是两块黑色的岩石啊！

这一夜，邦玛村的人们围着这位远来的游僧，像是听着古老的传奇故事，火塘里的火苗映红了人们惊讶的脸。

邦玛村的听众当中，有一个人则打起了另一番心思。他是这个村的村长。

村长对索朗伦珠说：

"远方的客人，月亮都要落下了，你还是早点休息，明天不要着急赶路啊，你这一路辛苦啦，明天不要走了，在我们村多住几天吧！"

第二天一早，邦玛村的村长把毗邻的两个村的村长叫到家里来，郑重其事地征求他们的意见——我们金东乡历史上曾经是佛法繁荣的地方，看看这里的寺庙废墟就可以知道当年的盛况，但没有人知道是因为瘟疫还是战乱改变了这样的状况，这至少应当是一二百年前的事儿了。后来金东乡的人很可能是外迁过来的。目前，金东乡的人们走上富裕的道路，盖起了新房，过上小康的日子，可他们觉得还缺点儿什么——三个村居然没有一座寺庙，甚至连一个会念经的喇嘛都没有。三个村长一致认为，眼前的索朗伦珠简直就是佛祖给他们送来的，他本来就是喇嘛，又游走多年，要是能把他留在村里，将来逢到宗教节日、逢到村人红白喜事，让他做个法事，念个佛经，这是多好的事情啊！所以，一定要把索朗伦珠留下来!

于是，三个村长一起找索朗伦珠恳谈，给出了条件，诸如把村里的公房无偿给他，每年的报酬按中上等劳动力计算等。但是，索朗伦珠仍然不愿意放弃自己的游僧生涯，他觉得游僧生涯带给他生命的价值，是世俗生活永远不能给予的。这十二年，他过得如此幸福、如此充实，他怎么会成为邦玛村一名世俗的村民呢?

三位村长当然不甘心这位喇嘛就这么从眼皮底下远走了，他们反复地合计，最后来了一个绝招——在索朗伦珠留宿的第三个晚上，他们把村里一个未嫁的漂亮姑娘格桑送到索朗伦珠借宿的屋里……

我是在2014年11月13日，也是藏历九月二十二日这一天，来到邦玛村的。这一天是牧牛人敬神节。作为牦牛博物馆的工作人员，得知这个只有135人的小村庄，居然保持了上百年来的文化传统，我们当时正在藏北高原，便日夜兼程，赶往这个藏东南谷地，记录这项民间民俗文化盛会。

牧牛人骑着牦牛去往神山祭拜了，我们便与在村边小屋敲鼓念经的索朗伦珠聊了起来。当我们聊到格桑姑娘来到他借宿的小屋时，我开玩笑地问索朗伦珠："那一定是个仙女吧? 不然你怎么就还俗了呢?"坐在那里的索朗伦珠忽然站起来，用汉语连声说："不是! 不是! 我是没有办法啊!"我们由此都笑起来了。

故事的精彩并不止于此。

三位村长运用了所有的关系和资源，为索朗伦珠正式办埋落尸手续。于是，当了十二年扎巴，又当了十二年游僧的索朗伦珠，在走过千山万水之后，终于在

　　邦玛村成为了格桑姑娘的丈夫，第二年就生下了一个男孩，孩子取名叫拉巴次仁。他们在邦玛村劳作，在山上放牦牛，在山下种青稞，每逢宗教节日，索朗伦珠便为村民念经，遇到村里的红白喜事，便为他们做法事。除了他们的劳作所获，村委会和村民还会对于他的宗教专业工作给予一些额外的报酬。平静的日子就这样一天一天过去了。

　　那一年，索朗伦珠的儿子五岁了。

　　那一天，索朗伦珠像所有的村民一样，要到自己的庄稼地上去耕作。

　　走在青稞地的田埂上，迎面来了两个陌生人，本来可以错身而过的，甚至是已经错身而过了，两个陌生人又转过身来，喊住他："你是不是索朗伦珠啊？"

　　索朗伦珠一惊，也回过身来。这两个陌生人看上去像是来收古董的生意人，怎么会认识他呢？

陌生人又问："你是不是甘孜的索朗伦珠啊？"

"是啊"，天哪！在相隔几千公里之外、在相距十七年后，居然在一条田埂上，遇到认识自己的人，索朗伦珠感到无比地惊讶和无限地感叹。的确，这两个陌生人，是他的老乡甘孜人，在拉萨做古董生意，当城市里的古玩已经"无漏可捡"，他们便到穷乡僻壤来搜寻老旧古物，没想到在这里遇上了索朗伦珠。他们甚至怀疑：

"你到底是人还是鬼啊？"

索朗伦珠说："我怎么会是鬼呢？我这不是好好的吗？"

两位老乡即刻大哭起来："你还活着啊？你怎么会还活着呢？"

索朗伦珠很奇怪："我一直活着呢，我怎么不会活着呢？"

两位老乡哭述着。原来，在索朗伦珠出游的第三年冬天，甘孜县的一群村民结伴到拉萨朝佛，他们乘坐的一辆大货车，在昌都地区翻车，掉进了滔滔的怒江，二十多个人无一生还。噩耗传回甘孜，人们言之凿凿，掉进怒江里的人当中，就有索朗伦珠。

消息传到索朗伦珠的父母那里，两位老人号啕大哭。他们一直想象这个四处游走的儿子总有一天会回到他们的身边，至于是回到僧界还是俗界，在他们看来都无关紧要，但他们绝对不会想到，儿子竟然会丧命于朝圣的路上。两位老人按照当地的习俗，到寺庙请喇嘛为索朗伦珠念了七天的超度经，把自己家里的几头牦牛放了生，祈求佛祖保佑他来世转生到一个更高的层次。总之，索朗伦珠在现实的世界里永远地消失了。

可是，索朗伦珠却真实地存在着。

听到两位老乡的述说，索朗伦珠动起了思乡思亲的念头，决定要回甘孜一趟。但是，他既没有带上老婆格桑，也没有带上儿子拉巴次仁，他一个人，在一个夜晚，悄悄地回到甘孜，回到了他父母的家。

老父老母像是从一场冗长的噩梦中醒来，几乎不能确认眼前的这个人就是他们多年前已经超度了的儿子，两位老人与儿子抱头痛哭。

第二天，索朗伦珠的亲友们得知消息，远远近近地赶过来看他。

我以一个俗人的情怀，似乎感同身受地问索朗伦珠："见到父母和亲人，你是不是特别地激动啊？"

索朗伦珠摇摇头，表情非常沮丧。

我问他："十几年不见了，你是不是在家里住了很长时间啊？"

索朗伦珠却对我说："我害羞极了！我穿着一身僧装出门，却穿着一身俗装回来，我还有什么脸见父母和乡亲啊，特别是不敢见甘孜寺的僧人啊！"

索朗伦珠在邦玛村过了五年世俗生活，已经比较淡定了，可回到家乡，无可回避的僧俗生活的比较、青年与壮年生活的比较，让他感到无地自容。尤其是遇到甘孜寺往日一起学经的僧人，就远远地避开他们。父母和乡亲们都在准备给他、他的妻子、他的儿子备上一份厚礼，送他回去，索朗伦珠没有等到这一天，在回到家乡的第五天早晨，天还不亮，他再次走出家门，向沉睡中的父母磕了三个头，便像小偷似的溜走了。

再次回到邦玛村，索朗伦珠感到，这里已经是他的家了。他要去耕作，要去挣钱，要给家里添家具，要给老婆儿子添衣服，甚至还要购置手机了……在游方的十多年中，索朗伦珠从来没有想过与钱财有关的问题，因为钱对于他来说，根本没有用处。现在不行了，世俗生活的一切，似乎都是由钱财来支撑的。儿子要上学了，虽然政府实行"三包"，但别的孩子有个手持电子游戏机，这总不能找政府要吧？老婆要添置新衣，总不能找村委会要吧？村里对这位半僧半俗的外来人，还是相当照顾的，可天长日久，总不能一直当客人吧？村里只有这么一位会念经的人，宗教节日或红白喜事，是索朗伦珠展示专业的时候了，当然，村委会和村人会适当地给予他一些报酬。起初，索朗伦珠还很不好意思伸出双手接纳

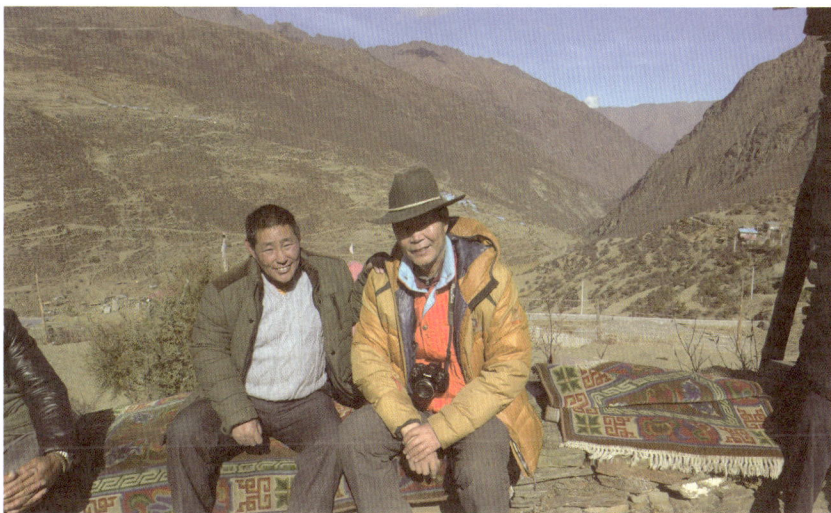

索朗伦珠（左）与作者

那些钱，可久而久之，索朗伦珠却感到，敲了一天鼓，念了一天经，只得到50元钱……

我们牦牛博物馆田野调查小组为了表达对邦玛村能够保持一百多年来的畜牧文化传统的敬意，给参与敬神节活动的牦牛骑士们每人发了100元，也给了索朗伦珠100元。他说，这是村里给他的报酬的两倍。

此时的索朗伦珠穿着一身汉装，穿着一双锃亮的皮鞋。而我脚上的旅游鞋已经破了两个洞了。我打趣地说，你这皮鞋很时尚啊！索朗伦珠马上把皮鞋脱了下来："这都是穿给别人看的"，我们看到了他那双黑得像岩石一样的脚，那双在高原行走了多少万里的脚，他说他的脚已经没有知觉了。

因为敬神节的活动分散，我们没有见到他的老婆儿子，于是，我执意要看看照片。索朗伦珠掏出智能手机，让我看了。

我对索朗伦珠说："你现在很幸福啊，有家了，有老婆孩子了，邦玛村成了你的家乡了吧？"

哪知道，我这番话让他埋下头半天，当他抬起头时，眼睛里闪着泪光："不是不是，我过去没有房子、没有家人、没有钱，但心里充满了妙乐，充满了希望，我从不担心今天晚上住在哪里，明天的日子怎么过。我走一路，每到一个村，那里的人们就是我的乡亲，就是我要为之祈祷的兄弟。是的，现在我有房子，有老婆，有孩子，有钱花，有肉吃，但是我跟你说，我其实什么都没有，什么都没有了！"

他几次重复着："我什么都没有了，什么都没有了！"

索朗伦珠擦擦泪眼，仿佛又回到他十几年游走的雪山草原和神山圣湖……

这两年，我与索朗伦珠偶尔会通个电话，我不知道他往后的日子会是什么样的，一切皆有可能吧，这无须评说。

[桑旦拉卓读后感]

我是流着眼泪读完这篇文章的，是惋惜，是怜悯，是无奈，还是因为索朗伦珠的执着和慈悲，可能都有。他是多么希望披上一身僧装，无论身在何方，哪怕是没有亲人、没有金钱、没有食物。芸芸众生就是他的亲人，神山圣湖就是他的家园，寺院就是他的归宿，多么快乐自由自在的一个人啊！但是命运就是会这么捉弄人，偏偏不放过一个自由的人，从轮回上讲，这或许是他上辈子欠下这个村庄的情。也许他就是一个菩萨，放下自己，度化这里的有缘人。我想，有的时候，菩萨不是高高在上的一座雕像，也不是高高在上法座上的堪布、活佛。他可能就在你的身边，可能就是一个并不起眼的人，可能就是一个像索朗伦珠一样的人。总而言之，祈祷他以后的人生多些快乐，少些叹息。

"古修哪"东智

    曾经的碌曲，可不像如今这般太平、繁华。青藏高原东部的这片草原，黄河上游的支流从这里坚硬的岩石和粗粝的沙土上流过，养育着藏族一群剽悍的儿女，也一度横行着一批批盗马的匪徒。在这片不安宁的土地上，晃动着厮杀的身影，流淌着无辜的鲜血。即使是普通百姓，也因为那一段动荡的历史，而不得不崇尚勇敢的武力。当然，骏马和刀枪就是其标志。

    一位被人们称为"阿伊卓乃"的女人，在这里颇有名声。她的丈夫因为"通匪"而在她二十三岁时挨了枪子，可她终身未曾改嫁，守着幼子活了下来，直到她终了七十六岁。

    阿伊卓乃算得上一位女侠。部落争斗、草场纠纷，甚至于家族事端，人们往往会请她出山。她勇敢无畏、头脑清晰、心地忠良、能言服众。阿伊卓乃虽为独身女人，却能在一方土地赢得声名。在碌曲的十二个部落盛会上，听说阿伊卓乃家有一套年代不清的马鞍马垫，很多人都会聚拢过来，欣赏那传世的宝物。后来阿伊卓乃成为一位虔诚的佛教徒，算是在家的居士。但她还是扶养了儿子成人成家。

    随着岁月与时代的流逝，到阿伊卓乃进入晚年，孙辈们也成长起来。村里的人们看到，此时的阿伊卓乃成为一位慈祥的奶奶了。在众多孙辈中，她最疼爱的

东智

是第四个孙子。她给他讲过去的事情，讲部落和家族的传承。阿伊卓乃牵着他的手长大。

这个孙子的名字叫东智。

东智赶上了这个时代的艰难时刻。他小学二年级时，就到高山牧场去放牧牛羊了。奶奶并不知道这孩子将来会走向何方，虽然她欣赏他从小的聪明。她想把他送回到学校，可第二年，这小子却逃学几个月，不知行踪。不到十岁的孩子，就拿着长刀去偷杀邻村的猪，到庙里去抢僧人的牛羊肉。年迈的奶奶已经收拾不住他了，便把他送到儿子那里，儿子那时已经当上了县工商局局长了，让他插入民族杂班。也不知道东智这孩子是哪个窍门被打开了，忽然成了一个好学生。每天天不亮就独自到学校去读书，在黎明前的黑暗中，甚至还遇见过鬼呢——他后来说，是真的遇到了鬼啊！在黎明前的黑暗中晃动着可怕的影子，因为那片土地战乱死人太多了。只一年工夫，东智竟然以第一名考入了本县初中。当时的校长是一位过去的活佛，看到这孩子的学业情况，认为他不需要循序渐进，从初二直接升入高一，又从高二直接参加高考，并且以甘肃省藏文专业第六名的成绩，考入了被视为西北藏学重镇的西北民族大学。这是1991年。《甘南日报》为此还对东智做过报道，认为他的勇气值得所有人学习。

那时，西北民族大学还只有少数民族语言文学系。上了两年大学的这些学子们坚决要求成立藏语系。今天东智还颇为得意，他们的努力成功了，学校成立了藏语系。如今名冠天下的原天堂寺第六世活佛——多识仁波切就是他们的教授，虽然他们评价说，多识仁波切是一名好教授，却并不是一个好的系主任。

20世纪90年代初的大学生，还是有点不可一世的傲气。他们既是时代的幸运儿，却又不像是文质彬彬的学究。他们来到西北大城市兰州，却一点儿也没有乡下人进城的怯弱。他们经常在校园内打架，甚至，因为他们敢于打架，一些社会上的公司来雇他们去向欠债户上门讨债，讨回债来给他们提成。他们便拿着这提成的钱，去刚刚兴起的歌厅喝酒泡夜。在同一所学校里，蒙古族和藏族学生，既有相互打架的时候，又有一起歌舞的场景。藏族学生背后议论说，有一个蒙古族女生特别霸气。在一个歌舞的夜晚，东智盯上了一位美女学生，居然就是那位霸气的蒙古族女生，她的名字叫格尔力图雅。最后，不知道东智用了什么手段，总之，他把这位蒙古族美女揽入怀中了。

1995年，西藏自治区向西北民族大学发出信号：将招收总分在85分以上的毕业生。该年度西北民族大学藏语系只有包括东智在内的四人。拉萨是藏文化的核心所在，于是，东智进入了西藏人民出版社发行部。他当然可以当编辑，但他更喜欢带有经营色彩的工作。另外的原因是，出版社的那点工资也的确不够他开销。于是，东智在为出版社工作的同时，利用业余时间自己也开始做起了小生意。布达拉宫前的街道摊贩点上，出现了东智。他倒卖过各种各样的小商品，包括工艺品，也曾用150元买来二手自行车，稍加维修整理卖出200元，一辆车就能挣50元，据说生意还不错。他用挣来的这点小钱，周末请请安多老乡。东智甚至还办过餐馆、朗玛厅。那个蒙古族美女格尔力图雅也追随他来到拉萨，他们曾经在大昭寺广场的商场租了一个摊位，卖旅游纪念品。有一次，东智把有关西藏的几本书放在工艺品柜台里，居然很快卖出去了。这可大大启发了东智和格尔

力图雅的思路——既然游客对西藏相关图书有兴趣，有需求，何不就势办一个书店呢？

2003年5月1日，"古修哪书店"开张了。这是一家专门经营有关西藏各学科图书的书店，包括西藏旅游、历史、宗教、人文、地理、文学等各方面的藏文、汉文、英文图书。当时的拉萨市城关区区委书记赤列来到这家书店，非常赞赏，说："我们的八廓街就需要这样有西藏特色有文化品位的商店，不能搞成尽是卖胶鞋、卖杂货的。"两年后，东智又开办了书吧，既可以读书买书，又可以品茶品酒，还可以举办活动。到他的书吧，东智可以请你喝酒喝茶，但"文化不

东智（右）与作者

打折"，买书是不能便宜一分钱的。到2014年，八廓街重修清代驻藏大臣衙门时，他们又在衙门口开了一家书店，"古修哪"终于进入了八廓街商圈最核心的部位了。

　　"古修哪"字面上的意思是拉萨敬语"请坐啊"，但东智说，他本来的意思是"古代的修行者在哪里啊"的汉语的缩写。因为东智最敬佩的古代修行者是米拉日巴，那是一位把知识、智慧和实践相统一的人，是知行合一的典范。运用书店和书吧的优势，东智广泛结交了国内和国际的文化友人。"古修哪"现在成为拉萨古城最具影响力的藏学书店之一。

我是在二度进藏筹建牦牛博物馆后与东智结识的。东智因为他父亲喜欢收藏老旧物件，来到拉萨后，也注意搜寻那些包含西藏历史文化的古玩，成了一位民间收藏家。东智对牦牛博物馆的创意和建设非常理解，一直帮我进行义务宣传。在2013年5月18日的捐赠仪式上，东智和格尔力图雅二人一起上台，给我们捐赠了一具珍贵的野牦牛头。因为我们同住仙足岛小区，东智常给我介绍一些朋友，其中不少人后来都成为牦牛博物馆的捐赠人或志愿者。朋友嘉措总是说，东智是"被蒙古人统治的最后一个藏族人"，东智常与格尔力图雅一起来我这儿聚会，席间，当格尔力图雅唱起蒙古族祝酒歌来，那浑厚的底气、豪迈的气势，我才体会到"统治者"是什么意思，东智只能是一个唱和者，人们便可以想见"被统治者"是什么模样了。

近两年，东智也成了网络写手，常在微博微信上发一些语出惊人的言论。他特别理解牦牛博物馆的内涵，后来成为我们的特聘专家。在读到我的《最牦牛》一书后评论说："亚格博先生的《最牦牛》以最优美的文笔，让一群牦牛逍遥在字里行间。看到里面的一些记述恍如昨天。能为有恩于藏人的牦牛做些事是我们这些吃过牦牛肉，穿过牦牛皮，喝过牦牛奶的人们应尽的责任。"

东智的网络言论往往会受到网友的诟病，他自己大不以为然："我发微信微博经常被人诅咒或骂得狗血喷头，这个已经习以为常，因为骂多了也就麻木了。关键是坚持自己的观点和思想，继续揭露社会问题与刺破令人眼花缭乱的脓包，让人照好镜子，撕开自身的假面具，这是我们的责任。总之我写东西不怕被人赞为神，也不怕被人贬为鬼，在鬼神之间杀出一片属于正常人的天地，才是我们的

东智夫妇向西藏牦牛博物馆捐赠藏品

终极目标。"

前些日子正好是中秋节。东智发微信说："我身为吐蕃人祝汉族同胞中秋快乐，有些人说凭什么，那是他们的节日又不是我们的。我说就是因为是他们的节庆而我真心祝贺，因为我们翻开历史的真页是为了造就明天的善业而不是为了恶业。"

东智的关于藏文化的一些语录式的言论，让不少粉丝点赞，网友旺秀才丹甚至戏称他为"藏族的鲁迅"。如.

"花谢花蕊犹存，英雄虽败犹荣。倒在英军枪口下的藏军，日不落帝国虽然赢得了藏军的冷兵器，但他们的热兵器从来没赢得过藏人的满腔热血。"

"世界末日有两种，那就是物质生活的末日和精神生活的末日。要是物质生活末日的诺亚方舟在西方世界的话，精神生活末日的诺亚方舟在东方的雪域高原。我敢说那就是西藏的文明。"

"藏人与藏文化的垂暮之年，堪布只要粉丝而不要信众；信徒只信财神而不信菩萨，藏学只有砖家而没有专家。"

[桑旦拉卓读后感]

在拉萨，八廓古城是商业、文化的中心，走在八廓街，有一处角落里的小店总能吸引很多人的目光，那就是"古修哪"，一个别致的书店。"古修哪"藏文是"请坐"的意思。这里确实值得驻足停留，书店面积不大但书目齐全，以藏文化相关的书为主。这小店的创始人就是东智先生，一位幽默睿智的安多藏族人。我喜欢他的一句话"文化不打折"，当然，他的书也不打折。

一个县的缔造者

　　那一天，一群农牧民打扮的客人来找那曲地委老书记、自治区人大原副主任洛桑丹珍。他们带着一些土特产，还带着新缝制的藏袍、坎肩，走进了洛桑丹珍家。

　　洛桑丹珍把这些从他的家乡日喀则拉孜县来的亲戚迎进院子，看着这些哥哥姐姐满脸喜色，有些纳闷。哥哥姐姐们捧着绣有太阳月亮图案的坎肩，小辈们捧着哈达对他说："我们是来给你做八十大寿的啊！"洛桑丹珍这才知道，自己已经八十岁了。以往，藏族人一般不过生日，甚至不知道自己准确的出生年月日。他这一辈人，大多是在参加革命工作时要填表，就随意填上一个日子。这样，就算是档案日期了，后来办身份证也是按照这个档案日期的。按照藏族习俗，老人八十岁，是要穿上绣有太阳月亮图案的坎肩的。洛桑丹珍虽然退休了好些年，却一直没有意识到自己已经八十岁了。既然哥哥姐姐们来给他祝寿，那应当不会错了。

　　这么说来，洛桑丹珍离开家乡已经六十多年了。那个时候，西藏刚刚和平解放不久。被称为

洛桑丹珍

"菩萨兵"的解放军来到他的家乡，十几岁的他就跟着解放军走了，到中央民族学院去上学了。他回到西藏时，西藏正发生历史性的平息叛乱和民主改革，基层正需要民族干部，他从西藏自治区机关调到藏北高原，二十六岁时，他在藏北西部的申扎县当选为县长。洛桑丹珍感激那些曾经帮助和支持他成长的汉族干部。"那时候的汉族老大哥真好啊！我们这些藏族干部真是他们手把手带出来的。"洛桑丹珍说，例如，当时在藏北工作的曹旭、丰湘观，还有西藏自治区的任荣任政委。

申扎县是个什么样的县呢？据说，旧西藏的官员下去收税，收到这里不再收了，就说："啊，我的叉子枪都划破了天了！我们到天边了。"那时候，申扎县被称作"那仓"部落，"那仓"译成汉语就是"黑窝"啊。再往西走，就是野牛野驴野羊做主的无人区了。

洛桑丹珍当县长，主要工作是抓牧业经济。通过民主改革分到了牧场和牛羊的牧人，那几年发展生产，牲畜存栏量明显提高了。可是，问题来了，牧场的草不够牛羊吃了。游牧人赶着牛羊再往西走，可走不了多远就回来了。那边是无人区啊，究竟有多少牧草，有没有淡水？洛桑丹珍萌生了一个想法，利用政府的力量，到无人区去探测，那边到底有没有人类生存的环境，能不能迁移一部分牧民和牲畜到那边去开辟新的生存空间？

他的想法得到了地区和西藏自治区的支持，洛桑丹珍决定上路了。他的妻子曲吉专门为他缝制了一件特别的衣服——用草绿色帆布，从脚下一直套到上身，这样的衣服，可以抗风抗雪，也不用洗，一次就可以穿上半年。洛桑丹珍带上十几个人，后来被人称为"十八勇士"，带上长枪短枪，带上了无线电发报机，还有一辆最老式也是当时最高级的解放牌汽车。这一去，就是半年多。

从有人区到无人区是什么感觉？现在已经很难有人会去重复这种经历了。每一天醒来，都是未知世界。无人区怎么那么美啊？那么美丽的湖泊，那么辽阔的原野，那么沉静的雪山，那么众多的野生动物。但洛桑丹珍他们不是诗人，不是摄影家，更不是如今的户外探险者，他们几乎没有意识到，他们留下的脚印，是人类第一次留下的。正如斯文赫定所说："直到今天，我们对它的所知，并不多于对月亮的背面。"他们更关心的是，什么地方有草原，什么地方有淡水，当地的气温、风速、日照、降水、降雪，哪个山沟能避风，哪个山洞能宿营……

今天，我们"百度"一下就可以轻而易举地知道：那里属亚寒带干旱气候，平均海拔4800米，全年无霜期少于60天，每年8级以上的大风天多达200天以上，冻土时间超过280天，年平均气温在零下5摄氏度。气候寒冷，多风雪天气，年温差相对大于日温差，没有绝对无霜期，年大风日达250天，年日照时数2628小时，年降水量仅150毫米……可在四十多年前，这些却是靠洛桑丹珍他们"十八勇士"身体力行测出来的。他们当时的经验，可以成为后来的谚语了，例如："顺着野羚羊奔跑过的路，一头是草场，另一头可以找到淡水"，"不要看野驴今天在这里，它的家可能在百里之外""别惹着沉默的野牦牛，要不你的车会被拱翻"……

那时候没有野生动物保护法，也没有这个概念，洛桑丹珍他们很多时候是靠打猎充饥度日，靠捡野牛野羊粪生火造饭，他们把一些吃剩下的生肉藏在山洞里，洞口垒上大石头，很多年后还能到他们的"肉库"里找到并且吃上风干肉呢。终于，他们找到了一处蕴藏有水晶石的双峰雪山，脚下有两片蓝湖，并将此地取名为"措尼"，汉名为"双湖"。

从申扎县首批迁往双湖的是嘎尔措公社，并在那里扎下根来。这个公社的支部书记叫白玛，是洛桑丹珍十分欣赏的基层干部。白玛带去的这个公社，在新的家园盖起了房屋，养育了自己的儿女，他们的牛羊也在这里繁衍开来，畜牧业生产得到了很大发展。其他几个公社也随之迁入。1976年，经西藏自治区人民政府批准，设立县一级的那曲地区双湖办事处。此时，已经担任那曲地区行署专员的洛桑丹珍还兼任着这个办事处的主任。

我是1984年担任那曲地区文化局副局长的。第二年，地区组织工作组到基层蹲点，我主动要求带队到双湖去。已经是地委书记的洛桑丹珍非常高兴，因为

他一听到双湖就兴奋，有人主动去双湖，他就高看一眼。临去之前，他还把配给自己的六四手枪摘下来，说，你带上这个小家伙吧。因为当时我是县级干部，只能佩发五四手枪。我在那里要蹲三个月呢，他说，我会去看你的。过了一个多月，他果真到双湖来看我了，当时凑巧我还不在蹲点的查桑区，而是到了更西边更艰苦的绒玛区调研。洛桑丹珍看到我，显得很高兴，也很心疼，给我带了很多蔬菜。我跟他在双湖乘车走了一段，他指着那里的山水告诉我，曾经在哪个山洞里宿营过，曾经在哪里陷过车。一路上，他不时地停车，从地上捡起个什么东西揣在兜里，那可能是一块矿石，或是一枚细石器，后来他成了一名收藏家。有一年，央视播放电视连续剧《新星》，地委要求组织收看，他还跑到文化广电局来跟我谈这部电视剧。我知道，他是打算把我当作藏北的"新星"来培养的。可是，他自己却被调到自治区了。

洛桑丹珍在西藏自治区担任过商业厅长、农牧厅长，后来任西藏自治区党委统战部部长、自治区政协副主席。他对我说："我管了几十年牦牛，现在却让我管喇嘛呢。"我后来也调到西藏自治区党委宣传部工作，我们常在一起，谈得最多的还是藏北，还是双湖。说起那儿来，人家说，藏北就是风太大，他就说，那儿的风干净啊！谁要是说一个藏北的"不"字，他准跟你急！

　　十多年前，洛桑丹珍患病了，自治区的人说，他得了一种怪病，现在还保密呢。其实，他得的是淋巴癌。到北京协和医院做了十几次化疗，我那时在北京工作，每次都要去医院看他。医生说，他最长还能维持五年，可现在已经十几年了。没人不说这是个奇迹！特别奇怪的是，他做完化疗回拉萨，掉完的头发再长出来，居然变成黑头发了。这其中有个小秘密，他每次化疗后，他的夫人曲吉啦

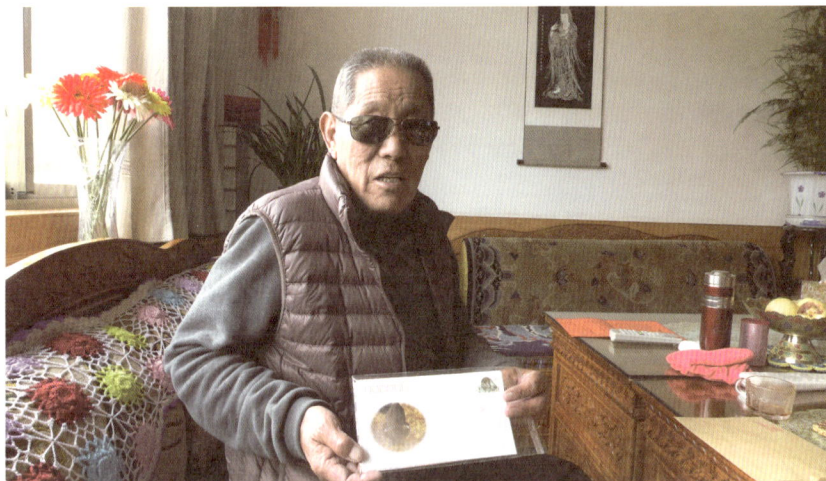

都要给他熬牦牛肉汤。看来，藏北的牦牛肉对于这个钟爱藏北的人真有奇效啊！

退休多年了，治病多年了，洛桑丹珍几乎年年都要到藏北去，参加那里的赛马会。牧民老乡看到，都要喊：啊！老书记回来啦！

2012年，洛桑丹珍找到我，特别兴奋地告诉我：国务院批准设立双湖县了！他感慨着：从第一次走进无人区，到现在正式建县，都将近五十年了！终成正果啦！双湖县成立大会是在2013年夏季举行的，老书记邀我一起前行，可当时我筹建牦牛博物馆脱不开身。他回来带给我双湖县的奶皮奶糕，我觉得他那种得意的劲头，又像是回到了他二十多岁当县长的状态了。

洛桑丹珍一直没有穿过亲人们送来的绣有太阳月亮图案的八十寿星的坎肩，每天出门步行锻炼时，腰杆还是挺得直直的，每晚还得喝上二两白酒。

那是在中国地图上缔造过一个县的老人。

[桑旦拉卓读后感]

我的家乡在藏北，祖祖辈辈都是牧民，我生活的各个角落都有藏北牧区的元素。小时候就听说过关于双湖的故事，野牦牛的双湖！藏羚羊的双湖！无边际无穷尽的雪风吹拂的双湖，五千米的高海拔的双湖！大都围绕着一个主题，那里是野生动物的乐园，人类不适合居住。由于高寒、荒凉、僻远，旧时代这儿曾是

"自由民"居住的地方。藏北有句老话：过了西方的西亚尔、鄂亚尔、阿亚尔，过了嘎尔、玛尔、哲木，地方没有名字，人不分身份地位。前些年看到成立双湖县的报道，但不知道促成这件大事的就是洛桑丹珍老爷子。洛桑丹珍老爷子，年轻时长期在藏北工作，曾经被称为"色务库加的野人"，如今八十高龄，但健步如飞，看来双湖不适合人类居住的谣言也不攻自破了。藏北无人区地域辽阔，其开发程度仅占其总面积的三分之一还不到，此举却大大缓解了申扎南部及相关地区人畜矛盾、草场紧张的问题，为一方百姓造福，功德无量。

样伯：僧俗穿越

2007年，样伯三十岁了。

当年，样伯从阿坝县的一个小山村，被父母送到朗依寺当"扎巴"（僧人）时，他才十三岁。朗依寺是藏区最大的苯教寺庙，约公元10世纪由朗依约丹嘉木参创建。当时西藏正在"兴佛灭苯"，大批苯教徒从西藏逃散到青海四川一带，朗依寺就是在这样的历史背景下创建的。

小样伯来到这座规模宏大的寺庙，看着600多名僧众在这里读经书、做法事，他并不知道自己已经进入了与外面的城市和乡村迥然不同的世界。样伯的经师阿克云巴，是一位严厉的长者，每天教小样伯学习基础藏文，念诵简单经文。虽然寺庙距离县城只有3公里，但没有经师的同意，样伯是不能离开寺庙半步的，大概每隔两个月，才有可能进县城一次。20世纪八九十年代，中国大地正是春风荡漾，小小县城也显得生机勃勃，看着城里的孩子们活蹦乱跳戏耍的情景，他们玩得多开心啊！虽然在藏区送孩子到寺庙与送孩子上学是同样的自然，但样伯还是有点儿羡慕在外面自由玩耍的同龄人。其实当时他对宗教并没有更多的感觉，更谈不上理解，甚至产生过离寺还俗的念头。

十八岁那年，经师阿克云巴圆寂。小样伯对经师的离去起初并没有感到过多的悲伤。经师在天葬台火葬的那天早晨，他没有去送别，而是留在寺庙为送葬

样伯

的师父们烧茶造饭，等到中午，那些人还没有回来，寺庙就让他过去看看。样伯去往天葬台，那里一片滚滚浓烟，经师已经消失在熊熊火焰当中。样伯这才意识到，经师已经永远离去，不再回来。他第一次认知了死亡。他希望从对死亡的理解中去认识宗教的意义。

样伯的第二位经师是南嘎慈诚。这位学识渊博的高僧带着样伯精读经书，钻研深奥的《甘珠尔》《丹珠尔》，探讨艰深的宗教哲学。实际上，苯教自10世纪以来，与佛教逐步融合，大体形成了苯佛一体的格局，除了苯教供奉希绕米沃切、佛教供奉释迦牟尼，苯教念诵八字真言、佛教念诵六字真言，苯教转经自右至左、佛教转经自左至右这样一些形式上的区别，从教义、教法上，已无太多区别。当然，从文化本源而言，还是有很大区别的，但这是更深层面的问题了。样伯暂时淡忘了外面的世界，进入了无边的宗教哲学的海洋。样伯其实是颇具天资和聪慧的，他的宗教知识日趋见长，几年后，他通过了本寺的考试，获得了格西学位，相当于宗教学博士。

21世纪，互联网已经通达城市和乡村，甚至寺庙。更好地利用互联网，需要使用包括藏语、汉语、英语等多种语言。很多寺庙都意识到这个时代在变化，他们必须以各种方式去适应这种变化。样伯被朗依寺派到西藏拉萨，让他学习英语和汉语。从寺院深处来到藏族文化的核心、藏传佛教的圣地、高原最大的都城拉萨，这里的一切对于样伯都是新鲜奇妙的。那时的样伯，在布达拉宫前面的大道上，惊恐地望着来回奔驰的车辆，左腿迈出去，右腿又缩回来，半天都不敢穿过，直到他寄住处的姐姐告诉他，每次过街时，要看着前面的红绿灯，红灯停、绿灯行，先看左边，再看右边。样伯在拉萨待了三年，他在东嘎语言学校学习英语，还用七个月时间，学习掌握了汉语，而此前他是一句汉话也不会的。他也适应了寺庙以外的城市生活。

样伯可能是最早接触互联网的那批僧人。通过使用这一人类社会最新发明的神器，让他看到了与现实世界并行的虚拟世界，能够跨越时空，能够了解他不曾去过的地方、不曾听闻过的观念、不曾相识的人们。此时的样伯已经可以用藏语、汉语和英语在网上与人沟通交流了。在这样的背景下，样伯觉得，既然网上有那么多不是僧人的网友，也同样在探讨宗教和哲学，那么，是不是不穿袈裟，也同样可以学习并实践佛法呢？网络上出现了很多关于西藏本土早期文化，即象雄文化的探讨，而象雄文化，正是苯教产生的土壤，或者说，正是苯教文化，才形成了象雄文化。有关于此，作为苯教徒的样伯，当然更为熟悉一些。

在一家网站上，有一位叫丽莎的网友对象雄文化有特别的兴趣，在网上联络上了样伯。2007年的那一天，这位网友居然出现在朗依寺。这位名叫"丽莎"的姑娘，原来留学德国，学成回国后，一心想探索神奇的象雄文化，神奇的互联网，让这两位素昧平生的网友，在天高地远的阿坝朗依寺得以相见。

也是在这一年，样伯决定，结束十七年的僧侣生活，还俗。

2011年，我从北京回到拉萨筹建西藏牦牛博物馆。当时，我只身一人，急于寻找一位藏族伙伴同赴此业。我的老朋友付俊带着一位藏族青年来到我的住处，此人便是样伯。样伯还送给我一本他写的书，藏文著作，我看不懂。据说这本书是他还俗后对宗教负面作用的思考和批判。第二次见面，样伯还带来了已

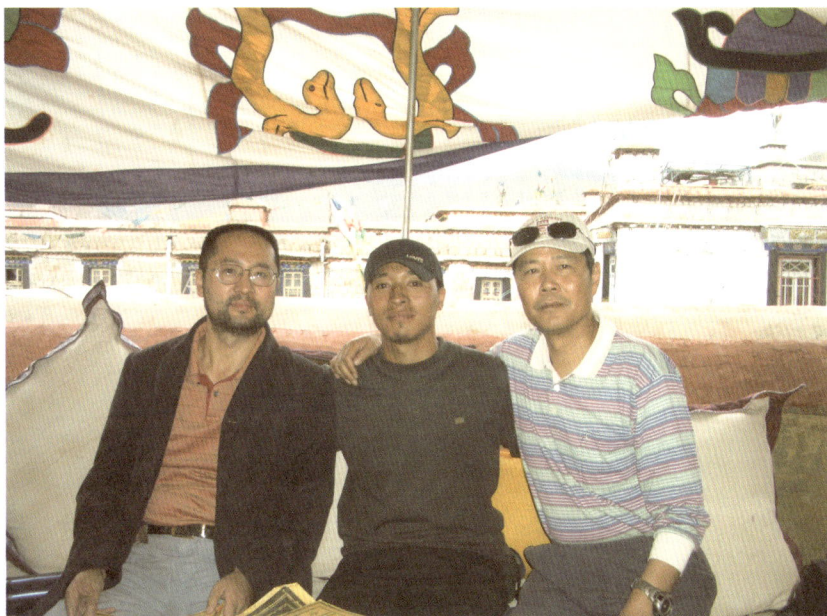

样柏（中）及友人

经成为他妻子的丽莎。我兴致勃勃地向他们播放我的牦牛博物馆创意PPT，描绘关于牦牛博物馆的宏伟蓝图，他们虽然也表示赞赏，但并没有奋不顾身投入的意思。次年，我到藏北重镇那曲去进行田野调查，听付俊说，样伯就在那曲，我们在那曲镇上只匆匆一见，就再也没有见过面了。

五年过去，我们相会在已经建成开馆两年的西藏牦牛博物馆。

样伯讲起这几年的经历。因为他要养家糊口，便选择在那曲开设了一家民族工艺品商店，由僧人变成了商人。那曲盛产虫草，那里的牧人们突然成了腰缠万贯的消费者，他们出手大方，样伯店里的工艺品，特别是宗教用品，是这些牧人心仪的物品。样伯的经商天分加上运气，让他在商海里如鱼得水。短短几年，他就在拉萨购置了房产和汽车。

说起僧俗差别，样伯举了个例子——当僧人时，他去买东西，45块钱，他给了50块，他犹豫着要不要等人找回那5块钱，他觉得，为了5块钱等在那里，非常不好意思。可还俗后，在那曲做生意，有一天到一家回民餐馆吃饭，老板差他两毛钱，说没零钱，能不能算了？样伯说，不能，两毛钱也是钱，为此还发生了争执。

靠虫草富裕起来的牧民，不太会理财。他们卖了虫草，不知道怎么计划开支，甚至到烫发店把原本卷曲的头发给拉直，被称为"拉直背刀"一族，到春季虫草上市前，腰包里就没钱了，两个人吃一碗面条，叫"一碗面条、两双筷子"。当然这种说法有开玩笑的成分，不过倒反映了那曲的钱比较好赚。若干年过去，牧民也开始会理财了，知道如何计划开支，样伯便适时地关闭了那曲的店。关张的那天，他做出甩货处理的广告，把几年的存货全部甩出去了。他说，那天，从早上忙到下午，连午饭都没吃，结束后，他走在那曲的街上，发现小小的那曲镇上，满街人都拎着他的货。

样伯揣着这些钱，到四川成都去发展新的生意了。当他和妻子丽莎再次回到拉萨，他的大女儿已经四岁了，小女儿也一岁多了。样伯和丽莎都希望，孩子们在成长过程中能够在拉萨这片圣土上，全面接触、体验和学习其他的语言和文化。

样柏（左）与作者

　　我与样伯谈起关于宗教的问题。他说，他非常珍视传统文化，对宗教信仰也是无比坚定的，曾经的寺院生活及僧人身份，让他获益良多、受益终身。他甚至想，如果他们有儿子的话，他和丽莎都希望能够把儿子送到寺庙去生活学习。对于当前社会上的宗教现象，样伯说，很多人拜佛，并不懂得基本的宗教教义，其实他们拜的是佛像——而不是佛。佛在人心当中。有的僧人穿着袈裟，往往会有一种错觉，那么多有钱有权的人匍匐在他跟前，但其实佛不一定就在他的心中，在有的寺庙里，坐在法座上的堪布，也不一定就比坐在下面的格西甚至一个普通僧人对佛学的理解更深。正如俗界一个机构的领导，并不一定会比他的下属知识更多，德行更好。样伯对街头的布施现象也有自己的看法：你给人1毛钱、1块钱、100块钱，并不能改变受施者的命运，反而可能造就更多的乞丐。他说，宗教应当改革了，如果佛在人们心中，佛的教益成为人的行为准则，那么，每个人都能成佛，并不在于你是否穿着僧装，并不在于你是否发放了布施，也并不在于你是否每天磕头……

样伯看到牦牛博物馆，笑着对我说，五年过去了，牦牛博物馆建成了，你成功了。我也成功了，我生了两个孩子！

[桑旦拉卓读后感]

就像样伯说的，"很多人拜佛，并不懂得基本的宗教教义，其实他们拜的是佛像——而不是佛"。的确，自己在生活中也能看到很多人都会去拜佛像、磕头、念经、到寺院转经，但真正懂得佛陀教法的人又有多少？例如：每逢吉日，朝拜的信徒往往会比平日里多，排队是一件理所当然的事，但是就会有一些人插队，也有一些人因为插队谩骂对方，甚至动手，以至于把一颗本应喜悦的心，在谩骂声中销毁了。或在转经的路上，有的人口里边念着六字真言，却时不时地讲他人的过失，妒忌他人的才能，毁谤他人的名誉，否定他人的成就。这些看似是生活中并不起眼的个人小事，但往往这样的小事达到一定量的积累时，就会对整个民族带来不可忽视的影响，也因为这些负面的影响，让我们的民族失去了很多优秀的人才、大成就者。这也许就是因为我们太注重于外在的修行，而忽略了佛陀真正的教义，忽略了修行是用"身口意"三者相结合的，更忽略了将佛陀的教义融入到生活中。

古龙璋和她的老伴蔡发祥

    2016年6月，女儿格桑梅朵带着八十八岁的父亲蔡发祥和八十二岁的母亲古龙璋，回到了久别的四川省阿坝州小金县木坡乡。

    满头银发的古龙璋，离开这里已经六十多年了。但她一直记着这里的山寨，这里的山寨当然也记得她。是的，她曾经是这里的贵族人家的小姐，是方圆百里闻名的美女。即使今天，她仍然是颇有风度的老人。据说，直到今天，这里有的女孩还希望取名古龙璋，希望像古龙璋那么漂亮，而藏族人名字相同的很多。至于这里的藏族人为什么会有姓氏，据说那是乾隆爷当年征服大小金川时赐予的官位，具体也不可考了。

    古龙璋老太太他们此番前来朝祖，是觉得年岁已高，以后再来就不容易了。他们住在昔日的用人杨妹儿家，她今年也八十六岁了。她们之间的关系一直非常好。古龙璋老太太这次回来，小金县也很给面子，上一次回来，县委书记、县政协还出面接待了他们一行。

    古龙璋对自己的母亲很敬重，认为这是一位很有见识的女人，在古龙璋很小的时候，就让她念书。那时候没有学校，几个大户人家就从外面请来先生，在家族的后花园里办起私塾，女孩子也要念书的，而且学的是汉文。当地的规矩是，男孩子要读书，但学的是藏文，因为男孩子长大要当家，或者是去当喇嘛，那都

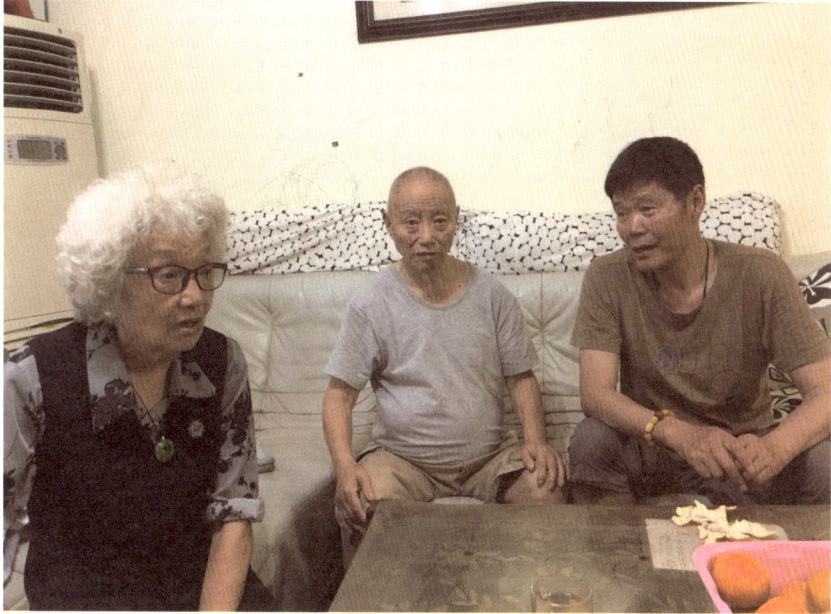

从左至右：古龙璋、蔡发祥、作者

是要懂藏文的。母亲有见识，不但让女儿念书，等到她十四岁时，即1950年四川省解放后，母亲看到共产党的大势，就让女儿走出大山，认为守在这山沟里没出息。

1954年，古龙璋来到四川省阿坝州民族干部学校学习。只学了半年，学校很欣赏这位年少的藏族女干部，便将她留校。当时的民族干部很少，党和政府希望有更多的少数民族青年能够参加到革命工作中来，年轻的藏族女干部很有说服力和号召力，古龙璋在这里工作了五年。此后，这些民族干部被分配到各条战线，

成为工作中的骨干。1959年，古龙璋响应党的号召，去往地质队工作。这一选择，决定了她此后的人生命运。因为，后来她遇上一个名叫蔡发祥的男人。

蔡发祥是四川省郫县友爱乡人，家境不错，20世纪40年代后期考入四川大学数学系，那个年代的大学生可谓凤毛麟角。当时的郫县还给考上大学的学子每年10担稻米，学校还有一份奖学金。但当时正逢国民党政权摇摇欲坠之时，蔡发祥受到中共地下党的感染，成为共产党的外围人士，经常参加地下党组织的"反内战、反饥饿、反迫害"活动，到省政府去静坐、游行。

后来，蔡发祥大学毕业，回到郫县，也算是个老革命了，政治觉悟很高，组织当地的老百姓开会，迎接解放军进城。四川解放后，还屡次出现土匪叛乱，土匪出10担米要蔡发祥的脑袋。可等到土地改革，按照当时的政策，家有20亩地以上、有雇工三年以上者，即划为地主。蔡家只有17亩地，雇工只有一年，但也被划为地主了。蔡发祥到何家乡小学当了个校长，又到银行工作了一阵。正逢四川省委开设培训班，蔡发祥到那里接受培训，改造思想，觉悟更为提高。本来是要分配到101钢铁公司去做计划工作，但是，蔡发祥觉得，既然党号召要到最艰苦的地方去工作，做计划工作不够艰苦，就主动报名去了刚刚组建不久的地质队。在这里，地主家庭出身的蔡发祥遇到了贵族家庭出身的古龙璋，1963年，他们结为了夫妻。

1966年，四川省这支地质考察队整建制开赴西藏，大队部驻扎在西藏波密县，当时的波密县属于昌都地区，地质队的考察范围也是昌都地区。蔡发祥曾经很想成为一名地质专家，他又是那个年代少有的老牌大学生，买了很多相关的专业书籍。而正是此时，"文化大革命"开始了。

蔡发祥后来回忆起来说，他从事地质工作，比较辉煌的事情有两桩：一是他从四川松潘的滚石结构和生相分析，发现、设计了虎牙铁矿，并且全程的总结都是由他完成的。另一项是，在考察昌都玉龙铜矿时，有斑点岩和斜嵌岩两种观点，蔡发祥坚持认为，玉龙铜矿就是斑点岩，实践证明他的观点是正确的。

然而，这些地质上的成就并没有得到应有的重视，因为西藏地方更希望地质考察部门去发现当地有现实需求的煤矿和能够产生资金价值的金矿。"文化大革命"的暴风雨刮到了高原，也刮进了地质界，在某些方面，甚至比内地比地方还要猛烈。例如，他们地质队里有一个人在家中的木板墙上钉铁钉，正好钉到隔壁人家贴在木板墙上的毛主席头像上，被当成反革命分子批斗了三年。在地质部门，痛批只专不红，当然并不希望蔡发祥成为什么地质专家了。蔡发祥一气之下，把他满架子的专业书，一折就卖了，拿回了八九十元钱，那时候的八九十元钱也是很大数目，可以想见卖了多少书啊！

进入地质考察队的古龙璋一直是工作积极分子，跟男人一样干重活，不惜命，200斤的麻袋扛起就走。她一心想的是加入中国共产党，可每次讨论，都会涉及她的家庭出身问题，甚至还有人打小报告，说她解放前在家是打双枪的，是

古龙璋（左）和作者

"双枪老太婆"。古龙璋申请入党三十多年，最后在1981年终于入了党。

古龙璋不但是工作上的积极分子，在相夫持家上也是一把好手。用蔡发祥的话说，"我从1963年开始，就没得工资了，全部交给老婆了"。有多少钱，他不知道，花多少钱、花什么钱，他一概不问，他甚至连数钱都不太会数。在那个物资匮乏的年代里，古龙璋艰难地操持着这个家，想着这三个孩子不能饿着，不能冻着、不能苦着，吃什么、穿什么，全部都要她来操心。同事们没有谁不羡慕蔡发祥怎么这么好的福气，这么漂亮的老婆，还这么能干，这么能吃苦，这么能持家！

我与蔡发祥和古龙璋的三个子女都是好朋友。在我看来，蔡大爷真正的福气更在于他的晚年。他们退休之后，听从了儿女们的一片孝心，从四川搬到广州，儿女们在番禺区最负盛名的祈福园养老社区给他们买了房子。那里的气候非常宜人，环境也非常舒适。

2013年，他们的女儿卓玛正在拉萨给我们西藏牦牛博物馆当志愿者，八十五岁的蔡大爷摔了一跤，问题比较严重，多种并发症出现，如果不是古龙璋和子女们的悉心照料，哪能像今天这么好啊。现在蔡大爷头脑清晰，思维敏捷，也很愿意与人交流，他说起话仍然底气十足，还是那一口四川话，有时候兴致来了，还会唱上一段呢。不过，年岁大了，他还真是感谢这老伴儿，古龙璋照顾他那么细心，一会儿提醒他该喝水了，一会儿提醒他该锻炼了。 我参加过他们家的聚会，特别有意思的是，在聚会上，他的三个孩子都能喝点酒，上来点儿酒劲儿，孩子们都说，我们都是藏族人啊，蔡大爷，你这个汉人有啥子意见没得？蔡大爷连连说，是哦是哦，我没得意见，没得意见……

[桑旦拉卓读后感]

古龙璋奶奶是我见过的最有气质的奶奶，蔡发祥老人这辈子是真有福气。蔡发祥老人身子很硬朗，而且喜欢在吃饭的时候时不时唱两句，老太太便会在一旁静静地聆听着，就像歌中所唱的那样"我能想到最浪漫的事，就是和你一起慢慢变老"。 两位老人养育出了三个非常优秀的孩子，她们不仅在个人工作、生活上有所成就，更重要的是很孝顺，百善孝为先，三个孩子绝对没有辜负老人当年对他们的照顾、关爱。一家人团聚在一起有说有笑，非常温馨，这样的幸福是老人们在年轻时候用勤劳的双手、慈善的心灵、坚韧不拔的精神所得来的，是老人应得的。

"玛吉阿爸"：比自己大四岁

那个阿坝州最帅的小伙子泽朗王清，在麦洼草原度过了无忧无虑的童年。

麦洼草原是黄河上游最辽阔美丽的草原，那里的麦洼牦牛也是藏区最有名的品种之一。王清从小就在马背上玩耍，在草原上驰骋，看牦牛斗架，看羊群撒欢，会甩"俄尔朵"（牧鞭掷石器），会唱牧歌。十三岁就被选到州歌舞团当学员，长得那么英俊，人又聪明，嗓音又特别好，还有点儿文化，是团里最看好的苗子。

可是，半年后，也就是1981年，泽郎王清面临着人生的第一次抉择——

四川省人民广播电台藏语部正在招收安多语播音员，这对于一个草原牧人来说，是想都不敢想的事情。王清的舅舅索朗达尔杰当过若尔盖县的县长，此时是甘孜州委宣传部副部长。在藏族人的亲缘关系中，舅舅是最尊贵的了。舅舅觉得，这次电台招人，对于外甥王清是一个极为难得的机会，既可以进入体制，又是一份体面的职业，也许将来还会有更大的发展。小王清认为那是一个可望而不可即的事情，也没太在意，何况自己现在这样挺好的，并没有显得很积极，觉得在州歌舞团也挺好玩的，但他只能听任舅舅摆布。省电台来人面试，他的安多语当然没有问题，小王清又招人喜爱，自然顺利通过。后来又进行笔试，小王清只有一点点藏文基础，能够念念最简单的藏文报纸，也算是勉强通过。十四岁的泽

泽朗王清

郎王清到四川省人民广播电台上班了。

舅舅索朗达尔杰可不是平凡之辈。在多康地区"文化大革命"后的拨乱反正中，起到了重要作用。德格印经院是全藏区最著名的印经院，是藏传佛教印刷文化的集大成之地。据说，早在几百年前就有一位上师预言，这座印经院将会遭遇一场空前的劫难，之后，会有一位圣人出现，挽救这座文化圣地。索朗达尔杰虽然是共产党的官员，虽然人们都称呼他为"部长"，但因为恢复德格印经院做出重大贡献而被这里的僧俗群众认为就是那位圣人，被群众视为"仁波切"。

由于"文革"时期藏语文教育遭受严重冲击，索朗达尔杰决心要恢复藏语文教育，开办一所四川省藏文学校。最困难的是缺乏藏文师资人才，他在民间四处寻访，找到一批在"文化大革命"中离开寺庙的老堪布老学者。这些老人一致认为，藏文学校绝对不能设在喧闹的城市，便在德格县的一处山沟里，找到被毁的朱钦寺佛学院的旧址，这里海拔虽然很高，而且没有任何设施，但据说历史上曾经出过很多位"班智达"级的大师，在藏文化历史上有过重要影响。藏文学校就在这座废墟上开办起来了。

已经进入四川省人民广播电台藏语部的泽朗王清，虽然可以勉强应付安多语的播音工作，但发现自己的藏文水平太差了，于向领导提出去学藏文的情求，甚至失去现有的工作也在所不惜。藏语部领导理解他的意愿，但毕竟他进入电台工作不久，不太好安排，就变通了一下，先给他三个月探亲假，让他先去试试。

那时候，成都还没有什通到甘孜的班车，泽朗王清在成都天天找便车，找了一个月才搭上一辆开往石渠县的邮车，颠簸了五天，才到达朱钦，然后还要走上很长一段山路。王清在这里遇到了两位好心的牧人姐弟，他们背着拾牛粪的筐子，里面装着吃的——送给他的一些糌粑、酥油、干肉和干萝卜，走了5公里的山路，把泽郎王清送到朱钦寺。

这里的海拔4500米，山顶有皑皑白雪，山下有郁郁丛林，山间的怪石奇岩，像是能与人的呼吸心动相连，的确是一处殊胜之地，被人称为"智慧的舌尖"。阿克多乐上师虽然事先知道有位青年要来求学，可在这寒冷的早春，见到这位远道而来的求学者，还是感叹：你真的来了。

当时正逢学校放假，上师收留了泽郎王清，并开始了耐心的传授。王清被阿克多乐上师认为是很有慧根的，很得其珍爱。从《基础三十颂》开始，王清从上师那里得到了真传。如果要从朱钦沟与外界取得联系，要走二十多公里的山路，才能到达一个叫三岔河的邮局，往返需要一整天的时间。三个月后，王清到三岔河邮局给电台藏语部领导发出了一封藏文信。在那个邮局，还奇遇了一位独眼邮政员，这位师傅老家就在成都，住址与电台相邻，见到王清像是见到亲人一般。王清在这里吃上了久违的蔬菜。据说，后来领导看到王清的这封藏文信，几乎不相信这封信出自王清之手，三个月的进步太惊人了！于是，领导同意他继续在这里学习。在随后的一年里，王清从阿克多乐上师那里学习了声明学、因明学、内明学。拜别阿克多乐上师后，泽郎王清回到成都，他的藏语文已经能够让他顺利地拿到二级播音员证书。1988年，王清又成为汉文记者和汉语播音员。他深沉浑厚的声音，通过无线电波传向川西的高原草地。这时候，他的实际年龄只有二十二岁。

1994年，随着改革开放的深入，经商潮在成都涌动，下海创业之风也吹进了机关事业单位。泽郎王清这位优秀的年轻广播工作者也按捺不住，跟广播电台办理了停薪留职，纵身跳入商海，与友人合办起了广告公司。

且不说王清在成都这个大商圈里如何四处寻觅商机，王清后来回忆起来，最让人惊心动魄又让人捧腹不止的一桩商务是——王清偶然从友人那里得知，有一种热气飞艇，充气后比波音737飞机还要大，能在上百米高的空中飞翔，那将是整个成都市所不曾见过的玩意儿，是绝好的广告媒体。如果能够在成都最为热闹的糖果烟酒博览会上展示，投资的90万之巨，则可以在糖博会上一次收回，并能得到可观的利润。

怀揣着这样一个天大的秘密，王清背着20万巨额现金，踌躇满志地去往湖北襄樊一处山间的三线机械厂，与厂家洽谈定制业务。下了飞机，再坐汽车，到了厂门口，与厂里联系，然后，机械厂派人开着摩托车来接他。泽朗王清坐上接他的摩托车进入厂区。突然之间，飞驰的摩托车与急弯而来的一辆吉普车迎面相撞，骑车人被撞成重伤，被甩出好几米远的王清，醒过来首先伸出手去，摸索着那装着20万现金的挎包，幸而钱还在。此后，王清往返成都与襄樊之间十余次，终于把试制的飞艇运到了成都。试飞的第一天相当成功，好奇心很重的成都市民像是看到某种怪物，简直是万众欢呼！糖博会开幕的前夜，一家山东酒商一口气就把这飞艇广告给独家包下来了，价格是每天20万！五天就是100万啊！泽朗王清激动不已，终于成功了！

第二天，糖博会正式开幕，载着那家名酒广告的飞艇起航！

可万万想不到，飞艇只飞了半圈，便开始偏离航向，颤颤抖抖往西南方向跑了。王清大惊失色，赶紧开着一台破吉普车去追寻飞艇。可怜的飞艇坠落在成都市一处郊区供电所，甚至还造成了大面积的停电事故。王清想要取回飞艇，可供电所的看门人坚决不同意，说这飞艇坠落造成了损失，不能取回。王清他们绞尽脑汁，打听到供电所负责人的名字，编了一个报告，伪造了负责人的签名，才从看门人那里取回了飞艇残骸。山东酒商当然不再付广告款了。沮丧的王清带着一帮黝黑的康巴兄弟，出现在山东酒商的客房里。自认倒霉的山东酒商气愤地砸碎了客房里的电视机，可又畏惧于康巴汉子的腰刀，只好为前一天的半圈飞行广告掏了8万元。

1997年，在商海扑腾得十分疲惫的泽郎王清来到圣城拉萨朝佛，布达拉宫和大昭寺金顶上的蓝天白云抚慰着他。在古城八廓街的东南角，有一处黄房子，三个美国女孩在那里开了一家餐馆，当时也没有一个正式名称，有的叫"黄房子"，有的叫"情人小屋"，有的叫"玛吉阿米"。三个女孩的本意是想通过开餐馆来学习藏语，结果却生意萧条，惨淡经营。王清很多次在这里会见朋友，美国女孩就委托王清找人来接手这家餐馆，王清有一次开玩笑地说："那就我自己来吧。"美国女孩当了真，把餐馆转让给了王清。

泽郎王清对于餐饮业根本就是一个门外汉。接手之后，他自己洗了三个月的盘子，也思考了三个月。这间黄房子，相传六世达赖喇嘛仓央嘉措曾经在这里幽会过情人，但比较正经的说法是，观世音菩萨曾托梦给仓央嘉措，让他到拉萨古城里寻找度母女神。仓央嘉措在这里果然遇到了绝美女子，就认为是度母真身，

写下一系列美丽的诗篇。这个美妙的传说，一传再传，衍生出许许多多的版本，在这个俗人远多于圣人的世界，越来越世俗化。仓央嘉措的道歌也被理解诠释为情歌，不但在西藏，甚至在中原大地广为传诵。信仰与传说并存，也并不是坏事，重要的是，以各种方式来传播藏文化。王清越琢磨越觉得这其中的文化内涵太丰富了。在成都几年经商也让他懂得如何树立经营理念、如何设计规划，很明晰的一条就是，他将要经营的不是餐饮，而是文化——"玛吉阿米"就是这样诞生的。

王清把他自幼接受的藏文化作为玛吉阿米的灵魂，他把信仰、习俗、色彩、音乐、饮食风味、家居风格，移植到玛吉阿米，形成别具一格的餐饮文化空间。先是外国游客，后来是国内的各族青年，再后来是大批游客，人们慕名而来，在餐饮休闲过程中，传递着藏文化。很多人还在留言簿上写下自己的感受。

　　2004年，我在北京出版集团工作。编辑部门拿到一部书稿《玛吉阿米留言簿》，因为涉及西藏题材，觉得有些拿不准，便送我审读。我算是一名老西藏，又在西藏自治区党委宣传部当过文艺处长，我看过内容后决定出版，并表示，如有问题，我本人负责。这是我第一次与玛吉阿米打交道。2011年，我为创建西藏牦牛博物馆再度进藏后，与泽郎王清成为好朋友，牦牛博物馆的每一次重大活动，王清都会来参加，还给我们赠送了礼物，最近，泽朗王清还向我们牦牛博物馆捐赠了藏品，那是一位僧人在牦牛皮上画的牦牛。

　　他跟我讲起后来玛吉阿米到北京秀水街开办分店，其中的辛酸苦辣和迭起风波，像是一部惊险的故事片。作为秀水店抵制拆迁的副产品，北京团结湖分店也开办起来了。

　　有一天，一位云南朋友带来一位客人，这位客人进到玛吉阿米秀水店后，用神情惊讶地四处察看，之后说：这才是我想象当中的藏文化传播空间啊！他问王清，你愿意到云南去发展吗？云南是多民族聚居的省份，那里也有藏文化。这位客人就是当时云南迪庆州的州长齐扎拉。王清以为客人只是客气，他也应付式地回答，可以可以。几天后，迪庆州府办公室、财政局、驻昆明办事处的负责人来到北京，正式与王清商量到昆明开店的事情。王清不能相信，还有这样的地方政府，对待民营企业如此之诚、办事效率如此之高！于是，泽朗王清立刻飞赴昆明，一年之后，玛吉阿米在迪庆州驻昆明办事处的分店也办起来了。再之后，玛吉阿米成都分店、丽江分店也办起来了。作为一个著名民族品牌，玛吉阿米正筹划以品牌和资本的方式，向更多地方包括国外发展。

　　泽郎王清是一个虔诚的藏传佛教信徒。他幼年就接受的宗教熏陶，他在朱钦沟接受的一年三个月上师的教育，深深印在他的心中。他可能经常忘记洗脚，忘记刷牙，却不会忘记念经祈祷。在玛吉阿米秀水店面临拆迁的紧急时刻，他想尽

泽朗王清（左）与作者

一切办法推迟搬迁并物色新的场所，那时，他请来一位高僧给玛吉阿米测算，高僧说，你这个店再坚持十年二十年没问题。泽郎王清虽然非常感激高僧的一片慈悲，但这拆迁是连《北京晚报》都发了正式消息的。王清心想，这次高僧是算错了，他自己的期望值最高也就是坚持半年时间吧。可是，官方的拆迁计划不知为何就突然中止了，玛吉阿米秀水店奇迹般地坚持到了今天。是的，佛教里是有这样的说法：你发了什么愿，就会结出什么果……日前，王清送给我一张玛吉阿米艺术团演奏演唱的光碟，其中，有泽郎王清本人演唱的藏族民歌，包括那首著名的仓央嘉措诗歌：

在那东山顶上

升起白白的月亮

年轻姑娘的面容

浮现在我的心上

年轻姑娘的面容

浮现在我的心上

啊依呀依呀拉呢　玛吉阿米

啊依呀依呀拉呢　玛吉阿米

在牧区有一句谚语"只见阿布吃奶酪，不见阿布越山丘"，意思是说人们只见阿布（男性牧人）天天享福吃着奶酪，却见不到阿布每天翻山越岭的辛苦劳作，生活中我们很多时候都会如此，看到别人的成就，却看不见这背后付出的辛劳。泽郎王青在藏区是位著名的成功人士，他的餐厅玛吉阿米，来藏的很多游客都是必去的地方，本地年轻人也喜欢在这里感受一下轻松自在的气氛，生意非常兴隆，这和一个好的管理模式、经营模式是分不开的。平日里觉得他是一位成功的商人，从未曾了解过背后的付出和努力。但，今日了解到他经历过的磨难、挫折，觉得生活中结果固然很重要，但在实现梦想的过程中，奋斗、努力、认真的心路历程是更具魅力的。

娘吉加兄弟

尕藏来自青海省循化县的一个小山村，幼时便被送到甘肃乃至藏区最为著名的拉卜楞寺当小僧人，后来还进入了密宗院，本应当是一位很有造诣的宗教职业家。20世纪50年代，红色革命风暴席卷西北大地，寺庙受到冲击，僧人离开寺庙，尕藏便回到老家。他先是到国有牧场，后到商业局工作。尕藏还娶了同为牧场工人的藏族姑娘吉毛价为妻，生养了八个子女。今年已经八十五岁的尕藏老人和他的老伴吉毛价应当是很欣慰的，这八个子女中，五个大学生、一个僧人、一个高中生、一个小学生。当然，老人心中最为钟爱也最为牵挂的，是那位小僧人。

因为筹建西藏牦牛博物馆，我有幸与其中的三位结缘。

2011年，我重返西藏不久，就结识了娘吉加。人们都管他叫"娘博士"，他反复强调不是博士，但人们还是那么叫。那段时间，筹备工作刚刚起步，但即使是周末也往往找不到他，电话也打不通。有人告诉我，他可能在图书馆。我感到惊诧，拉萨还有这样的人，周末会泡在图书馆里？西藏图书馆是一家不错的图书馆，我也去过那里，空空荡荡的，会利用图书馆的人太少了。娘吉加是那种对博物馆事业特别理解的人，我第一次跟他讲起牦牛博物馆的创意时，他就非常欣赏和支持。此后的筹建过程，他几乎是全程参与。以至于他的领导也是我的好朋友、自治区文物局副局长兼西藏博物馆馆长曲珍很警觉地对我说："吴老师，您

娘吉加

的筹建过程很困难，有事尽管让娘吉加帮忙，但你可不能打他的主意哦。"事实上，我真是在打他的主意呢。筹建过程中，娘吉加提供了很多有关牦牛文化的线索，还利用在四川大学高级人才培训的假期，参与了我们的牦牛文化田野调查的半程，承担了展馆的文字撰写和翻译，编辑了牦牛博物馆的第一本高原牦牛文化论文集《感恩与探索》，还要参加我们的藏品鉴定……这样的藏、汉、英兼通，既是人类学学者，还是文物鉴定专家，一直是我心目中馆长的最佳人选。可是他所在的单位不同意，他本人也始终认为，自己只是一个研究人员，不合适当领导，一直没有松过口，以至于我这个退休老头勉为其难顶着馆长的帽子到今天。

这几年，娘吉加从西藏博物馆抽调到自治区可移动文物普查组，跑了几百所寺庙，亲手鉴定了数万件佛像和唐卡。他去考察，都背着很多上师传记等相关书籍，耐心地与僧人探讨，以至于很多寺庙都想把他留下来。他在寺庙得到的礼遇，绝不亚于高僧大德。一些跟随他工作的年轻人免不了抱怨这活儿太辛苦，娘吉加便教育他们，这是多好的学习机会啊，有多辛苦？你身上掉了一块肉下来吗？娘吉加每次考察回到拉萨与我见面时，都感叹："我这工作虽然非常辛苦，但却是我所能从事的最幸福的工作了！"是的，作为一个藏文化学者，还有什么能比亲手触摸古人留下的文化珍宝、领略前辈的文化创造更令人兴奋的呢？

我原先一直以为，娘吉加从小就是一个爱读书的孩子，岂知，他小时候经常带着他的弟弟加羊宗智逃学。他对家里谎称去上学了，其实，他带着弟弟跑到山野整天地戏耍。当过僧人的父亲尕藏基本上不过问孩子的事情，但从未读过书、只字不识的母亲吉毛价，却是很有见识的女人，一定要让孩子们好好读书，将来有出息。发现娘吉加带着弟弟逃学，就恶狠狠地用鞭子抽打他们。这应了我们汉族一句老话："鞭子底下出孝子。"娘吉加在母亲的鞭子下开窍了，进入十世班禅大师创办的循化藏文中学，继而考入海南民族师范学校，1991年考入西北民族大学少数民族语文系。参加工作后，再度回到西北民族大学攻读硕士研究生，几年后，又到美国亚利桑那大学人类学院考古专业攻读了第二硕士学位。他的老师约翰·奥尔森对娘吉加的学习成绩非常满意，希望他继续读完博士，学费可以由他个人资助，但娘吉加因为家事，硕士毕业就回到西藏了。

那个与他一起逃学的弟弟加羊宗智，在他十三岁时，遇到拉卜楞寺的一位大活佛来做法事，自作主张就跟随上师走了，等家里知道时，他已经披上袈裟了。全家人都觉得，这是一件大好事，这么多兄弟姐妹，怎么能没有一个去专门事佛呢？加羊宗智把他的聪明才智全都奉献给了寺庙。他先是进入拉卜楞寺的医药学院，不但能够流利背诵《四部医典》，还四处拜访名师，每年都要进行实地调查，辨认几千种植物，形成了200多个药方，为前来求医的众生解除病痛。后来，加羊宗智进入了拉卜楞寺文思院，相当于哲学院，是这个寺庙的最高学府了。

2012年，我们牦牛文化万里调查时，与娘吉加一起，来到拉卜楞寺，见到了这位僧人。加羊宗智把我们迎进他的僧舍，热情地款待我们。加羊宗智长得太英俊了，我的照相机镜头老是对着他，弄得他很不好意思。我甚至跟娘吉加开玩笑，你应该入寺当僧人，加羊宗智要是不出家，不知道会迷倒多少妹妹！我跟加羊宗智说起正事，问他知道不知道牦牛所食的植物，能不能在来年上山采药时帮我们采集一些植物标本？加羊宗智愉快地答应了。第二年，他给我们寄来几十种精心制作的植物标本，第三年，再次寄来一批。我特别遗憾的是，牦牛博物馆开馆时，我邀请他来参加开馆仪式，邀请函把拉卜楞寺医学院错写成佛学院，他没能收到。现在，西藏牦牛博物馆《探秘牦牛》展厅还陈列着加羊宗智为我们采集制作的牦牛所食植物标本呢。我们这样一座以人文科学为主旨的博物馆里，却陈列着一位僧人制作的植物标本，不是很有意味的一件事吗？

我和娘吉加商量，牦牛博物馆不能只是简单的陈列，还要进行相关研究，在开馆时，最好能有一本研究论文集。当时，娘吉加正好在四川大学进修，他利用四川大学图书馆的资源优势，用所有的课余时间，搜集资料，形成了藏、汉、英三大本牦牛文化学术资料。但是，我看着这三大本资料，既兴奋又发愁，要把这些资料精选精编成一本论文集，需要大量的时间。娘吉加提出，能不能让他的二哥才让当智来承担。当时，我并不认识才让当智，但没有别的人选，就答应让他来试试。

才让当智应当算是他弟弟娘吉加的学长，他是1980年考入西北民族大学的，毕业后参军，度过了十七年的行伍生涯，2001年以团级干部身份退役。退役之后，开始钻研藏汉文，当时已经出版了《四部医典药物唐卡图解》《四部医典八十幅唐卡解说》，还有《蓝琉璃》（100万字）、《佛学概论》（30万字）、

为牦牛博物馆提供植物标本的僧人加羊宗智（左）和作者

《树喻根本医典和理论医典》三部译稿尚待出版，是一位民间学者。才让当智来到拉萨，成为牦牛博物馆筹备办工作人员。面对这三大本资料，他不懂英文，但精通藏汉文。英文部分只好让娘吉加本人来承担。这几十万字藏汉文资料，需要一篇一篇精读筛选，一个字一个字重新录入电脑，再进行编辑修改，此外，才让和娘吉加每人还要写原创性文章。工作量巨大。幸亏找到了才让，他静得下、坐得住，治学态度认真严谨，先行拿出的一部分文稿，我看后大为放心。最后，才让当智说，这书要吴老师写个序啊。我正处于筹备工作最关键时刻，也没有对全书进行仔细阅读，就请才让来写。才让老师写出的序，让我非常赞赏。要是我来写，决然写不了这么精彩。此后，在很多场合，我都反复引用这篇序中的精彩段落。2014年5月1日，牦牛博物馆开馆，《感恩与探索——高原牦牛论文集》如期出版。业内很多朋友大为惊讶，你们在如此短的时间里筹建了牦牛博物馆，居然还能编辑出版如此有分量的论文集，真是不可思议！

2015年，牦牛博物馆得到中国西藏文化保护与发展协会的支持，决定编辑出版一本《牦牛：高原之魂》画册，又要找一位总撰稿，我很自然地想到了才让当智。请才让来到拉萨接受任务，商定大纲，然后只给他三个月的时间，回到青海去写作。才让当智如期完成任务，我们一起在北京出版集团对文稿进行几天紧张的审改，赶在5月18日国际博物馆日正式出版。

因为牦牛博物馆，把娘吉加的亲属能动员起来的全部动员起来了，娘吉加的妻子华措、才让的女婿兰周、他们的侄儿桑东、侄媳益西，都为牦牛博物馆做出了贡献。

娘吉加兄才让当智

　　我很想到青海循化县去看望和感谢尕藏和吉毛价两位老人，可一直没找到合适的时间，才让和娘吉加都说，欢迎吴老师来啊。他们说，如果我去，还会把加羊宗智叫回来，因为父母亲和全家人都敬重这个家庭唯一的宗教职业家，他在他们心中是最重要的。

　　我想，这个机会还是有的。

娘老师的父母是多么伟大，培养出了三个那么优秀的人才，这是每个认识娘吉加老师三兄弟的朋友常会说的一句话。娘吉加老师是我们牦牛博物馆最全面的一位专家，无论是藏、汉、英的文字校对，还是展陈布展工作几乎都要请老师过目，在我的印象里老师是一位工作效率极高，又很认真而又不失风趣的学者。与老师交谈，另一个感觉就是，自己的知识面太窄了。学识渊博的娘老师总会有很多人前来聘请他当专家、顾问等，几乎没有周末闲暇时间。尽管老师很忙，没有什么业余时间休闲，但他总是容光焕发，越忙越乐，因为老师说过"他热爱自己的事业，哪怕再忙、再累，也是乐在其中"。这是一个人在事业上多么理想的境界啊。

才让老师，印象里是一位和蔼可亲、风趣幽默而又虔诚的学者，每次见到老师，几乎都会诵持着六字真言，老师对自己民族语言保护的观念意识很强，虽说很多时候才让老师的安多方言和拉萨方言交流存在困难，但在藏族人交流之间老师总会坚持用一口纯正的藏语，因为他曾说"世界上最遥远的距离，就是两个藏族人站在一起，用其他语言交流而不用母语交流"。他们三兄弟，都是带给我们正能量、带来力量的人，都是民族的活宝。

梅珍：求索于高原

进入21世纪的第一个春天，高原古城拉萨的阳光照进了卧室。梅朵玉珍起床后的第一件事就是打开电脑，查收E-mail。

梅珍可能是西藏第一批E-mail的用户了。1987年9月，中国向世界发出第一封E-mail后，到90年代后半期，E-mail已大范围地进入普通用户的视野，更多的人管它叫"伊妹儿"。梅珍还记得，她收到的第一封E-mail是她的先生付俊从相隔只有几十米远的办公室发来的，只需1秒钟便可以接收到，而给大洋彼岸的美国发一封E-mail，只要一分钟就能收到回复，他们对这个时代不可思议的奇迹感到十分震惊。此后，E-mail成为梅珍最常使用的通信工具，她也算是从E-mail获益最直接的用户了。

梅珍

此前梅珍决定要走出国门学习，曾来到北京新东方外语学校培训，她征询我的看法，我的态度是，你可以抛弃现在的任何事业，包括你现在经营的"外贸服务中心"，坚决地走出去，学习回来再服务西藏！第二年，她在成都考区通过了托福考试。但是，她所求学的经济管理专业研究生，还需要通过GMAT考试，可梅珍连GMAT是什么都不知道。20世纪从80年代起,有一批外籍人士先后来到拉萨,在学术和教育部门工作,其中,美中教育交流协会的Sharon Getter（肖伦）陆续在西藏工作了近二十年,获得过政府颁发的珠峰奖。这些外籍老师除了日常工作外,还应很多拉萨求学青年的要求,利用业余时间教授英语。肖伦是梅珍和付俊夫妇俩的业余英语家教,于是梅珍便求教于肖伦。可肖伦当时也不知道GMAT为何物,但她说可以把教材资料拿来先行学习再教给梅珍。加拿大的赴藏教授Jenniffer（杰尼芙）其实也不知道GMAT是怎么回事,但知道所有考试必须要写论文,杰尼芙表示自己可以在语法方面提供教学帮助。就是这样的现学现卖,居然让梅珍成为西藏自治区报考并通过GMAT的第一人。

接下来,便是挑选学校,梅珍对美国的大学基本上是一无所知。还是通过肖伦和杰尼芙的介绍,以E-mail的方式联系,几所大学都对梅珍这位学生有兴趣,但要取得奖学金,还是要迈过重重门槛。有的学校拟录取,但只能提供部分优惠条件,梅珍个人还要支付几十万元,这对于当时的她几乎是一个天文数字。她考虑过变卖房产,考虑过贷款,但最后还是决定再延期一年,寻求更好的机会。这期间,梅珍还需要提供学者、领导、友人的推荐信,大名鼎鼎的经济学家肖灼基先生为她提供了学者推荐信,她所在的西藏自治区外贸厅厅长为她提供了服务机构负责人的推荐信,时任北京市委副秘书长的我本人也提供了友人的推荐信……

神奇的E-mail,在中国、在世界穿梭连接,铺就了梅珍的求学之旅,几乎每一个节点,都是由E-mail作为使者,通过外籍老师,通过素昧平生的朋友和朋友的朋友,形成了一个援助的网络。假如通过传统的邮件传递,这个过程不知道需要多少年。这天早晨，梅珍打开电脑，查收邮件，她惊喜地叫醒付俊："终于到了！"美国哥伦比亚大学决定录取梅珍为其国际关系学院公共政策管理专业研究生，并给她由世界银行提供的包括往返机票、学费、生活费在内的全额奖学金。按照哥伦比亚大学的要求，必须在规定的时间内，把个人材料、推荐信件及入学手续同时送达。而这三种材料又分布在中国的三个地点，也是有了神奇的E-mail和难以言说的缘分，加上居住在纽约的美籍藏人格桑扎西的帮助，才在规定时间的最后一天送到了哥伦比亚大学。

中国人给America取了"美国"这么一个美好的名字，给多少人以美好、好奇的想象啊！不知道梅珍第一次踏上美国土地、迈入哥伦比亚大学时的细腻感受，但学习的渴望胜过了一切。高度城市化的曼哈顿涌动着巨大的商业活力，时代广场永不停息的霓虹灯闪烁着无穷的魅力。哥伦比亚大学作为一所名校，在教学、阅读、互动等方面的设计的确是世界一流的。在哥伦比亚大学学习的一年里，梅珍努力完成学校规定的全部课程，而在课余时间，与来自北美、东欧、非洲、南亚的同学们交流讨论，还尽可能参加有助于了解美国社会的校外社交活动。在学习和交流互动中，梅珍回想着中国的经济与社会发展，对比北美、南亚一些国家的现状，越来越感受到中国道路的合理性，中国奇迹的历史性，中国制度的优越性。更有意味的是，中共党史上的一个重要人物陈公博也曾经是哥伦比亚大学学生。后来，我以出版界的方便，给梅珍夫妇找了一套中共党史方面的书，又激起他们对中共党史的极大兴趣。梅珍在哥大学习的那一年，正好赶上美国大选年，第42任总统克林顿卸任，第43任总统小布什继任，看尽了两党争夺政权的热闹，现场体验了竞选过程中各阶层的剧烈碰撞和社会的巨大耗费。在梅珍毕业即将离开纽约之时，震惊世界的"9·11"事件发生，恐怖主义的惊天暴行和无辜人们的丧生，深深刺痛了她，同时也激发了她的思考，为什么这个国家招惹了那么大的仇恨？

带着对于祖国巨大的希望，带着对于服务家乡西藏的满腔热情，梅珍回到了拉萨。

一些朋友惊讶于梅珍在美国学习了一年之后，其思想却在往"左"转，开玩笑地说，"和平演变"在梅珍身上失败了！但是，梅珍回来并没有找到更多更好的

机会来施展自己的抱负，相反，她个人的处境反而更为艰难了，甚至有人对她说："世界银行为什么会资助你？世界银行也是美国控制的啊！"西藏并非世外桃源，理念、政治、利益的纷争，在当今拉萨也同样复杂、纷纭，让人烦不胜烦。

事实上，梅珍在思想上的求索和求索的痛苦一直存在着。她的一位叔父是佛学造诣很深的僧人，后来成为社会科学研究者，叔父曾经很想以其渊博的知识和慈善的心感染她，希望她能成为藏传佛教的信徒，但生长于西藏的梅珍从小浸染在宗教氛围当中，感受到佛的慈悲，却对佛教的社会功能没有更多的感觉，对现世的问题倒是更为关切。梅珍在纽约学习时，也有不少朋友向她展示了主的诱惑，期待梅珍在成为优秀学生的同时，皈依到主的怀抱。但梅珍与她的丈夫付俊讨论后觉得，他们更关心的是中国的问题，是西藏的问题，是现世的问题，而不是来世的问题，不是个人哲学的问题。于是，梅珍和付俊这夫妇俩又开始重新攻读马克思主义著作，这一次，他们读的是英文版。梅珍说，从英文版的《共产党宣言》好像读出了新的感觉。前年冬天的一个假期，梅珍还通读了英文版的尼赫鲁著作《印度的发现》，通过阅读来比较亚洲这两个大国的历史与现状。他们在试图从内心理解，为什么中国需要共产党的领导？什么是中国特色的社会主义道路？为什么西藏只有在祖国大家庭中才有光明的前途？

理论的求索是与现实的探索联系在一起的。这些年，梅珍和付俊夫妇是我家来得最勤的客人。他们不断地折腾，从"乡村扶贫基金"到"一带一路西端高地"，从"高原创意空间"到"环喜马拉雅经济带"再到"洁净西藏"，近期又提出一个"天路小镇"，拿出一个个方案与我探讨。虽然没有几个是折腾成了

的，但他们仍然热情不减，我估计，他们会一直折腾下去的。

梅珍本人，则从金珠集团副总经理，到天路集团党委书记，现在是天路集团董事长。

[桑旦拉卓读后感]

机会是留给有准备的人的，说的就是像梅珍啦一样为自己梦想努力奋斗，执着的人。特别羡慕梅珍啦一口流利的英文，当然这和她平日里的努力、坚持是离不开的。无论是关心现实的问题，还是关心来世问题，它们都有个共同点，就是一个热爱着生活，对事业、对梦想，勇于追求，勇于探索，并且能够克服一切挫折努力拼搏、执着的人终究都会取得好成绩，同样一个热爱着生活，对信仰、修行，有着坚定不退转的信念，并精进修炼，努力降服自己心魔的人，终究都会得到好的成就，或大或小。无论一个什么样的信仰环境，坚持就是胜利，这个道理是一成不变的。梅珍啦的坚持、勇敢、执着，是我们这些小辈所应学习的地方。

丹增曲塔

丹增曲塔今年十岁了。

因为他父亲索朗小时候就管我叫"干爹"，他们全家都这么顺着他叫了几十年，丹增曲塔以为"干爹"是我的名字，就管我叫"干爹爷爷"。

丹增曲塔四岁时，我这个"干爹爷爷"到他家去看他，问他："你长大了干什么？"丹增曲塔很干脆地告诉我："当喇嘛！"这让我大吃一惊，感觉索朗和次卓嘎的教育是不是有问题啊？索朗夫妇都说："干爹，不是的，我们真的没这么教他，就是他自己这么想的。"那次到他家是在藏历新年期间，我粗心没有给

丹增曲塔

孩子带个玩具当礼物，我说，我去给他买个玩具吧。索朗说，他不爱玩具，干爹你去看看他的房间吧。我进他的房间一看，像是一间"确康"（佛堂），里面挂着佛像，他的小桌子上摆着很多宗教法器，有转经筒、法鼓、铜钹、铜铃等。我问丹增曲塔，这些你都会吗？他说，会。接着，他就盘腿坐下，先敲起法鼓，再摆弄铜钹，就开始念起经来，程序一丝不苟，有模有样、有板有眼的，真像个小喇嘛似的。我几乎有点怀疑，这是不是一个转世活佛啊？索朗告诉我，过藏历新年时，大人们给他的压岁钱，他从不拿去买零食，也不买玩具，而是买这些法器。

我看到丹增曲塔真的有宗教天赋，又有宗教意愿，既然如此，就把他送到寺

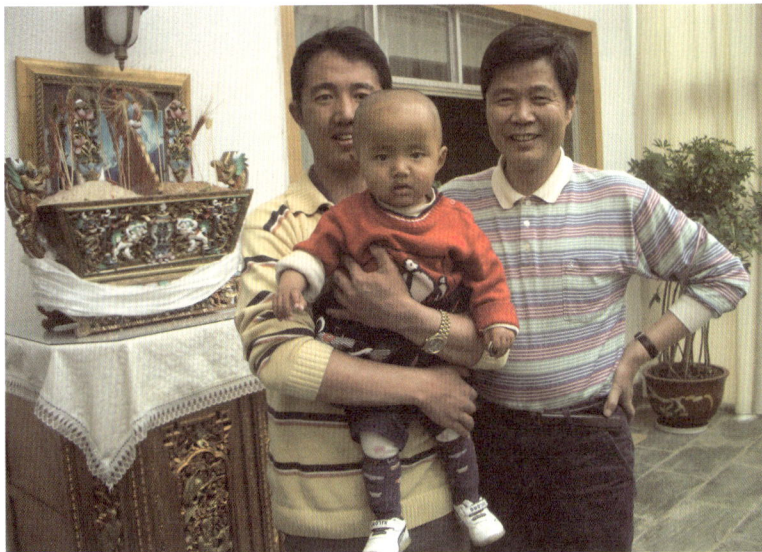

丹增曲塔幼时

庙去吧？但丹增曲塔可是索朗夫妇的独生子。索朗说，我们是愿意把他送到寺庙去，可是寺庙不会接受啊，因为政府规定，按照义务教育法，必须接受完义务教育，孩子成人后，才能自己选择。

于是，丹增曲塔后来就上小学了，今年已经四年级了。

日前，次卓嘎带他来我家。丹增曲塔一进门就先问，干爹爷爷，你家有佛堂吧？然后就到楼上佛堂去拜佛。次卓嘎说，他去做客，都是要先到人家里的佛堂拜佛的。

我又问："你长大了干什么？"他还是跟六年前那么干脆地说："当喇嘛！"我说，你要先把书读好，即使当喇嘛，也是要有文化的。他点点头。我问他，你学习成绩怎么样啊？他说，好。我问他，哪门功课好？他告诉我，最好的是藏文，其次是汉文，再次是数学。

丹增曲塔现在的汉语表达能力已经很强了，完全可以跟成人聊天了。下面是我跟他谈话的记录：

> 你为什么想长大以后当喇嘛？
>
> 因为我们藏族人天生就信佛。
>
> 为什么藏族人天生就信佛？
>
> 因为我们藏族历史上就一直信佛。
>
> 如果你长大了真的当喇嘛，你最想去哪个寺庙、当什么喇嘛？
>
> 我想去乃琼寺，给乃琼喇嘛当助手，到大昭寺去跳神。

你知道乃琼喇嘛是怎么跳神的吗？

知道。我知道全过程。乃琼喇嘛跳神时，要穿上专门的衣服，要戴30多斤重的帽子。先要敲鼓，是请护法神来，他跳啊跳啊，自己的灵魂就要出去了，护法神就要进来了。那时候，就像坐飞机遇到气流、遇到云和雨（他去年坐过一次飞机），然后，护法神真的进来，他就会全身发抖，他会把身上的红布条拿出来抛起来，周围的人就会去抢这些红布条。他跳的时候，人们还会跟他问问题，最后，他会口吐白沫，昏倒在那里……

你为什么想当乃琼喇嘛的助手呢？

因为我还小，我的力气小，我戴不动那么重的帽子。乃琼喇嘛很辛苦，很累的，所以，我想帮他……

你去过哪些寺庙？

哦，去过大昭寺、小昭寺、哲蚌寺、色拉寺，还有甘丹寺。

是宗教节日去吗？

如果宗教节日不是星期六星期天，就不能去，因为要上学。

说着，丹增曲塔露出调皮的一笑。

你去寺庙，会磕头吗？

有的会，有的不会。见到觉沃佛（释迦牟尼）、江白央（文殊菩萨）会磕头。

为什么要磕头？

因为他们教我们善。

次卓嘎告诉我，丹增曲塔心地很善良，他在学校从不跟同学吵架打架，什么事都让着别人，跟人说话要小声，见面要问好，要多说谢谢，进人家敲门要轻，刚才进您家时，我敲门，他就说，敲门要轻一点，不然是不礼貌的。

看到我有吸烟的陋习，丹增曲塔说：

干爹爷爷，您不要吸烟了。

为什么？

因为吸烟的人得不到莲花生大师的保佑啊。

那我这烟怎么办？

您把这几支吸完就别再吸了。另外，您不要吃兔子肉啊！

为什么？

如果吃了兔子肉，就不能进色拉寺了。

你吃不吃肉？

我喜欢吃蔬菜，也吃一点牛羊肉和猪肉。但藏历初八、十五是不吃的。

次卓嘎告诉丹增曲塔，干爹爷爷是懂西藏历史的，他就很惊喜，真的吗？我这"干爹爷爷"不能在他面前显得没学问啊，就跟他讲了一段西藏历史上的故事。

你知道朗达玛吗？

知道。他灭佛，被拉隆贝吉多杰杀死了。

你知道什么是前弘期和后弘期吗？

不知道。

以朗达玛灭佛为标志，之前，莲花生进藏，开创了前弘期；之后，阿底峡进藏，开创了后弘期……

他听得很认真。看得出来，他很喜欢跟我聊天。我也希望他今后能常来。

丹增曲塔的小模样，现在越长越好看了，这可能与民族通婚有关系。我跟这家人交往了三代了。我问丹增曲塔，你知道你身上还有八分之一的汉族血统吗？他说，我知道。我笑着说，你的曾祖父是汉族，你的"干爹爷爷"也是汉族，这样好吗？丹增曲塔很认真地点点头说：好！

我曾经问过索朗和次卓嘎，如果丹增曲塔将来真要当喇嘛，你们真愿意吗？他们说，真愿意。我问，那么，要不要想办法找关系，让他现在就去呢？这夫妇俩都是忠厚实在人，他们想了想，我们都是公职人员，那样可能不太好。等他大了，让他自己选择吧。

我故意问他，你的名字叫丹增曲塔，你能用汉语翻译一下意思吗？他想了想说，就是"热爱佛法的人"吧。他还告诉我，他有一个存折，上面已经有2000多块钱了，等攒够3000元，就去买一尊铜佛像。

丹增曲塔走的时候，与我行了碰头礼，那可是寺庙僧人行的大礼哦。

我心里在想，不知道再过十年，二十岁的丹增曲塔会是什么样的？

[桑旦拉卓读后感]

2016年的雪顿节官方举办的活动，多数是在牦牛博物馆前广场举行的，人烟稀少的柳梧新区，在那几天顿时人山人海，似乎拉萨城里的人都来了，好不热闹。我也在"美食街"上慢条斯理地逛着，迎面碰见阿佳卓嘎带着她的儿子曲塔还有小侄女，冲我笑了笑说："我忘带钱了，给我借点"。平日里我们既是同事又是朋友，她更像是亲人一样的姐姐，对这点小要求，自然是想都不用想就给了，随后她带着孩子们去逛街买吃的去了。过了几日，阿佳卓嘎对我说，曲塔那天有点不高兴，我说为何？她回答，那天我向你借钱的语气儿子不是很满意，我有点惊讶，她紧接着就还原曲塔的原话"妈妈，你应该对你的同事说，你去哪儿啊？吃饭了没有？她我儿子现在想吃点东西，可我忘了带钱了，麻烦你能借我一点吗？回头还给你，而不是冲着人家直接借钱，这是很不礼貌的，妈妈，以后您可不能这样哦"。听阿佳说完，觉得能当曲塔的母亲是幸福的，脑海里浮现出那个可爱、善良、懂事、有佛缘的小曲塔。愿他能健康、快乐地成长，长大后，按照自己的心愿生活……

次旦夫妇

　　那天真热闹，次旦夫妇参加朋友聚会，有人提出一个善意的行酒玩笑——让人猜次旦的太太是哪里人？猜错了喝一杯酒。

　　于是，次旦一个朋友说，我来猜，猜对了你喝酒，猜错了我喝酒。

　　他看了看、听了听、想了想，就开始了：

　　听她这一口流利的拉萨话，当然是拉萨人！

次旦夫妇

错了！喝一杯！

康巴地方出美女，这么漂亮，应当是康巴人！

错了！喝一杯！

丹巴的女人比较白净，可能是丹巴人！

错了！再喝一杯！

安多人文化素质比较高，是安多人吧？

错了！再喝一杯！

山南的女人比较温柔，是不是山南人？

错了！再喝一杯……

这位朋友喝了十七杯酒，还是没有猜出来，最后认输了，猜不出来。

次旦你就公布谜底吧。

次旦笑笑，很幸福地说："她是江苏南京人！"

满座皆惊，不敢相信，这位从语言、举止、风韵、做派，纯纯粹粹的藏族女人，怎么会是江苏南京人呢？

我本人见她前两次，都管她叫"WEI总"，也以为她叫"维色（光明）"什么的，后来才知道她叫"韦亚平"。

韦亚平是名副其实的"藏二代"。

六十年前，人民解放军十八军的汽车部队里，有一位叫韦兰香的男兵。他先是在青藏线上跑运输，后来转业到西藏公路局，在拉萨与一位叫张培坤的湖南籍女子组成了家庭，他们生育了七个子女，大都留在了西藏。其中的四个子女都娶

了藏族妻子或者嫁给了藏族老公，韦亚平是老四。也许这位十八军老战士不会想到，他留给西藏最大的贡献，居然是这些真正融入了西藏的子女。

从儿时起，韦亚平的邻居、同学、朋友都是藏族，所以她不但说得一口地道的拉萨藏语，所有的生活习惯，乃至于思维方式都彻底藏化了。

1985年，她高中毕业时，中央向西藏援建了四十三项工程，其中最大的是拉萨饭店，这也是当时拉萨唯一的现代化酒店。韦亚平得知酒店招工的信息后就报名了，并以最高分数被录取。但母亲却很不高兴，希望她能考大学，能有更大的出息。可韦亚平偏偏就喜欢这项工作。那时的拉萨饭店是外国人管理的，外方总经理对韦亚平的工作非常满意，开会时对客房服务人员说，韦亚平的客房服务就是你们的标准。

正逢西藏各地改革开放，不少地方都在盖酒店，人才奇缺。韦亚平被派到中尼边境的樟木口岸酒店，为那里的员工进行培训，后来当了酒店的总经理。樟木口岸在一个极为狭窄的峡谷里，所有的房子都是挨着山崖建的，只有一条仅能错车而过的街道，但却是中尼边境贸易的重镇。韦亚平在那里一待就是十七年。

作为酒店总经理，不知道接待过多少进出境的各国客人，可有一位特殊的房客影响了她后来的人生，这就是次旦。

次旦的父辈是边境县聂拉木的边民。20世纪60年代移居到尼泊尔讨生活，次旦出生在尼泊尔，于是就自然成了尼泊尔公民。

次旦算是一个天才加勤奋的商人。他十几岁就骑着摩托车，将此家的货物倒往彼家，挣点差价。他联络广泛，人脉甚深，由此，他做成一笔中介，淘得了第一桶金。后来，次旦开始了自己的创业之路，开办了自己的藏毯厂，用西藏的优质羊毛，加上尼泊尔廉价的劳动力，特别是融进西藏文化元素做出精美的藏毯。他本人则上百次往返欧美，打通了远销欧美的渠道，使得他的藏毯厂迅速扩张，员工一度达万人之多，数年夺得尼泊尔全国藏毯销售之冠。

正是在此期间，次旦频繁往返中尼边境，作为樟木酒店的常客，结识了韦亚平，并与她成为伉俪。韦亚平随后辞职，到尼泊尔成为全职太太。

韦亚平在尼泊尔待了三年。尼泊尔国内当时动荡不安，一些企业家纷纷移往西方。韦亚平作为一个中国人，她想念自己的祖国，作为一个职业女性，她希望工作。于是，她动员自己的丈夫，到中国西藏来发展。次旦虽然是尼泊尔籍，但他是藏族人，对西藏非常了解，对中国的稳定发展非常看好，于是，他果断地变卖了企业和家产，跟着妻子来到了西藏拉萨，再次开始了新一轮创业——成立西藏帮锦镁朵工贸公司。

次旦虽然通晓藏、尼、印、英、德语言，但却不懂汉语，到政府部门办事只能是韦亚平四处奔波。次旦心疼妻子，他说："我有语言天赋，我能学汉语。"果然，次旦没有用多长时间，掌握了流利的汉语。我与次旦第一次交往，就是在我的住处过中秋节，语言交流就是汉语。

日前，次旦和韦亚平来到西藏牦牛博物馆参观，他们看得很细，因为他们想办一个藏毯博物馆。西藏地毯、波斯地毯、土耳其地毯并称世界三大名毯。西藏

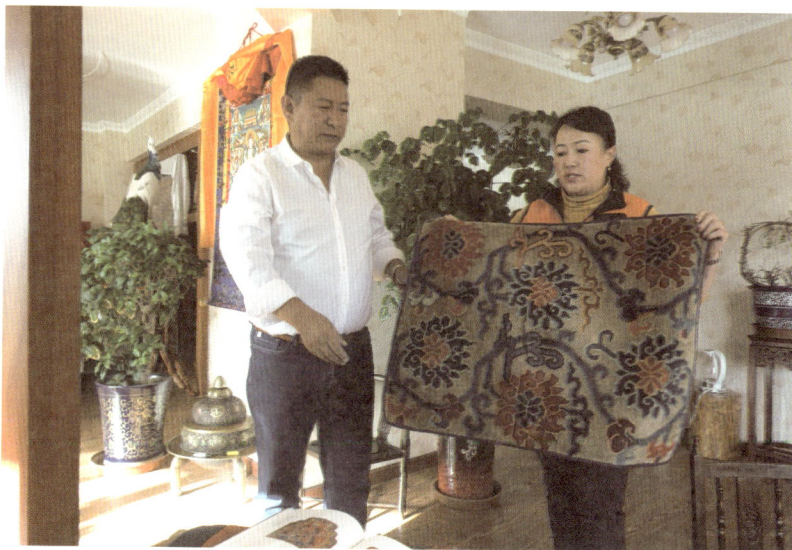

地毯有着悠久的历史，包含着丰富的文化内容和高超的制作工艺。我也应邀到帮锦镁朵藏毯厂去参观，380亩厂区，即使节日，也在继续生产。特别是那些跟随次旦多年的印度、尼泊尔工人，工作态度一丝不苟。

除藏毯外，哈达也是他们公司的重要产品，著名的大昭寺哈达就是出自于此。次旦和韦亚平夫妇如数家珍，向我介绍藏毯之美。韦亚平本来并不懂毯业，因为创办帮锦镁朵，让西藏地毯屡获殊荣，被评为全国创业女性"十佳巾帼创业明星"，我也由此喜欢上了藏毯。次旦和韦亚平给我们西藏牦牛博物馆捐赠了一个牦牛毛织物包装的藏式首饰箱，还有一条牦牛毛制作的藏毯。在他们创业的过程中，也得到政府的关心和政策的扶植，韦亚平说，政府是企业的娘家。

这是一对幸福的夫妻。他们俩都是第二次婚姻，各自有两个孩子，但这个家庭甚至比其他家庭更为美满，双方视对方的孩子都胜如己出，四个孩子比胞亲还要和睦。孩子们都很懂事，读书很用功，没有什么让父母操心的事。

那天中午，参观完帮锦镁朵公司后，我到次旦家午餐，正好见到了他们的两个孩子，一个已经是武警边防的上尉军官，另一个漂亮女孩也已经大学毕业在银行工作，他们很礼貌地喊我"伯伯"，我从次旦和韦亚平的眼神里，看到他们是多么欣慰。对于这对藏汉夫妇而言，事业和家庭如此圆满，真是千年的缘分！韦亚平还希望，孩子将来谈朋友都找藏族，因为在西藏生活得太久了，再回到汉地，无论日常习俗、人情世故，都融入不了了。

次旦和韦亚平还带我参观了他们家的"确康"（佛堂），那其中有一尊尼泊尔精细工艺的千手千眼观音，美丽、庄严、慈悲，含笑保佑着这一家人……

　　世间最幸福的事莫过于能跟最爱的人做两个人都喜欢的事，可遇而不可求的爱情有时也会眷顾勤劳而善良的人，无关民族，无关国籍，灵魂的相遇才最契合，只要彼此心有灵犀、互相理解、互相支持，再大的磨难都能够迎刃而解，生活会给努力和有准备的人一线希望，我想一路走来的艰辛都抵不过相互对望时的那一眸深情。

从"六月会"开始

　　1984年，青海贵德县的"六月会"如期举行。这项延续了一千四百多年的民间盛会，除了"文化大革命"那些年被中止外，一直是贵德县甚至附近地区数以万计的各族人民纵情欢乐的时刻。来自草原和山村的人民，穿着节日的盛装，欢聚在一起，举办赛马、藏戏、歌舞、宗教祭祀等活动，吃肉、喝酒、唱歌、打牌，一连好多天。

　　二十一岁的索南航旦，此时正风华正茂，踌躇满志。他已经拿到了青海民族学院的录取通知，即将迈入大学本科的门槛。拿到这一纸通知，对他来说，实属不易。一个山里的放牛娃，曾经读过几年小学，十三岁就被生产队派到山上去放牧268头牦牛，在高山牧场一待就是八个月。在清点牦牛、交付给生产队那天，一头母牦牛临产，产下一头小牛犊后，母牦牛带着悲声在小主人身边转圈，索南航旦立刻意识到了什么，赶紧跑去找那小牛犊，已经不见了，被狼吃了。索南航旦大哭起来了，向生产队交代这事，他不知道，他每天仅有的三个工分会不会被扣。正是那一年，他考入了海南民族师范学校的初中班。海南民师当时在青海省是一所非常著名的学校，后来藏学领域的很多人才都是从那里走出来的。索南航旦在民师读了四年书，留校任教，实际上就是初中毕业教初中了，他的学生有的比他年龄还要大一些呢。那时，海南民师从民间寻到了学问渊博的老格西（佛学

索南航旦

博士）来当老师的老师，索南航旦在此后的五年，白天当老师，晚上当学生，从这些老先生那里学习了基础藏文、诗词学、音律学、天文历算学、因明学，随着身体发育得结实，知识的底子也很扎实。但因为他年龄小、学历浅，当了五年教师，工资却是全校最低的，比炊事员还要低二十块钱。于是，索南航旦拒绝了民师的挽留和给他当教研室主任的承诺，坚决要求报考大学，并以当年全省藏文第一名的成绩被录取了。

索南航旦揣着大学录取通知准备离开民师时，一位名叫加央措的十六岁藏族女子正要跨进民师的大门。此时，她在贵德的"六月会"上，正唱着动听的安多民歌。索南航旦在拥挤的人群当中，踮着脚，竖着耳朵，看着那位美少女唱安多民歌，唱得真好听啊。他向旁边的伙伴打听："那姑娘是谁啊？"就是在那年"六月会"上，这位美少女与帅哥进行了一次历史性的会见，从此，这位帅哥的形象就占领了加央措的少女之心。

索南航旦被录取的是青海民族学院少数民族语言文学系藏文专业。几堂课下来，藏文老师很惊讶这位学生的藏文水平如此之好，对他说，你不用在这儿学了，完全可以考虑转学其他专业，这样你会学到更多的东西。于是，一个月后，他被转到中文系学习汉语言文学专业。四年后，临近毕业，学院考虑让他留校到藏文系任教，这样，他在获得汉语言文学学士学位的同时，还得要考藏语言文学学士学位。几乎是在一个月时间内，索南航旦经过了15门课程考试，成为青海民族学院校史上第一位获得双学士学位的毕业生。在他毕业的时候，加央措也从海南民师毕业了。索南航旦向父亲说起这位女子时，父亲居然在若干年前认识加央措的父亲，而且印象极深极好，那是一位记忆力极强的老者，还是传统民歌的说唱人，父亲认为这样的家庭出来的孩子一定是不错的，他让儿子主动去登门拜访。羞涩的索南航旦提着礼物走入加央措家的时候，正是农历六月二十三日，这是请喇嘛算出来的盖立新屋的吉日。索南航旦走在路上，邻居看到他就问："这是加央措的男朋友吧？"索南航旦赶紧说："不是不是，是我爸让我过来看看他的老朋友的。"

青海民族学院给了索南航旦发挥才能的天地，让他在少语系藏文专业第一次开设了藏族美学艺术课，并授予他中青年教师优秀成果奖和优秀教师称号，不仅如此，还把已经成为他妻子的加央措也调过来了。本来，索南航旦是可以在这里成为讲师、教授、系主任甚至学院领导，但1995年西藏大学的一次邀请，让他改变了既定的生活轨迹。

西藏大学获悉青海民族学院的索南航旦开设了藏族文艺美学课程，便邀请他到西藏大学藏文系来做客座教师授课，并希望他能留在西藏大学，由此也激发了他终身研究藏族文艺美学的信心。拉萨，作为西藏自治区的首府，毕竟是藏文化的核心地区，而在学术领域，安多地区出身的学人，绝对是一支重要的中坚。拉萨，对于索南航旦还是有诱惑力的。当时，西藏大学、西藏社会科学院和正在筹建的西藏博物馆都向索南航旦伸出了橄榄枝，最终，他还是进入了西藏博物馆。在离开青海民族学院之前，著名学者夏尔东大师很是生气地问，你到那里干什么去？你不知道卫藏的复杂吗？你要是不想在青海民院，我可以马上给省委领导打电话，到青海省的任何一家单位去发展啊！然后，他沉静了一会儿，开始给索南

索南航旦夫妇

航旦算卦，算了两次，长达半个小时，说，你既然决心已定，那就去吧，肯定会有周折的，但你要坚持要努力啊！

索南航旦带着加央措和他们的女儿来到了拉萨。布达拉宫和大昭寺的金顶凝聚的民族历史文化，在新时代放射出悠远的光辉，也激励着从安多地区走来的他们。在经历了一段寄人篱下的日子后，他们把西藏博物馆筹建办给找的罗布林卡一处条件极差的房子收拾一新，开始了为西藏博物馆的筹建而奋斗的历程。索南航旦承担了开馆基本陈列的总体设计和大纲编写工作。西藏博物馆作为全国省区市最晚建立的博物馆开馆了，他担任了主管业务的副馆长。这期间，他还有机会到法国、日本、韩国、美国等国家参加展览和学术交流。

2011年，我本人重返西藏创建西藏牦牛博物馆，此时，索南航旦已调任布达拉宫管理处副处长。我在离京赴藏前拜访中央民族大学藏学院院长才让太时，才让太教授告诉我，如果有藏学方面的问题，可以请教索南航旦，他可算是西藏最有学问的人了。索南航旦作为主管业务的副处长，面对这座世界文化遗产，感到了沉重的责任。他觉得，如今这一代藏族学人，不应当只是满足于看庙人的角色，而应当是民族优秀文化的传承者、研究者和传播者。他提出，应当从布达拉宫的建筑、壁画、造像、唐卡、古籍、西藏地方与中央政府关系物证等方面，开始研究团队的建设和系统的整理研究工作。一份内部刊物《布达拉宫》开始编辑发行，在业界颇有影响。索南航旦把本可以在国家核心期刊发表的文章，优先发表在这份内刊上，以提升这份内刊的影响力，其中的一篇《论吐蕃时期金银器》一文发表后，引起了广泛的关注，成为国内外涉及藏学的高等院校频频引为参考

索南航且鉴定中

的文章。索南航且还对布达拉宫的研究提出了一系列的长远的规划构想，得到西藏自治区领导的充分肯定，他本人则希望将其毕生的精力，奉献给这座世界文化遗产宝库。

我们西藏牦牛博物馆筹备办公室特别聘请索南航且为专家，多次帮助我们进行藏品鉴定等工作。北京《十月》杂志编辑出版了一期牦牛文化专刊，其中有他的稿件。他来到我的住处，用一整天时间将其岳父几十年前说唱的《斯巴宰牛歌》逐字逐句翻译成汉文，并在牦牛博物馆展出，因为这首古老的民歌证明，牦牛甚至影响了藏族人的创世观。我也很多次荣幸地到索南航旦家做客，贤惠的加央措屡屡施展出她的三道拿手好戏：手抓牛肉、煮藏香猪、肉包子，当然，最精彩的一道是：加央措忙完厨房的活儿来到厅堂，略带羞涩地演唱安多民歌。她一开唱，就会让索南航旦想到三十多年前贵德县的那场"六月会"。

他现在是西藏自治区文物鉴定中心主任。

[桑旦拉卓读后感]

索南航旦老师是我一直以来都很景仰的人，读了他的故事，才觉得在那样的环境下索南航旦老师都能获得如此之深的文化造诣，比起如今我们的生活（譬如：诗和远方，一场说走就走的旅行，情怀、文艺……），让我不禁开始反思，对母语，对文化，对生活，对工作乃至对人生，是否我们的生命中抑或是骨子里缺失了那本来最珍贵的一部分……

缘于基因

    那个名叫曾省三的老人过世三十年后，1996年，他的孙儿、在福建厦门市政府部门工作的曾伊鸿来到缅甸首都仰光，来到仰光兴商总会遗址。一些年迈的老华侨便围过来：哦，是"省三伯"的孙子啊！他们跟伊鸿聊起他爷爷，那可是个能人、是个好人啊！省三伯在缅甸，为大家做事，他在仰光兴商总会和《新仰光报》做事，为孙中山先生的同盟会提供活动场所。"省三伯"是孙中山先生的早期追随者，是我们缅甸的侨领啊！那年周恩来总理访问东南亚时来到缅甸，宴请老一辈华侨领袖，"省三伯"还是座上宾呢。伊鸿看到那么多人对爷爷的仰慕和敬重，心里有无限的自豪。

曾伊鸿爷爷奶奶

可是，伊鸿对爷爷知道得太少了。爷爷过世时，他才十一岁，而且还赶上了"文化大革命"。当时，爷爷仅存的一张由孙文先生亲自签署的委任状，因为伯父谨慎，担心由此可能给家族带来灾难，便一把火烧了。伊鸿不止一次地说，爷爷是怎么被卖到福建来的，是我们的家族之谜；而唯一留下线索的这张委任状也没有保存下来，这是我们的家族之痛啊！他甚至不知道委任状的内容，不知道孙先生究竟给爷爷委任了什么头衔。后来厦门华侨博物馆馆长知道后特别遗憾地说，那要是留下来，一定是我们博物馆的重量级文物啊！

伊鸿只知道，爷爷是在他十来岁的时候，在甘南藏区被人卖到福建同安一家曾氏人家的。推算起来，应当是19世纪末20世纪初。那正是甘南地区兵荒马乱的年代，土匪、盗马贼横行，部落纷争，部族残杀，很多人背井离乡，爷爷就是

曾伊鸿（左）与作者

在那个历史背景下被人买卖的。甘南与福建地理相距至少3000公里，海拔相差3000多米，从高原到大海，一个藏族孩子被卖到天壤之别的这里，置身异乡，孤身一人，成为曾氏家族之后了。伊鸿甚至也不知道爷爷的藏族名字叫什么。大概在曾氏家族只生活了几年，曾省三便踏上出洋谋生之路，去往缅甸。正是在那里，他加入了孙先生创立的同盟会，加入了"驱除鞑虏、恢复中华"的革命事业。有意思的是，曾省三的孙儿伊鸿却在几十年后，娶了一位满族镶黄旗后代女子。

　　我与曾伊鸿结识是因为他的舅舅庄南燕先生，他是西藏牦牛博物馆的捐赠人之一。庄先生从福建远去高原，捐赠了著名的国家级非物质文化遗产漆线雕的牦牛作品。由庄先生介绍，我在拉萨得以与曾伊鸿结识。再次相见于厦门时，伊

曾伊鸿父亲

鸿说起他关于爷爷仅仅知道的这些。我们便在"百度"上输入"曾省三",第一词条居然就是孙文先生的秘书"曾省三",但此省三非彼省三,因为孔老夫子的"吾日三省吾身"古训,叫曾省三的人太多,只是同姓同名而已。再查找关于孙先生的记载,没有找到这位曾省三的资料。恐怕研究孙中山的专家学者中也没有人知道,在早期追随孙先生的那批仁人志士当中,居然还有一位藏族人士!

曾省三侨居海外几十年,只回过厦门三次,第三次本是要落叶归根、安享晚年的,但回到这里,年事已高,又逢"文化大革命"肇始,便在儿孙的叹息中长逝。

伊鸿的父亲曾景堂是一位美术教师,母亲也是一位教师。父亲留给伊鸿的痕迹是几幅钢笔画,其中有一幅还发表在20世纪60年代初期的《新仰光报》上,至今还挂在伊鸿的工作室里。

伊鸿自小与同学伙伴有些爱好上的不同,他喜欢骑马,喜欢玩刀,还喜欢捡石头,他自己认为,这都是与他身上的藏族血缘有关,骑马、玩刀,不是他们藏族先民的遗传吗?而捡石头不就是藏族的玛尼石崇拜吗?伊鸿向他的伯父询问有关他们家族的藏族血脉问题,伯父劝他说:"已经是第三代了,就不要再坚持了。"伯父没想到,他的这番话反而更激起伊鸿寻根的愿望。他常常暗自伤神落泪,如果根本不知道爷爷是个藏族人也就罢了,踏踏实实为曾氏家族之后,不是也挺好的吗?可偏偏他又知道了。在伊鸿本人也年过半百之后,那种寻根的意识越发强烈起来。这位身上融合着藏汉血缘的汉子,后来到甘肃、青海、西藏的藏区考察,知道了自己爷爷所属的那个部落,最早可能属于华锐藏族,即如今的天

曾伊鸿一家

祝藏族自治县，后来迁移到甘南，即如今的甘南藏族自治州。

这几年，曾伊鸿先是自己，再是带着妻儿和兄弟姐妹，接二连三地来到高原藏区，那里是他的先人生活的地方，那里的雪山草原上有先人的足迹，那里的蓝天白云里有先人的呼吸。曾伊鸿感觉好极了，甚至到海拔5000多米的唐古拉山口，还要试着做上几十个俯卧撑，证明自己身上有藏族血缘而没有高原反应。他还请故乡的藏族前辈给自己取藏名为扎西顿珠，给儿子曾一凡取藏名扎西平措，还给仅有两岁的孙子取藏名扎西昂秀。儿子娶媳妇了，还要带他们到高原去拍结婚照。

我知道，伊鸿的高原之旅，不再是普通意义上的寻根了，因为他的线索太少了，没有名字、没有地址，更何况当年的部落还是一个游牧部落，没有农耕地区的故土概念，伊鸿既不会藏语、更不懂藏文，怎么可能寻找到什么呢！但是，因为他身上的藏族基因，鼓舞着他一次又一次走向高原，他在面向大海的厦门寓所想念高原，用他父亲教给他的绘画知识描绘高原，他创作的一幅油画作品，题为"甘南，我的故乡"，用的是一种梦幻的色彩。伊鸿在他的微信中写道："根就是无论你走遍天涯，无论时空斗转星移，也无法割舍的那份归属感。"

我想，伊鸿寻求的其实是一种精神回归。

　　有种感情叫作血浓于水，有种情愫叫作落叶归根。曾伊鸿，这个血管里流着藏族血液的热血男儿，虽然从未涉足雪域高原的生活半步，虽然从未感知过西藏厚重的文化底蕴和虔诚的宗教信仰，却因为血液中基因的召唤，灵魂深处的呼唤，踏上了万里之遥的寻根之旅，也许他的内心深处，只有找到那方祖辈们世代耕耘和生息的故土，才能安放他的灵魂，海子说："真正的离去者必将回到拉萨。"也许在他的内心深处，拉萨才是他漂泊的灵魂最终的归宿，其实，我们的世界里有着千千万万个曾伊鸿，他们都在执着地寻找着"自己的根""自己的灵魂"，愿他们都能得偿所愿……

建天葬台的县官

　　我四十年前曾经在西藏那曲嘉黎县的麦地卡工作过。新近上任的西藏自治区党委书记吴英杰把他的第一次调研安排在最艰苦的那曲地区，他特意到了海拔5000米的麦地卡。

　　但若干年前麦地卡在撤区并乡时已经改为了措拉乡。吴书记说："什么措拉乡啊？改名的人不知道这里的历史和地理，这里是拉萨河的源头，是国家级保护湿地啊！麦地卡多有名啊！"他回来就向政府建议，把麦地卡的名字改回去。那天见到吴书记，他对我说，我知道你在麦地卡工作过，现在已经把麦地卡的名字改回去了，尊重历史嘛！

　　嘉黎县的人可能是从吴书记那里知道，四十年前有过一个姓吴的汉族干部在麦地卡工作过，现在好像在北京当官呢，他们想联系一下。这四十年间，不知道换了多少任县长书记，几乎没有人知道我了。

　　前两天，到任才一年的嘉黎县县长吾金才塔找到我，发现我原来是一个退休老头，现在的西藏牦牛博物馆馆长。参观过后，跟我聊起天来，发现我们还挺意气相投，我请他到我的住处吃了最简单的午餐：一碗牦牛肉汤、几个馒头加一碟咸菜。

　　吾金才塔小我一轮，今年刚五十岁，已经在藏北的好几个县当过县官了。他

吾金才塔

是学音乐、当教师出身的，性情很随和，对官位、钱财没有太大的兴致，非常平民化，特别关注民生。

因为曾经在西部的尼玛县当过县官，而西部是藏北条件最艰苦、经济也相对滞后的地区。那时，吾金才塔频繁地往基层牧区跑，几乎所有的自然村都到过，被人称为"下乡县官"。看到牧民生活用品还比较匮乏，吾金才塔常常自己掏钱，在拉萨冲赛康市场买一些衣服鞋帽什么的，下乡时送给贫困牧民。

有一次下乡，看到有一家牧民对老人不孝敬，老人都没有卧具，吾金才塔把自己的铺盖卷送给了老人。他自己的家乡比如县因为出产虫草，相对富裕一些。那里的人们经常把过时的衣物淘汰，他就要过来，开动自己家的洗衣机一连好几天，洗得干干净净，带到西部牧区去，送给那里的牧人。

吾金才塔令我印象最深的一件事，是关于修天葬台的事情。

我去过西部牧区很多次，还在那里蹲点，住过挺长时间，所以对那里比较熟悉。那里接近无人区，20世纪70年代才逐步迁移过去一些牧民。我知道那里的丧葬方式，叫野葬。西藏最普遍的传统丧葬方式是天葬，也有水葬，一些高僧圆寂，则是火葬或塔葬。因为西部人烟稀少，别说是现代设施，就是传统设施也很不完备，例如，在西藏各地都很普遍的天葬台，在那里是没有的。如果有人去世，家人就把帐篷迁走，把逝者的遗体留在那里，或者是用牦牛把遗体驮到山上。所以叫野葬。

那种野葬是非常没有尊严的，有的尸体遗弃在野外，被秃鹫啄啃，被野狼野熊撕扯，甚至被野狗叼着某个部位回到村边了。吾金才塔看到这种状况，心里很

西部牧区

　　难受。他说，即便是一头牛、一只羊，死了都会处理得干干净净，我们是人，我们人类活着要有尊严，死了却没有一点尊严。

　　于是，吾金才塔开始为改善丧葬方式奔走。他先是进行调查研究，当地的老百姓希望能够建个天葬台。当然，在内地普遍的土葬，藏族人是不接受的，因为那意味着下地狱，会被地下的各种虫子吃掉，是很残忍的，他们还是希望能够有天葬。那么建天葬台必须具备两个条件，一是要有天葬师，二是要有秃鹫。吾金才塔就到西北边的绒马乡调研，找到了愿意做天葬师的人，那人告诉他，做天葬师虽然社会地位低，但这是帮人实现最后一点期望，是善事。至于秃鹫，他说，只要有天葬台，秃鹫就会聚拢来的。

可是这件事要不要相关部门批准呢？吾金才塔过去有很多老师和学生，可以先请教一下。他先去找民政部门，可民政部门的朋友说，这事还真没遇到过，可能涉及民族宗教，是不是到民宗部门去问问；民宗部门的朋友也说，这事还真没遇到过，丧葬这件事情从政府职能划分上可能还是属于民政管辖范围。吾金才塔觉得不能为难他们，这的确是过去工作中没有遇到过的事，但是，这又是西部老百姓需要办的事，那我就自己来试试吧。

于是，吾金才塔自己选地，自己找人，自己出资，先是在绒马乡搞了个试点，后来又在五个乡村建立起天葬台。两三年过去，天葬台办起来，群众家里有人去世，都愿意把逝者的遗体送到天葬台去。仅绒马乡的天葬台，已经接纳处理了四五十具尸体了，另外一处天葬台，也接纳处理六十多具尸体了。野葬的方式逐渐被天葬所取代。

我跟吾金才塔聊天，心里在想，这个县长不简单啊！

在中国，"县"是一个很重要的概念，代表着一方政治、经济、文化、风情，有相对的完整性，是中国政治文化的基础。当一个县长或县委书记不容易，主政一方，福祸一方啊。县官要考虑政治社会的稳定，地方经济的发展，那是大事。但是，丧葬方式是不是大事呢？在藏北西部这样历史和地理都比较特殊的地方，能改变千年的野葬方式，给逝者以尊严，这是多么大的功德啊！从野葬到天

吾金才塔（右）与作者

葬，也是文明的一步啊！

现在，吾金才塔调到东部嘉黎县了，这里的气候条件比西部好多了。一年多时间，他已经走遍了所有的自然村，对嘉黎的发展已经心中有数了。他邀请我有时间再去嘉黎看看，为嘉黎的发展提提建议。我想等明年找时间再去看看。

我相信，这位县官会把老百姓的事情、无论大事小事都记挂在心上的。

　　天葬，对于藏族人来说是一个神圣、庄重的丧葬仪式。藏族人普遍希望死后能以天葬的仪式告别此生轮回的缘分，如此，起码最后一刻还是一个做了布施功德的施主。天葬台是一个奇妙的地方、也是一处修行的好道场，每一个到这里的人，都会对自己的人生做一些思考，体悟到生命、生命的无常、脆弱，此时的金钱、名望、地位，以及错综复杂的人际关系、情感纠纷都已不再重要了，只会觉得活着就好，好好活着就好，善良地、健康地、快乐地……活着就好。天葬台是多么重要的一个地方，但是在我的故乡，藏北，藏北的北方，听老人们说以前是没有天葬台的，都是野葬，这对逝者是多么地没尊严，对生者是多么地寒心啊！但一个县长懂得了百姓的苦，不仅关心百姓活着时的民生问题，还关心百姓死后的丧葬问题，让死者安心，生者踏实。吾金才塔，他是一位生活在百姓当中的县长，更是一位生活在百姓心里的县长。

僧人泽培啦

　　2011年9月7日，我因为筹建牦牛博物馆进藏三个月整，但工作没有任何进展，心急如焚。那天，有点儿魂不守舍，神差鬼使地到太阳岛的百益超市购物，一脑门的心事儿，居然一头撞碎了超市的大玻璃门，造成脸部严重的外伤，被送进西藏军区总医院抢救，住了近十天医院。住院期间，我因为筹建的事情在住院部的走廊里，焦急地来回踱步。那天，走廊里一位二十多岁的僧人似乎看出我的情绪，走过来轻轻地拉起我的手，用很生硬的汉语对我说，到我们房间坐坐吧。我便随着他到了隔壁的病房，那里住着一位年老的高僧，他是拉萨近郊热堆寺的堪布益西啦，而年轻僧人则是他的侍从叫泽培。老堪布看着我鼻子上贴着纱布，很慈祥地为我念了几句经，老堪布还送我一串腕珠，祝我早日康复。我用简单的藏语跟他们聊了一会儿天。我与泽培啦就这么认识了。几天后我出院了，但我们一直保持联系。一个多月后，我到寺庙去拜访他们，我们的友情一直维系到今天。

　　热堆寺是一个不大的寺庙，位于距拉萨市约二十公里的聂当乡，与卓玛拉康、江寺相距都很近，属于同一个宗教体，说卓玛拉康，也可以指热堆寺，说热堆寺，也可以等同卓玛拉康，益西啦是这三个宗教点的堪布。我每次去热堆寺，

泽培

堪布益西（左）和作者

都是先打电话跟泽培啦联系，拜访老堪布，然后泽培啦会带我到热堆寺和卓玛拉康各处去朝拜。这座寺庙有九百多年的历史，著名的阿底峡上师曾经在这里长住修行传道，并且圆寂在这里。这里最重要的造像一是阿底峡亲自从那烂陀寺带来的一尊度母像，二是一尊早期的强巴佛像，三是阿底峡本人为自己塑制的造像。我去卓玛拉康，泽培啦都要打开由两位僧人保管着钥匙的锁闭的密柜，取出度母铜像，轻叩在我头上，为我赐福，还教我度母咒语和无量寿佛咒语。那尊强巴佛像，有一个很特别的名字，叫"啊啧强巴"。相传在朗达玛灭佛时期，叛教者砸毁寺庙和佛像，拿着一把刀刺向强巴佛，岂知这尊强巴佛竟然发出"啊啧"的惊叫声，把叛教者吓坏了，于是这尊佛像就保存下来了，由此可见这尊强巴佛像之灵，以后人们就称其为"啊啧强巴"。这尊"啊啧强巴"造像，曾经被歹徒偷盗，并偷运出境，后来出现在美国纽约，一位收藏家将其购得，后来无偿送回到卓玛拉康。

泽培啦是堪布益西啦的近侍，随着泽培啦汉语日渐增长，他常给我讲讲老堪布和寺庙的故事。"文化大革命"那些年，寺庙遭到破坏，日常宗教活动被禁

泽培（左）和作者

止，僧人被迫离寺，老堪布也离开了寺庙。但益西啦坚持不还俗，他做了二十多年石匠，在日喀则、林芝等地打石头、修公路。益西啦有着令人敬佩的虔诚与坚韧，他白天干着那么重的体力活，晚上还默诵经文，一直坚持到宗教政策重新落实回到寺庙。在"文化大革命"后的第一次格西（佛学博士）考试，他获得第一名。堪布职位和格西学位不像是活佛可以与生俱来，而是要靠自己学习修行才能取得。所以堪布益西啦获得了西藏佛教界的普遍敬重，他晚年还担任了每年一度的拉萨三大寺辩经的总主持，直到去年圆寂。

泽培啦原籍算是察雅县，这是阿妈仁青曲拉的家乡，但他出生在昌都。他与哥哥平措旺堆都是未婚生的，不知道父亲是谁。据泽培啦说，阿妈家曾经是一方贵族，经过几次社会变迁，已经家徒四壁。阿妈和姨妈带着泽培小兄弟俩，日子难以为继，便找到一位活佛算卦，活佛说，你们应该到拉萨去，开始几年会非常艰难，以后就会好的。并且指明，她的大儿子应该到热堆寺出家当僧人。于是，阿妈和姨妈带着他们兄弟俩，搭乘一部东风牌大卡车，坐在车顶上，颠簸了十多天来到拉萨，被卸在小昭寺门口。这四个人第一次来到拉萨，举目无亲，不知道该去哪儿。一位好心的僧人介绍他们到一户昌都人家住了几夜。有一位察雅的老乡知道阿妈家过去是贵族，以为她身上肯定藏有很多值钱的宝物，便请他们四个人住到他家去。他们几个人来到拉萨，先不考虑生计，而是到各处朝佛。正逢色拉寺修建一尊大型的强巴佛造像，阿妈啦毫不犹豫地把挂在脖颈上的蜜蜡、珊瑚和绿松石摘下来，供奉给了这尊未来佛。几天后，势利的老乡发现这位往日的贵族其实一贫如洗，便把他们赶了出去。可怜这一家四口，住进了八廓街一间只有四五平方米的压水井房，四个人连腿都伸不开。几个月后，另一位好心的老乡把他们接到同样简陋的家里，他们终于找到了落脚之处。按照昌都活佛的指点，先把他哥哥平措旺堆送到热堆寺出家当了僧人。小泽培则在这位老乡那里学了一些藏文字母。一段时间后，当喇嘛的哥哥平措觉得热堆寺是一座很好的寺庙，就跟母亲说，可以让泽培也到这里来当喇嘛。这非常符合母亲的愿望，她的理想就是希望这两个儿子都能入寺，专事崇佛。就这样，兄弟二人都成为热堆寺的僧人。

泽培入寺后，就一直跟着堪布啦当侍从，也跟着师父学经，他的进步很快，

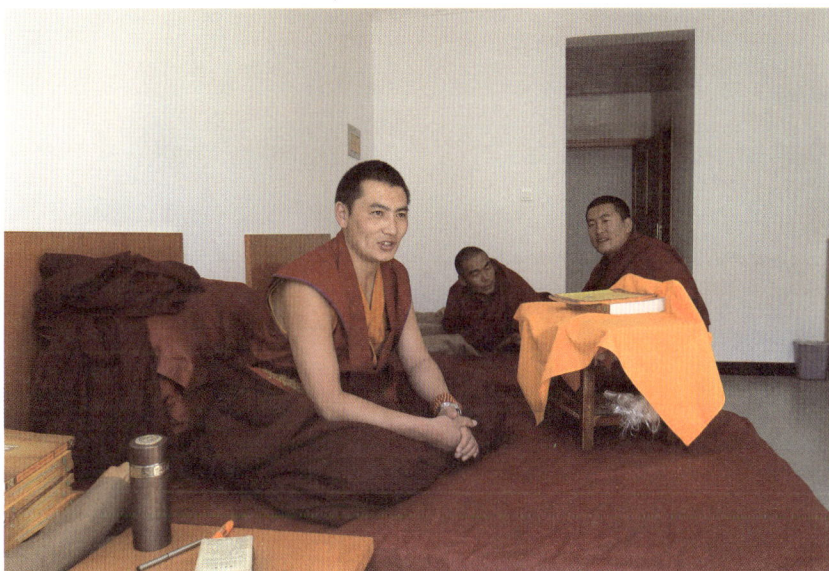

泽培及其兄

更重要的是，他从师父那里学到了佛的根本，那就是慈悲。泽培啦待人特别善良，事事都考虑别人，尽一切可能去帮助别人。我在筹建牦牛博物馆时，泽培问我能够帮什么忙，我看到热堆正在维修，就问那里的石匠会不会刻牦牛。他说，我问问。过了一段时间，泽培打来电话，让我到寺里来，一看，他请石匠已经刻好了一块石刻，我要给他钱，泽培说，这是我个人捐给牦牛博物馆的啊。后来，泽培啦还担任过铁棒喇嘛，我去热堆寺时，看见他坐在众僧最后一排的一处很高的座椅上，可以俯视众僧修习时的状况。先他入寺的哥哥平措旺堆，因为聪慧好学，在西藏佛学院建立时，被选为第一批学员，并获得了格西（佛学博士）学位，现在是寺庙里宗教事务的负责人。

2015年，泽培啦被选派到北京西黄寺，在中国藏传佛教高级佛学院格西班学习，全班在五省藏区选拔了13位僧人，西藏自治区只有4位，要学习三年，主要是学习包括《因明》《戒律》《波若》《中观》《俱舍》在内的五部大论，还要到藏区几个重要大寺庙去辩经，学习任务很重。因为我的原工作单位北京出版集团距离西黄寺只有百米之遥，泽培在北京见到我非常高兴，我的一些与西藏有关的聚会，方便时也把他叫上。

他刚刚上佛学院不久，阿妈仁青曲拉就离世了。离世前，是藏历十一月初，每年十一月初三，都是江寺举办加央贡觉法会的日子。阿妈仁青曲拉在十一月初二，将儿子平措旺堆叫到家里，对儿子说，过去拉萨条件差，我们都只能烧柴火，现在都用天然气了，你们江寺举办法会，那里没有天然气，你把咱们家的柴火都运到江寺去吧。另外，明天办法会，阿妈我攒了500块钱，你要去换成一元一元的零钱，向每一位参加法会的僧人发放布施。阿妈仁青曲拉说，我的理想就是让你和你弟弟都进入寺庙当僧人，现在这个理想实现了，你还考上格西了，你弟弟也到北京学习要考格西，阿妈的命真好，很圆满。初三那天下午，平措旺堆做完法事后得到消息，只有64岁的阿妈已经去世。平措旺堆赶到时，看到阿妈坐在那里，耷拉着脑袋，就像是睡着了一样，那么安详。

哥哥给泽培啦打来电话，告知泽培，后事都安排好了，你不要担心，更不必赶回西藏。泽培啦就在北京请格西班的同学以及他们的僧友，请藏区很多寺庙为阿妈啦举办超度法事。那天，泽培很着急地找我，能不能给他换十元一张的零钱，要换两千元。我不知道他要干什么，马上就帮他办了。后来才知道，他是要为给阿妈啦念超度的僧人发放布施的。我对泽培啦说，你阿妈啦真的不容易，她很圆满。泽培啦说，是啊，我会按照阿妈啦说的做，当一个好僧人，我没有什么别的愿望，就是当好一个僧人。

[桑旦拉卓读后感]

藏人的"生死观念"一向很开放，从不忌讳谈论死亡，因为我们知道，有生必有死，生命就是一个生老病死的共同体，每个人必定会经历这样的过程，所以面对死亡自然就坦然了……每一个信佛的人，在人过世后会为逝者祈福、超度、诵经，为的是希望他在来世能够有一个更好的轮回，在经书中讲到，逝者的亡灵，在七七四十九天后会成为一个新的生命，也就是重新投胎，投胎哪里那要看自己的造化了，但在藏区即便是过了七七四十九日，我们依旧会在寺院中为逝者祈福、诵经，希望重新投胎的逝者，能够在来生过得更加幸福快乐，这也许是缅怀死者最好的方式，不仅是怀念过去，更会祈祷未来。让生命永远延续下去，生生不息。我相信，泽培啦的母亲来世会在一个更美好的地方，没有那么多的苦难。

嘉措：*Tibet google*

如今，来到拉萨的客人，尤其是文化艺术界人士，又尤其是美女们，几乎没有人不知道、不拜访嘉措的。

他现在的头衔是《西藏人文地理》杂志主编。

嘉措的每一天大都在迎来送往中度过，自然，也就每天都在酒局中。那些拍电影、拍电视、拍照片、做音乐、搞文学、搞美术的，跳舞、演戏的歌星、影星、舞星乃至与文化有关的投资人、创业者，人无分男女老幼，地不论南北东西，都是要拜拜嘉措这座"码头"的。这些人多会向嘉措咨询有关西藏的方方面面，管他叫老师的、大哥的、大叔的都有，新近时尚的称谓又管嘉措叫"舅舅"了，这是明星朱哲琴发明的，现在很多美女都称嘉措为"舅舅"。而我给嘉措取了一个洋名："Tibet google"，就是西藏的搜索引擎，只遗憾他没有开一家西藏文化咨询公司。尤其拉萨的夏季，各路神仙来得更多。嘉措常常一晚上要穿梭好几个酒局，不到凌晨两三点甚至四五点是歇不下来的。可今年的体检，嘉措拿着那张体检报告给人看，年过六十的人了，竟然什么问题都没有。我们称他是"金刚不坏之身"。他嘿嘿一笑说："也是肉身啊。"

我偶尔也会被嘉措拉到酒局中。嘉措总是会跟人家说："我跟亚格博喝了三十年的酒了，很多人喝死了，可我们还在喝呢。"

20世纪80年代的嘉措（左）与作者

的确，那是三十多年前的事情了。

1985年，中国刚刚实行学位制度，这对于我这样的工农兵学员既新鲜也羡慕。当时，我是那曲地区文化局副局长。一天，一位穿着时尚、操着纯正汉语普通话的藏族青年找到我，掏出西藏群众艺术馆馆长饶元厚的一封推荐信，信中说持此信的人叫嘉措，是中央民族学院中文系的毕业生，特别强调："获学士学位。"他是带薪学员，按当时政策应当回到原单位，他的原单位是那曲加工厂，其实就是鞣皮子的，当时我们发的羊皮大衣就出自该厂，那羊皮大衣很硬，穿上身连胳膊都动弹不了。因为嘉措的"学士学位"，我们新组建的文化局正需要人，我便找到地委书记和行署专员纠缠，绕开他原先工作的主管部门商业局，把他直接分配到我们地区文化局工作了。由此开始了我们之间三十多年的友谊。

人缘人缘，还真是有缘。我1976年进藏，分配到嘉黎县工作，安排给我的第一个住所，后来才知道一墙之隔的人家就是嘉措的二姐。那是一个美丽端庄、善良温柔而又勤快能干的大姐。嘉措与二姐，其实是同父异母的姐弟。他们这个家族太复杂了，有同母异父的、同父同母的，还有同父异母的，兄弟姐妹加起来有七八个，但相处得都非常好。这个家族成员在当代的历史和命运，完全可以写一部书，算得上浓缩的西藏当代史。

嘉措之所以来到嘉黎县，那话可就长了。

嘉措的父亲诺桑郎杰，简称诺杰，是藏族人当中最早接触进步思想的，也是藏族革命家平措旺杰的好友和部下。从康区来到西藏后，曾经在新旧政府里都任过职。1959年，嘉措只有四岁。那一年，西藏发生了惊天动地的事件，嘉措的母亲被划成"反动农奴主"和"参叛家属"，在位于咸阳的西藏民族学院担任藏文系主任的父亲诺杰，被组织动员强制与母亲分离，跟随父亲到咸阳的嘉措，后来有了一位山东籍的汉族后妈和一个半藏半汉的弟弟。"文化大革命"中，父亲诺杰被扣上"反动农奴主代理人""反动学术权威"的帽子去世后，后妈带着弟弟去了山东。十四岁的嘉措，生活没有了依靠，只好投亲靠友。他从陕西来到西藏。他跟随着西藏解放后的第一位藏学家——后来担任过西藏自治区副主席的拉巴平措一起，坐着汽车走了十多天，到达藏北重镇那曲，再从那曲骑上马，跟随着大人们骑行了七天，投奔在嘉黎县工作的二姐。

一个十四岁的男孩，那时并没有成熟的意识，他不知该如何给自己定位：他是藏族人，当时却不会说藏语；他是革命干部的后代，父亲却又被扣上"反动农奴主代理人"的帽子；他是一个学龄少年，却既无书可读，也无工可做。他有一次填表，在成分这一栏写上"贵族"，一位自以为是的干部指出："'贵族'是一个民族，怎么能写成'成分'呢？"两年后，因为他很聪明，有点儿文化，汉语讲得很好，汉字也写得不错，县里领导照顾他，地区加工厂招工，就把嘉措给推荐上了，虽然那个加工厂只是做一些牛羊皮毛的粗加工，但自此，嘉措进入了体制，成为有单位的人了。

嘉措虽然回到了西藏，但从藏北嘉黎到拉萨，还有漫长的路。他们家族四散在西藏各地。嘉措既没有机会，也没有可能到拉萨去看望尚在被群众专政管制当中的母亲。事实上，嘉措四岁离开母亲之后，对母亲已没有太多记忆。1971年，他作为地区加工厂的工作人员，因为单位的马车队需要购买马具，有机会"因公出差"来到拉萨。在拉萨，有一天他借着夜色的掩护，避开监管人员，在另一位姐姐劳动的工厂宿舍里，与母亲匆匆见了一面。这次见面，并没有影视文学作品当中抱头痛哭的场面，被管制的母亲心有余悸，又不会汉语，而当时的嘉措也不怎么会藏语，母子俩在昏暗灯光下只是匆匆一见。

很多年后，我与嘉措成为同事，曾经在嘉措母亲家里住过，那是八廓古城深处的一间窄狭的黑暗小屋。我和嘉措睡在里屋，阿妈啦睡在外屋。这位老妇经过那么多年政治风云的折腾，显得很苍老，弓着腰身，但她从轻言细语中透出来的慈悲、亲切怎么也与"反动农奴主"这个词联系不起来。

我与嘉措在那曲地区共事的那几年，那曲修建了影剧院、文化局、群众艺术馆等新场馆建筑。嘉措可以说无师自通，我们自己设计、自己画图，还要当监

嘉措（左）

工，像包工头似的，每天奔走在建筑工地。因为包工队也有高原反应，有时候还得求着他们呢，搞得我们自己比包工队还要辛苦。我们总算是为那曲地区文化事业打了一个基础。我们住进了自己设计的房子，后来嘉措担任了群众艺术馆馆长。我们经常会被抽调到不同的工作组，到牧区去蹲点，每次回到那曲镇，总是少不了喝一顿大酒。那天，我们为嘉措从比如县蹲点回来接风，江津白酒把我们喝得酩酊大醉，第二天醒来，不知自己在哪里，便喊着"嘉措、嘉措"，有一个低沉的声音回应："哦"，我不知道这声音来自何方，原来，因为我喝醉了，嘉措为了照顾我，就在我床边的地上睡了一夜。这让我感动不已。

我弟弟晓初也认识嘉措，那时他在四川大学读书，嘉措路过成都时常会去看他。晓初说，嘉措哥儒雅，穿上西装，很贴身，很帅气。有一次在成都逛街，绿灯，我们边走边谈，随众人正横穿马路，这时一个姑娘从侧面骑自行车驶来，刹不住。前轮快要挨近嘉措的时候，他横出手，抓住龙头正中抵住了。那姑娘也便稳稳地双脚着地。都没言语，嘉措牵手我们又往前走，不过，我从那姑娘的表情和目光中看出她对突然遇见嘉措的惊喜。

尽管嘉措有"学士学位"，当时的底子我还是清楚的，但他这个人有一种天然的学习能力。20世纪80年代，我们藏北几个年轻人写诗，在西藏文学界还很有影响。嘉措也写了一组《牧歌》，居然连连获奖，算起来，每一个字值不少钱呢。

嘉措没有成为职业作家和诗人。他的职业生涯做得最长的，就是办杂志。先是在国家民委办的《民族团结》杂志当记者，后来到西藏群众艺术馆创办了《雪域文化》，那可是当时办得最好的杂志。说是最好，是因为嘉措作为主编，最早从呆板的办刊模式中走出来，把目光投向西藏高原文化。关注的范围从历史到现实，从文学到艺术，特别是传统的民间文化。虽称主编，其实是个光杆司令，只有常岩作为他的美术编辑。我本人也时常给他的《雪域文化》撰稿。今天看来，那时的《雪域文化》虽然不免粗糙，但还是很有价值的。但我们都不注意收藏，以至于在古旧书店、网上书店都很难找到这本杂志了，自己写了什么都忘了。

嘉措后来调到西藏自治区文联，从此，《雪域文化》杂志的汉文版也就寿终正寝了。

嘉措再次以办刊人身份出现在公众视野，已是2004年，一本全新的《西藏人文地理》创刊了。在西藏自治区驻京办事处一座辉煌的殿堂中，西藏旅游股份公司与西藏自治区文联合作创刊，由嘉措任主编。在发布会上，不擅在公众面前言辞的嘉措，照例只是"哼哼"几句，但那本创刊号引发了人们极大的兴趣。创刊号是金色封面，售价为99元。记得那一期的主题文章是《寻找乌金贝隆》，讲述的是藏北一个部落的牧民听说西部有一个叫"乌金贝隆"的地方，相当于现在所说的"香格里拉"，于是，整个部落经过几年的长途迁徙，去寻找理想家园。我在发布会致辞说，嘉措当年办了《雪域文化》，今天又创办了《西藏人文地理》，那个寻找"乌金贝隆"的故事很有象征意义，其实，我们一直都在寻找"乌金贝隆"。

我认为，嘉措后来之所以能够成为Tibet google，与他半辈子办杂志有很大关系。这几十年，他阅读了多少西藏文稿，访问了多少西藏奇人，听闻了多少西藏逸事，走过了多少农村牧区，纷纭的西藏历史与现实装在了他的脑子里。他很善于接纳各种知识，记忆力也好。所以，来自不同行业的人们问起不同的问题，他都能对答如流，甚至会跟你讲述那些迷人的传奇和故事。至于语言，曾经连他的儿子都因为他的藏语不很地道，怀疑"我爸爸到底是藏族还是汉族？"而今，嘉措的藏语基本接近母语的水平了，可以胜任高级翻译的工作。但是，对于从藏文而言，他还基本是一个文盲。

嘉措（左）

嘉措的脑袋，有一个形象特点，就是他几乎每天都要换一顶帽子。他有各种名牌、各种样式的帽子，我戏称他可以开一家帽子博物馆了。我去年到欧洲想着要给嘉措带个什么礼物，选来选去，最后在跳蚤市场给他买了一顶捷克军帽。这肯定是他喜欢的。嘉措说，他下乡去，进了老百姓的房子。戴着帽子，人家认为是工作组，脱了帽子，人家以为是活佛，有的老百姓竟向他磕起头来。这几十年，他的头发掉得差不多了，真有几分活佛的感觉了。他的宽容、厚道、热情、体贴，也确有几分佛性。你吃点什么，喝点什么，冷不冷，热不热，甚至要不要上厕所，是他永远都要重复的。

但千万不要认为，嘉措是那种传统古板的藏族人。早年，内地人对西藏太缺乏了解，我们在成都的朋友听说他家是贵族、是农奴主，人们就想起电影《农奴》，便问他，你们家剥过人皮、抽过筋吗？引得一场大笑。现在，朋友们大都知道，在拉萨这个圈子里，嘉措算是最时尚的了。他穿名牌服装，喝品牌咖啡，品外国红酒，抽三五牌烟，甚至年轻人玩的独轮车也要试试。各种电子设备，他玩的都是最新潮的。笔记本电脑已经换了很多代了，照相机也换了很多代了，至于智能手机，他玩得跟年轻人一样娴熟。他发一条微信，天南海北的网友都要点赞的。他能听最流行的音乐，能讲当今娱乐界的最新行情，他对文化思潮有自己的独到见解。他要是到北京或成都，各路神仙都要争着请他吃饭，很多常居北京的友人往往很长时间见不上面，嘉措到北京便给了他们一个聚会的机会，都跟他聊最新潮的话题。进入电子屏幕时代，纸质媒体都是穷途末路惨淡经营，《西藏人文地理》也是一路亏损，虽然这本杂志办得很有质量、很有品位。近来，嘉措运用他广泛的人脉资源，把《西藏人文地理》送进了北京、广州、成都的品牌书店，又通过网络微信，搞出个I tibet来了，还把《西藏人文地理》推上了港台最大图书馆的电子书供应平台。

最新的消息是，《西藏人文地理》与多家客栈合作，发起寻觅拉萨"试睡员"活动，"你住客栈，我买单"，这项很有创意，也略有两分暧昧的活动，立刻在网络上引起热烈响应，很多网友表示："要穿过半个中国来睡……"

认识西藏、触摸西藏的方式有很多种，阅读《西藏人文地理》是一种最简便的方法，这应该是国内卖得最贵的旅游文化杂志，最初的定价99元，也是藏区最有品味的杂志之一，文字简洁而富有诗意，以亲近又轻松的方式向大众展示、传播藏文化。《西藏人文地理》的主编嘉措啦，他本人也是藏区时尚界的代表人物，满腹经纶，风度翩翩，在西藏，只要是从事文化产业的人，不知道嘉措啦的几乎不会有，年过花甲却幽默风趣，平易近人，随着《西藏人文地理》的爆红，他的粉丝也越来越多，他就是西藏永不落的"欧巴"。我们都喜欢他。

则介：从流浪汉到古玩商

"我叫则介，原则的则，介绍的介。"他总是这么自我介绍。藏族人的名字译成汉字，往往都会因为翻译者的口音不同、学识不同而翻译不同。"则介"的本意是长命百岁，有的被译成"才加"，有的被译成"次加"。正如"帕廓街"被人译成了"八角街"，搞得很多外来人在那里找，却找不到八个角。则介的名字就是一个四川汉族人给翻译成这样，怪怪的。

1969年出生的则介，家乡是九寨沟所在的四川松潘县。小时候，他就是一个放牛娃，放了十几年牦牛。那时候，家乡也没有学校，则介没有上过学。村边有一座被废的寺庙，旁边有一个山洞。寺庙还没恢复前，有一个老喇嘛在那个山洞里念念经。则介在放牧牦牛之余，就跑到那个老喇嘛那里学习藏文。

1990年，二十一岁的则介，跟父母要了一些盘缠，花了100元搭上一部东风车，颠簸了十天来到西藏朝佛。则介记得特别清楚，他来到拉萨第二天，就到大昭寺去拜佛。

那时候，则介在拉萨没有住处，就在老乡、朋友家借宿，没有营生，就在老乡、朋友那里蹭饭，过了两年流浪汉的日子。就像历史上的拉萨一样，很多藏区来的朝佛者，到了拉萨就不想走了，久而久之，就成了拉萨人。

两年过去了，则介在大昭寺前的街道两旁的商业区租了一个小摊位，倒腾一

则介

些廉价的旅游纪念品来卖。拉萨刚开放不久，各地的游客涌来这座古城，一个小摊位也能挣点生活费。白天挣了一二十块钱，晚上就跟着老乡喝酒玩耍，挺乐呵的。当时，外国游客不少，他们有钱也肯花钱。可是，则介听不懂外语，挣不到老外的钱，干着急。则介就四处打听，哪里能学外语。听说八廓街小学的楼上，一个尼木县的老师在那里办了一个英语夜校，则介就到那里去学英语。后来，又找到在拉萨工作的老外，他们晚上也给人单独教英语。则介发现，那些老外给人教英语，心底里却是想传教。可藏族人根深蒂固地信仰佛教，不会接受洋教，对则介来说，能学到英语就行啊。

就凭则介学的这几句英语，还吸引了不少老外。则介长得很英俊，为人也很友善，颇得女人欢心。有一个加拿大籍的洋妞取了个藏族名字叫卓玛，长得特别漂亮，每周固定要到则介的摊位上来三次，每次待两个小时。她的本意是想学藏语，而则介又可以通过她学英语。这个洋卓玛的出现，让则介的摊位很是兴旺。则介说，男人都是神经病，看到漂亮女人，特别是漂亮洋妞就围过来，顺便也买些东西，把则介的生意都拉动了。洋卓玛这样坚持了有一两年呢，我问则介，怎么不动心娶了她，则介笑笑，没回答。除了洋卓玛，还总有一群小孩围着则介。原来，则介晚上学英语，第二天就忘了，就想了个办法，给那些孩子补习英语，以此来巩固自己的记忆，那些小孩和他们的家长可乐意了，这不找到了免费的课外教师了吗。那段时间，则介既当英语学生又当藏语教师，还是业余英语老师，这便使得他的英语突飞猛进。

则介毕竟是生意人，要靠生意吃饭哪。则介发现，那些老外虽然不少光顾他的摊位，但对他们倒卖的那些大都是从浙江贩过来的旅游纪念品没有兴趣，反而对西藏的一些老东西有兴趣。当时的西藏人大都把那些老物件当作破烂儿、垃圾，老外却独钟于此。于是，则介也想试试。他先从老藏币试起。一个老藏币，进货才1毛钱，可以卖1块钱，这可是10倍的利润啊。再试试老旧的藏式打火镰，进货10块钱，可以卖30块钱。则介尝到了甜头，他的摊位上老旧东西越来越多，生意也越来越好。

从1990年离开家乡，则介在西藏一待就是九年。挣了一点小钱，才第一次回老家。这时候，则介已经知道老旧物件的价值，他让乡亲们不要把这些老东西扔了，今后会有用的。

　　再回拉萨，则介就成了专做老旧物件的古玩商了。则介知道，要做古玩生意，第一是要学习，为什么老外对那些古玩感兴趣？则介通过交往、通过读书琢磨出来了，因为那些老旧物件包含了西藏的历史和文化，是以往生活方式的记录，从经济上说，随着时间的推移，也会越来越升值的。第二，做古玩生意，不能再摆摊了，要有固定的经营场所。这样，买家才会对你有信任感，而卖家也会

则介给孩子们补习英语

找上门来。则介对八廓街已经很熟悉了，他一直在踅摸，终于在八廓南街找到了一家店面。店面很小，总共才30平方米，但位置不错，离大昭寺也就100米，而且朝南，冬天可以晒到阳光。过了五年，则介拿出所有的积蓄，花了40万，把这间店面买了下来。据说，这间店面现在值400万了。古玩店的名字也从拉萨古玩店改成了安多古玩店，因为工商登记不能用地名做店名，最后又改成了现在的"象雄古玩店"。

我本人是"象雄古玩店"的常客。最早认识则介，是拉萨古修哪书店的老板东智介绍的，东智也是古玩收藏家。我因为筹办牦牛博物馆，几乎每天都要到八廓街去，经常到则介的店里坐坐，通常则介都要给我招待一杯咖啡。则介的店里有一个小书架，上面摆着藏、汉、英三种文字的图书，大多是收藏拍卖之类的专业书籍。我们聊到某些事情时，则介有时会取出一本英文书来，指着上面的图片告诉我那些老物件的来历和价值。我惊讶这位二十多年前的流浪汉，成了一位颇具学者风度的古玩商。我在这里结识了不少专家、学者、官员、收藏家，还有僧人。

则介对我要做的牦牛博物馆特别理解，他成了我们的义务宣传员，他让我把有关牦牛博物馆的资料放在他店里，一有合适的客人就帮我宣讲。则介还是牦牛博物馆的捐赠人。那天，他跟我说起，很多年前，有一位拉萨老人，拿着两枚牦牛皮质天珠，要卖给他。则介看看，看不懂，不愿买，老人说，你留着吧，以后会有用的。后来，青海成立藏文化博物馆，则介捐出了一枚，对方如获至宝。还有一枚，一直留到现在，因为我做牦牛博物馆，这天珠跟牦牛有关系，则介就

"古修哪"东智（左）、则介（中）和作者

说，真是有缘啊，这枚牦牛皮天珠保存到现在，捐给您了。

2013年5月18日国际博物馆日，筹建中的西藏牦牛博物馆在建设工地举办了一场史无前例的捐赠仪式，则介不但自己捐赠，还动员了八廓街的其他古玩商人一起来捐赠。那天现场真热烈真感人，50多位捐赠人，向当时并不存在的牦牛博物馆捐赠了200多件藏品。不少人都是则介动员去的。那次捐赠活动影响很大，以至于古城的人们见面都要问一声："你给牦牛博物馆捐赠了没有？"后来，我把捐赠的照片镶上框，再加上捐赠证书，送到象雄古玩店，到现在还在店里展

示着。

　　则介的老家现在因为旅游业发生了很大的变化，乡亲们都富裕起来了，他们把政府给的扶贫补贴都退回去了，因为村里已经没有穷人了。则介回到老家，就跟乡亲们讲老物件的意义，动员乡亲们把老物件留下，每家都搞一个陈列区，整个村就成了一座博物馆，今年还会有很多国内外学者来调查研讨呢。

　　几年过去，我与则介成了老朋友。我们交流多一些，只成交了几笔小生意。他其实不愿意卖东西给我，因为他没法儿出价，我还总是压价。

则介向西藏牦牛博物馆捐赠牦牛皮天珠

　　今年七月，北京华富保险经纪公司董事长贾红女士来参观西藏牦牛博物馆，看了很震撼很感动，现场拿出1万元现金给我，说要为博物馆尽一点心意。我拿着这钱，也没法儿入账，就想用这些钱买个物件捐赠给博物馆。我看上了则介店里的一件野牦牛皮制作的古代盾牌，则介说，前些日子，西藏文物专家索南航旦带着青海朋友来，他想买这件盾牌，出价两万都没有卖。我对则介说，我不讲道理了，我就这一万块钱，你一定要卖给我，你将来想看，就到牦牛博物馆来看吧。则介拿我没办法，只好说："拿走吧，拿走吧！"

　　"牦牛天珠"很多人听着都是一个很新鲜的词，来牦牛博物馆参观的游客都会被这个奇特的藏品给吸引，对则介先生的了解也是起源于"牦牛天珠"，但是除了捐赠藏品之外，则介啦创办的免费语言培训班，让更多的孩子可以不用交学费就能学到一点英文，帮助了不少孩子提高英文水平，解决了一些为生计而需学习英文的年轻人的困难。则介回报社会的那份精神令我敬佩，相信好人会有好报。

阿妈格桑啦

阿妈格桑快九十岁了，她越活越健康，越活越有滋味了。2014年，拉萨市请中央电视台著名藏族编导多吉啦拍了一部《幸福拉萨》宣传片，在布达拉宫广场的大屏幕上滚动播出达半年之久。其中有一个镜头，就是阿妈格桑摇着转经筒，开怀大笑。满拉萨城的人都看到了，认识的人纷纷打电话给她的子女说，老阿妈笑得那么灿烂，真有老明星的感觉啊！其实拍摄的时候，是多吉和嘉措找到我，让我联系阿妈格桑的。多吉和嘉措拍完后，非常满意老阿妈的表现。

我与阿妈格桑是四十年前在那曲地区的嘉黎县相识的。当时我才二十出头，刚刚进藏工作不久。

阿妈格桑和她的丈夫乌杰都在嘉黎区工作，甘肃籍的乌杰比较早就参加革命工作了，那会儿是嘉黎区的区长。当时的交通很不方便，主要靠骑马，县里的干部都配备了马匹，每匹马还都有户口本，因为要给马配售饲料的。每天早上就把马放出去，傍晚马就回来了，每家每户都在门口喂马。

我向县里提出，要买一匹马，领导同意了，让我自己去找马，买马的钱县里可以支付。

我本人个子比较高，而西藏的马比较矮小，骑着显不出威风，就四处物色，结果看中了乌杰家那匹高头大马。

阿妈格桑（左）与作者

那天正好去嘉黎区，我让县委书记次仁加保替我跟乌杰说说，能不能把他那匹马卖给我。但是，乌杰并没有给书记面子，说他的马不卖。阿妈格桑埋怨丈夫，应该给书记一个面子，再说，人家小吴从内地来西藏，远离家乡父母，多不容易啊，你把马卖给他，自己再买一匹就是了。

乌杰事后解释说，小吴这人是不错的，但他一个汉族小伙子，不懂得怎么爱马，更不懂得怎么养马，这马跟我多年，有感情了，如果卖给他，他养不好这马，还会伤了我们之间的感情呢。后来，我与这家人之间有过很多故事。我一直管格桑叫阿妈，她一直管我叫大儿子，因为她的儿女都比我小，都管我叫哥。

    有一年，阿妈格桑带着家人到拉萨来朝佛，在西藏自治区原第二招待所大院的西南角支着帐篷。

    晚上我去看她，院子里黑黑的，一大堆朝佛帐篷，我不小心绊上了隔壁帐篷的绳子，把一顶康巴人朝佛的帐篷弄塌了，康巴人很凶地跑出来，我害怕了，大声喊"阿妈阿妈"，阿妈格桑听到，赶紧出来，对康巴人说，对不起对不起，这是我儿子。康巴人才息了怒。

    那时候，阿妈的儿女先后参加工作，一家人分散在西藏几个地方。阿妈格桑要去她的老家山南地区加查县，朝拜那里的神湖拉姆拉错。以往达赖喇嘛、班禅喇嘛圆寂转世，都要先到拉姆拉错去观湖，看看湖中显现的迹象，再据此去寻找转世灵童的。普通众生到那里观湖，据说也可以看到自己的前世今生。

阿妈格桑在那里观湖，居然清晰地看到拉萨的景象，有布达拉宫、大昭寺、八廓街，她并不知道这预兆着什么。第二年，她的家人陆陆续续调到首府拉萨，全家人聚拢了，她觉得这就跟神湖预兆的一样了。但是，可怜她丈夫没等到这一天就去世了。

我从嘉黎县调到那曲地区，后来调到拉萨，再后来调到北京工作，因为没有电话、网络，与阿妈格桑一家人失联了多年。2008年北京奥运会期间，我接到一个陌生女孩的电话，原来是阿妈格桑的外孙女嘎美打来的。我们相约见面，原来嘎美是奥运的大学生志愿者。我问她怎么找到我的，她说，这还不容易啊，先到网上去百度你的名字，知道你在哪个单位，然后再打114，查到你单位的电话，就找到了。

见面时，嘎美拨通了家里的电话，让阿妈格桑与我通电话，阿妈在电话里就哭了，说这么多年都没见到大儿子了，阿妈现在老了，一定要在死以前见到大儿子啊！

2009年，我去西藏，一到就先去看望阿妈格桑，她抱着我哭着说，大儿子啊，我还以为死前见不到你了！我说，这不是见到了吗？您还能活很久很久的，能活100岁呢！

2011年，我重返西藏，创建牦牛博物馆，我对阿妈说，这回来就不走了。

阿妈的儿孙们大都参加工作了，还有好几个是在政法部门，我们搞过一次家人大聚会，场面很热烈。有几次，在萨嘎达瓦月里，我陪着阿妈转布达拉宫和八廓街。她拄着拐杖，走得虽然慢，但心情特别轻松愉快。

我去印度，还专门买了一串紫檀木的念珠给她。送去的那天，阿妈非常惊讶，大儿子你怎么知道我需要这个啊？我的那串旧念珠，刚好昨天断了，我今天就开始用你给我的这串，我要用这串念珠，念100万遍"唵嘛呢叭咪吽"！

我给阿妈讲我为什么要建一座牦牛博物馆，她似懂非懂，但她相信她大儿子做的事情一定不会错的。2013年5月18日国际博物馆日那天，我们在建设工地举办一个捐赠仪式，孩子打来电话，说明天阿妈要来参加。阿妈说，我大儿子要做牦牛博物馆，我想了好久，我该给大儿子捐个什么物件，好几夜都没睡好觉，终于想起，我年轻时放牦牛时穿的一件牦牛皮披风，还有一条我自己编织的牦牛毛毯子，这个给你们合适吧？我说，太合适了，牦牛博物馆就需要这个。

那天，她让女儿、外孙搀扶着，走上主席台，向牦牛博物馆现场捐赠。她是年龄最高的捐赠人。

西藏牦牛博物馆2014年5月18日开馆那天，我们特意安排，不请领导坐主席台，不请领导剪彩揭幕，而是请农牧民捐赠人和专家学者上台，阿妈格桑作为

阿妈格桑向牦牛博物馆现场捐赠

捐赠人坐上了主席台，并为牦牛博物馆揭牌。事后我问阿妈，感觉怎么样？阿妈说，过去开会总是领导坐在主席台，这次让我们老百姓坐坐，非常好啊！

以往总是说，高原缺氧不利于健康，甚至影响人的寿命，可如今生活条件改善了，西藏的高寿老人也越来越多了。阿妈格桑的身体和神态，好像比她自己七十多岁的时候还要好一些。人老了，有退休工资和医疗保障，又不愁温饱，子女孝顺，儿孙满堂，特别是宗教信仰自由，能转经时转经，那是最好的锻炼，不能转经时就坐在家里，左手捻念珠，右手转经筒，念着六字真言，想着极乐世界，心情愉悦，藏族人在生死观念上非常豁达，这对于他们晚年幸福尤其重要。阿妈格桑既喜欢热闹，也不怕寂寞，热闹场合她愿意去，人们都把她奉为有福气的寿星，孩子们忙的时候就忙去吧，她就自己念经。

已经念了100万遍"唵嘛呢叭咪吽"了，那就再念1000万遍吧……

补记：2016年冬天，阿妈格桑不慎摔了一跤，脑溢血故去。当时我在首都博物馆做《牦牛走进北京》展览，没能赶回拉萨为她老人家送别。回到拉萨了，但亲爱的阿妈却不在了，她待我如若亲子，音容笑貌常在心中。于我而言，没有了阿妈，西藏缺失了一块，拉萨缺失了一块，永无弥补……

[桑旦拉卓读后感]

阿妈格桑啦在有生之年能再次见到自己的"大儿子"亚格博真是欣慰啊！

当然阿妈格桑啦是藏族，亚格博是汉族，不同的民族、不同的语言文字、不同的文化背景，但在那样一个年代里，却因为都有一颗纯洁、真诚、善良、慈爱的心，成为了一家人，彼此关爱、彼此呵护着。

这样的感情和民族没有关系，和地域也没关系，我想这是人性最真挚的情感表达方式，只有共同经历过、共同感受过、流露真实情感的人，才会有这样的情感存在吧。

即使是远隔千里，也会牵挂着对方。

即使分离数年，终有团圆之日。

才旦周：环保书记

　　我很遗憾，2012年进行牦牛文化田野调查万里行时，到了青海省玉树州的好几个县，却没有能够到杂多县。这次因为杂多县举办2016年牦牛文化节，作为牦牛博物馆馆长的我受到邀请，来到这澜沧江源第一县。

　　进入杂多县境内，第一个印象是，这个纯牧区怎么这么干净？几乎没有看到在其他牧区到处可见的白色垃圾。辽阔的草原，碧绿一片，从眼前延伸到天边，以至于停车休息时，手上的烟蒂都不敢扔。

　　一段时间以来，我一直在关注、在思考、在呼吁——美丽高原，是大自然造就的，是上天赐予的，而洁净高原，才是我们所要努力的。我的观点是，藏区从前工业化社会，跨越工业化阶段，进入后工业化社会，我们享用了工业化的成果，建设了城市和乡村，但不可避免地面临工业化包括钢铁工业、塑料工业、橡胶工业、玻璃工业等残留，且日积月累。能否把世界最后一片净土留给子孙后代，是我们这一代人必须解决的问题。我在各种场合倡议"洁净高原"，但一直没有能够找到答案和方法。于是，如此洁净的杂多县，成了我最为关注的一个对象。我的目光自然聚集到杂多县的当家人、县委书记才旦周身上，他刚刚由县长转任县委书记。

　　才旦周的祖籍在囊谦，他自幼出生在玉树，算得上土生土长的玉树人。虽

才旦周（左）与作者

然从儿时起，作为一个传统藏族家庭所受到的教育，不能往河里扔秽物、不能随便砍树、不能乱烧东西，但现代环保的概念是没有的。过去的藏区，每个牧民都背着一杆叉子枪，枪和马，是一个康巴汉子的标志。随着枪支管理法的实施，老百姓的枪都上交了。而年轻时的才旦周，曾经作为公安人员，下乡时却能背着枪，那是很威风的。有时候下乡也会打打猎，当然，那时还没有实施野生动物保护法。

2008年，才旦周调任"青海可可西里国家级自然保护区"管理局局长，这个岗位让他真正接触到了现代环境保护概念，保护队的索朗达吉等队员们用自己的艰苦劳动乃至生命，去保护环境、敬畏自然，深深地影响了才旦周。而对于这片近5万平方公里土地的保护，引起国内外极大的关注，由此，也拓展了才旦周的视野。他有机会与国内外的环保组织交流，与吕植教授、杨勇先生等著名环保人士合作，使他懂得了生物多样性、生命的平等价值，懂得了以环境为代价的发展，是人类的灾难和悲剧。在可可西里无人区看到被偷猎者杀害的藏羚羊残骸，在新疆看到断流的塔里木河，被刺激的才旦周心里有说不出的难受。那时的才旦周除了巡山时必须带枪之外，再也不喜欢带枪了。

2011年，玉树地震后，他被调到玉树担任副市长，参加家乡的灾后重建，两年后，又被调到杂多县担任县长。

具有戏剧色彩的是，才旦周到任杂多县，正遇上了一场媒体事件：省内外媒体集中披露了杂多县的垃圾问题——虫草之乡乃是垃圾之城。一时间，负面报道扑面而来。他自己亲眼所见的县城，也的确是垃圾遍地，污水成河。

才旦周决定，从治理垃圾抓起。当然，有很多人不理解，认为县长的首要职责是抓经济发展，处理垃圾问题只是抓城管的副县长做的事。但此时的才旦周已经具备了环境与发展的基本概念，他想得更多、更远、更大。别看杂多县地处偏远，但它的生态价值非常高，尤其是作为澜沧江源第一县，这条江流经的地区，包括国内26个民族、6个国家，直接依靠澜沧江水生存的有6000万人，而当曲河又是长江的南主源，对长江的水量贡献最大。这样一个县，这样一个县的县长，

才旦周所在的杂多县

肩上有多大的责任！

　　杂多县有6.6万人，因为是虫草大县，牧民因为虫草致富，很多人迁入了县城。这个澜沧江峡谷间的小城，一下子挤入了4.7万人！其中有4万人是迁入的牧民。城镇化来得太突然，各方面都缺乏准备，一系列的问题随之而来，但当务之急是垃圾问题。才旦周决心已下，打响了突击战，一下清理垃圾500车，至少3000吨！挖出的深层垃圾，居然还有"文化大革命"时期的遗存物！

　　那天晚上，我专门邀请才旦周交流。因为我在20世纪70年代就生活在牧区，对当时情况很清楚。那时，牧民出门放牧，带着一把水壶，捡上几块牛粪，就可以烧茶吃糌粑了。现在是骑着摩托车，带着瓶装水和方便面，吃完就扔掉。

牧民进城安居是好事，可是他们的生活习惯却不可能一天之内变成市民。我把这个想法说出来后，才旦周笑笑，的确是这样。他刚到任时，出差到外地，都不愿意回县城，实在是太脏了！按每户日产垃圾5公斤计，每天产生垃圾就是50吨啊！小小的县城，一天不清理，就是100吨，几天不清理，就没法儿待了。

既有环保工作经历，又有从政经验的才旦周，请来北京大学的著名环保专家吕植教授，请来了NGO组织，与县里的干部一起走进群众家中，进行入户调查：你家每天产生多少垃圾？都是什么垃圾？如果让你把垃圾进行简单的分类能不能做到？调查效果出乎意料地好——老百姓都表示：能做到！才旦周说，是啊，谁愿意生活在垃圾堆里啊！于是，杂多县提出了简单但响亮的口号："垃圾不落地，出户就分类。"

才旦周到任时，整个县城只有两台垃圾清运车、40个环卫工，才旦周就从县财政拿出资金，增购了7台车，招收了300名环卫工，结合扶贫就业，每月固定工资1500元，还给交"三金"。可这样，起初也招不到人，一是因为环卫工被人看不起，二是因为这些户籍在牧区的人失去了虫草收入。于是，县里就规定，每年虫草季放一个半月虫草假；每年县政府领导宴请环卫工，还选出80名优秀者坐飞机往返到拉萨旅游。有这几项措施，报名的人多了，社会上对环卫工也尊重了。除了公共区域外，在试点社区，每100户设1名专职人员，由县财政支出。县城的居民每户每月交23元垃圾处理费，居民还很认可，当然特困户是免交的。

我很关心县城以外的广阔牧区怎么办，才旦周告诉我，设立了乡村垃圾点，村里的垃圾送到点上，每三天由县里回收清理一次。特别是挖虫草的季节，逢藏历十五、三十全部停止挖虫草，清理回收垃圾。

整治垃圾问题，其实非常复杂，仅仅靠行政力量、运动式是不行的。才旦周请来环保人士、NGO组织，进行科学研究，一是要减量，二是再利用，三是无害化处理，如果这三项都能各达到30%左右，那么垃圾问题就能得到基本解决了。同时，要让处理和再利用垃圾专业化服务的人有钱赚，有奔头。现在，负责杂多县垃圾回收的人不但赚了钱，每年还能给县里上交部分利润呢。

整治垃圾不到三年，才旦周的脸上开始露出笑容了——人们再也不说才旦周不抓发展、不务正业了，环境，成为杂多县经济发展的最基本的条件，整治垃圾、保护环境带来了极大的效益：领导来了，投资商来了，项目来了，国内外游客也来了……

我到杂多县来参加牦牛文化节，草原现场聚集了数万人，数千辆车。欢度节日的人们，难免会有废弃物，但能看到一些孩子们在捡垃圾，集中堆放；一些牧民手中拿着袋子里面装着空塑料瓶和易拉罐……才旦周的理念和措施正在变成老百姓生活的自觉行动。

那天晚上，我与才旦周谈得很好。眼前这位年届五十的藏族干部，温和之间透着坚韧，谦和之中透着宏大，随和之间透着自信。

我对他肃然起敬。如果连垃圾问题都解决不了，还能解决什么问题呢？

如果能够解决垃圾问题，又有什么问题不能解决呢？

在这个经济迅速发展的物质化时代，人类共同面临着一个同样的问题——环境问题。

全球变暖、土地荒漠化、各种自然灾害接连不断，这些并非只是天灾，更多的是"归功"于人祸，这样的人祸，我想是因为人类心理环境问题的不断恶化所导致的，环保的根在于我们内心世界的净化是否做得好。让我们每个人停下匆忙的脚步，哪怕是一分钟，安静下来，想想自己是否因为一时的懒惰，曾经或正在乱扔垃圾、随地吐痰。想想自己是否因为无穷的贪欲，曾经或正在乱砍滥伐、污染水源、无止境地开采。如果每一个人能减少那么一点惰性、减少那么一点贪念、减少那么一点自私，身边的环境就会干净很多。如果我们不清理内心世界的污染，环保问题依然会存在，并且更加严峻。一个县的书记，将环保作为首要任务，用自己的行动带动身边的百姓发自内心地领悟环保的重要性，自觉保护身边的环境，让这一片雪域净土名副其实。这样的正能量传递，不仅造福当地百姓、造福雪域高原、造福中华大地，更是造福全世界。

"没—喇嘛"石桑

"没—喇嘛"这个名字，是北京电视台王健给石桑取的外号。因为石桑吃饭时，总是这也不吃那也不吃，总是说 "没"，意思就是"不"。其实，藏传佛教里的僧人，并不是很严格地忌肉食的。在以往的高原，不吃肉就基本上没什么可吃的了，所以僧人吃牛羊肉是很正常的。但石桑不吃。

石桑是1997年在他九岁时出家的。这之前，他是藏北申扎县色林湖边草原上的一个小牧民。六七岁时就开始放牧牛羊。那时候，他是吃肉的，而且吃得很凶。

石桑是家里的大孩子，父亲日诺看着孩子一天天长大，不知道这孩子将来能干什么。石桑的舅爷是在当地很有名气的民间能人，他虽是牧民，但也做些生意，社会交往还比较广泛，僧俗二界都很熟悉。父亲日诺就去问舅爷怎么办。

舅爷问石桑："你是想上学还是想当喇嘛？"石桑说："想当喇嘛。"于是，舅爷和父亲商量，把石桑送去当喇嘛。但去哪儿当喇嘛呢？并不是谁想当喇嘛就能当的，也并不是想到哪个寺庙当喇嘛就能去的。

舅爷跟噶玛噶举派的楚布寺很熟悉，联系好了，又在当地牧区政府办理了各种手续。所有手续办完，石桑和父亲日诺搭上一辆东风牌大卡车，蜷缩在篷布下，穿过风雪高原，来到距拉萨70公里的楚布寺。

石桑

　　楚布寺始建于公元12世纪，是噶玛噶举派最重要的寺庙，是历代噶玛巴的驻锡地，藏传佛教的活佛转世制度最早也是从这里创始的。石桑进入寺庙的前五年，第十七世噶玛巴坐床，这在当时是藏传佛教中的一个重大事件。十七世噶玛巴活佛只比石桑大四岁，但噶玛巴是石桑的上师。石桑说，那时候我们都还小，一起玩得特别开心。当然，石桑只是一个小幼僧，在楚布寺里从最基础的藏文字母学起，开始了漫长的学经生涯。

　　几年后，有一次回到家乡的草原，正逢冬宰季节，每年的这个时候，牧区都要宰杀大批的牛羊。学习过很多经书的石桑，佛教中最重要的慈悲理念已经注入心中，看到等待宰杀的牦牛和羊那种痛苦的表情，那些牛羊甚至流下了悲伤的眼

泪，石桑就是在这时发誓，再也不吃肉了。他说，我们人要生病了，到医院打针都那么痛苦，怎么忍心看着宰杀牛羊，怎么忍心去吃它们的肉啊！

　　石桑的法名叫噶玛格列维色。他读经很用功，十七世噶玛巴曾经很想创办一个寺庙的图书室，并给这个未来的图书室命名为"妙音阁"。后来，石桑靠施主布施的钱，整理了两本古籍，得以出版，免费向信众赠送。2011年，我回到西藏创建牦牛博物馆。有一天，我的养女拉卓给我打电话，问我在家吗？她和一个小伙子抬着一个大麻袋进来。原来，这位叫石桑的小伙子和拉卓是亲戚。通过拉卓，申扎草原的牧人知道了有一个汉人来西藏，要创办一座牦牛博物馆的事。

石桑的父亲觉得这是一个特别好的事情，便动员他们全家，用了几个月的时间捻线、编织、缝合，做成了一顶牦牛毛帐篷，让石桑从申扎县送到拉萨来。这是我第一次见到石桑。我问石桑，这顶帐篷要多少钱？那时石桑还不太会汉语，通过拉卓翻译告诉我，父亲说了，你一个汉族人来到西藏，为我们建牦牛博物馆，我们就是放牦牛的牧人，怎么会要你的钱呢？这是我们西藏牦牛博物馆收到的第一件捐赠品。他们在我的临时办公兼住处吃饭，让石桑吃菜，可他这也不吃那也不吃，总是说："没"……

第二年，也就是2012年，听说石桑要去申扎县参加家乡的赛马节，我就让拉卓借给他一部自动相机，教他一些简单的操作方法，让他拍一点牦牛影像资料回来。石桑回来后，把储存卡给我，我在电脑上一看，真不相信这是石桑第一次拿起相机拍到的东西。他拍摄的东西，构图合理，用光精准，抓拍到位，简直是无师自通。我把他拍的一些图片用在我的个人微博上，得到了很多网友的点赞。

北京电视台要拍摄一部有关牦牛博物馆的纪录片，两度进藏，摄制组需要翻译，王健就找到石桑，这时的石桑汉语已经很有进步了。石桑特别愿意跟着摄制组，他向寺庙告假，一边当翻译，一边也拿着王健借给他的相机拍点东西。他虽然并不懂摄影艺术原理，但非常喜欢，而且天生精通。

我与石桑后来很熟悉了，按年龄辈分，我是他的父辈，我常管他叫"普"，就是男孩或儿子。石桑这几年经常请假，从楚布寺来拉萨看病。我问他什么病？他说医院检查主要是贫血，我就骂他：你这个"普"，这也不吃那也不吃，可不是贫血吗？你吃的那点东西怎么能造出血来呢？他还说，我吃得很多啊。

他在我家吃饭，仍然是吃一点素菜，品种特别少，吃的量也小，有时候我逼着他多吃一些。其实石桑来拉萨看病挺麻烦的，因为僧人管理很严格，要向寺庙请假，要寺管会批准，要开各种证明，才能离寺进城，进了城住在哪里，都要汇报。

今年上半年，听说石桑还俗了，我很惊讶，一直想找他问问怎么回事，直到日前才找到他。他骑着一位朋友送的电动车过来，还是在我这里吃饭，还是这也不吃那也不吃。我说，你都还俗了，怎么还是"没一喇嘛"啊？石桑告诉我，他不是还俗，而是离开寺庙了。他在楚布寺待了十八年，那里海拔比较高，他身体又不好，经常请假看病，寺庙和僧友也有意见，他就干脆离开寺庙了。我问他，手续都办好了吗？他说都办好了，户口也迁回申扎县了，现在的身份是牧民。但他的身体还是不能适应申扎老家的高海拔，就在拉萨住着。

石桑在嘎玛贡桑居民区租了一间房，把妹妹也带来拉萨打工，在一家酒店当服务员。至于石桑自己，他说，我现在不是僧人，而是一个普通牧民，所以，到哪儿去都很方便，很自由，心里很轻松啊。

虽然离开了寺庙，石桑还是每天都念经，有时候帮助别人整理藏文古籍。为了维持生计，他会到转经路上摆地摊，卖一些帽子小包之类的东西，但是，城管管得很严，他都是在天刚亮、城管还没上岗的时候去摆摊，挣点小钱，一看到城管来，卷起东西就跑。我问石桑，既然离开了寺庙，有没有打算找女朋友成个家啊？石桑说，没有没有。

石桑自己最想做的还是摄影工作，有时候能够找到一些活儿，给摄制组打

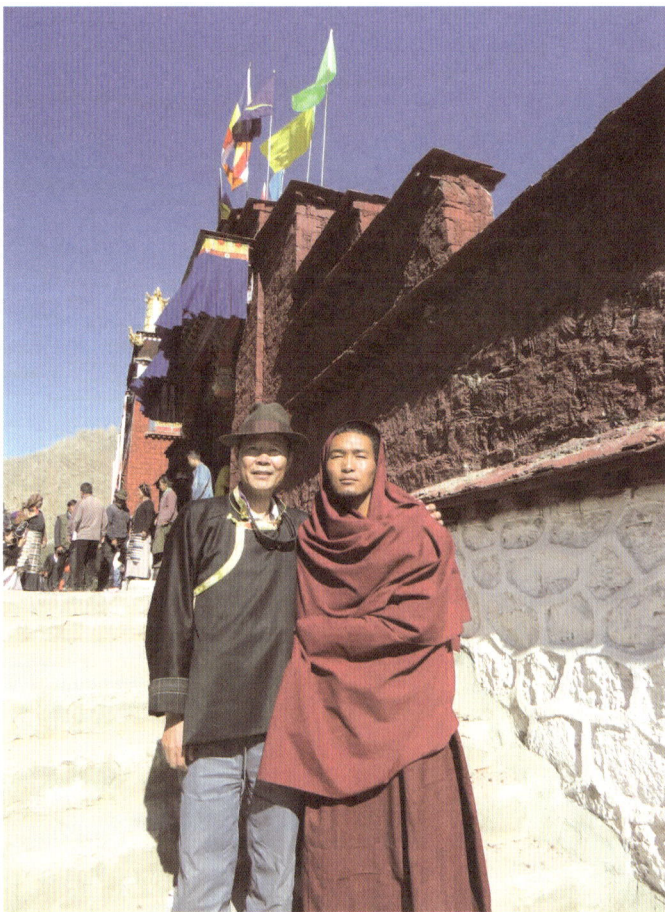

石桑（右）与作者

工，但这活儿不是常有。我问石桑，你喜欢摄影，你用什么相机？他说，我没有相机。你连相机都没有，还搞什么摄影啊？我正好有一台闲置的莱卡自动相机，我说，"普"，你拿去用吧。

[桑旦拉卓读后感]

"非洲和尚"，很多人会调侃式地这样称呼石桑。因为他有一头自来卷的头发、黝黑的皮肤和一个并不是很像藏族人的轮廓。对这样的称呼，他也是挺乐意的。在哪里见到石桑，大多是一个打电话的状态，之后，他跟我说过，这些打电话的人都是向他诉苦，诉说各种人生苦难的人。是的，的确，石桑喜欢听别人的倾诉，并力所能及地帮助他们，不论是精神上的安慰还是物质上微薄的帮助，但对诉苦者本人来说还是很欣慰的，所以，这位"知心大哥"的电话总是很忙……因为石桑是我的表哥，是亲戚关系，在藏族人的风俗中兄妹之间很多问题都不会谈论的，所以我也没有问这些人究竟有何苦衷？但他说过，帮助别人可以给自己带来快乐，所以何必不快乐一点呢？如今，当年的"非洲和尚"已经不再是身穿绛红色袈裟的僧人了，他选择了自己认为对的路，对于我们而言只是一个旁观者。

念者兄弟：嘎德与诺次

    吕梯航是进军西藏部队十八军的湖南籍战士。1950年，在昌都战役中，他亲手俘虏了藏军的指挥官。在1959年平叛战斗中，他们部队还攻占过一位贵族的宅院。他绝对不会想到，若干年后，他居然向一位贵族小姐发动了攻势。最后，不知道该说是他俘虏了对方，还是被对方俘虏了，总之，他与从中央团校学习回来的进步青年——朗氏家族的索朗央宗小姐结成了夫妇。后来才知道，当年攻击过的贵族宅院，就是这位小姐的家。1971年，他们的男孩在拉萨出生，取名为嘎德。

    嘎德虽然有一半的汉族血统，可一直在热赛社区成长，小时候连一句汉语也不会。他后来在这里上幼儿园、上小学、上中学、上大学，在大学工作，居住的环境基本上就在这离他出生地不到一公里的街区。嘎德的父亲在西藏工作了一辈子，最后告老还乡。嘎德三十岁时才第一次来到父亲的故乡——青山绿水的湖南，当然，除了朝祖，还朝拜过毛爷爷诞生的韶山冲。

    嘎德十五岁正读初中时，赶上西藏大学的前身——西藏师范学院招收少年美术班。自幼喜爱绘画，用连环画、小人书当教材的嘎德，得以幸运进入。在这里，他学习了两年中学课程，接着读了三年大学专科，又到中央民族学院补读了一年本科，之后，就留在西藏师范学院，一直到后来更名为西藏大学美术系。如果按西藏的政策，二十五年以上的工龄，四十六岁的他今年就可以退休了。

嘎德

嘎德真是好运气！赶上了西藏美术的活跃繁荣年代，拉萨虽小，可很有一些名家，他赶上了像韩书力、于小冬等一批好老师，即使他屁颠屁颠地跟在那些大哥哥们身后帮着搬画框，进的也是裴庄欣创办的西藏第一家画廊。他先是学习传统国画，后来涉猎水墨画，再后来，就是一边教授青年学生，一边自己创作。

　　也许，更多的人对西藏绘画的印象，就是传统的唐卡，很少有人知道20世纪80年代，当代艺术就影响到了西藏。1984年，当时风行全球的美国当代艺术家劳森柏就在西藏革命展览馆举办过展览，虽然多数人根本看不懂劳森柏的当代艺术，但这位洋人却在高原年轻人当中播下了最早的当代艺术的种子。20世纪八九十年代，西藏的学术氛围相当宽松自如，年轻人非常热爱学习探讨，在校园内外，在甜茶馆，在烟雾缭绕、酒气浓烈当中，他们谈论着传统与现代、东方与西方、继承与创新、坚持与反叛。

　　当时绘画功底已经非常不错的嘎德，对绘画艺术的兴趣已经转向当代了。他熟悉了传统艺术，也对传统艺术提出了自己的质疑：为什么艺术家一定要"创作"出一种"高大上"的东西，而且在相当程度上是用沿袭下来的旧方法旧模式，去让人"欣赏"？为什么不能是用新的方法，去表现自己的生活、自己的感受、自己的领悟、自己的理念，让观众一起来思考？我也与嘎德探讨过，是不是传统艺术更重于"客体"，而当代艺术更重于"主体"？他说，是这样的。

　　2003年，拉萨的一批新兴的艺术家筹办了一家名为"根敦群培"的当代艺术画廊，嘎德是当中的热心者。他们组织过很多次的探讨、很多次的展示，成为当代西藏年轻艺术家的聚合体。

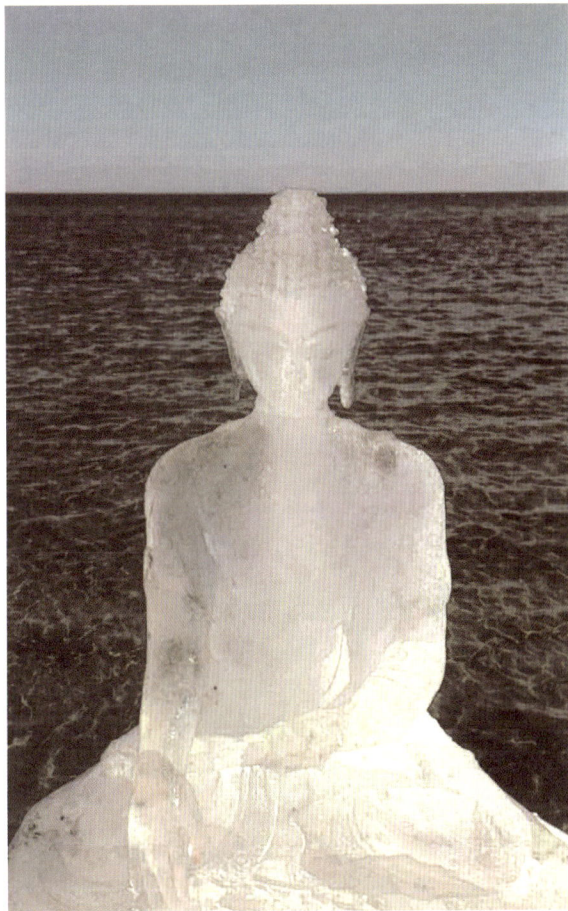

嘎德观念摄影作品《冰佛》

2008年，中国当代艺术著名评论家栗宪庭来到拉萨，对西藏年轻艺术家的水平很是欣赏，甚至可能有些惊讶。嘎德等一批年轻人大受鼓舞，开始在栗老师的指导下，筹办一场重要的展览，这就是2010年在北京宋庄举办的《烈日西藏》。这场展览在北京很是轰动，展期一再延续。在这场展览中，嘎德的观念摄影作品《冰佛》受到广泛的关注，栗宪庭对此亦有很好的评价。嘎德本人认为，《冰佛》这件作品，以水成冰、融冰为水的过程，表现了佛教中轮回、无常的观念。这件作品后来在台湾展出引起了轰动。展览我本人也在裴庄欣的引导下观看了两次。可以说，《烈日西藏》那场展览一直影响到今天。

拉萨的青年艺术家们都挺会经营，绘画的同时也做点生意。嘎德也不例外。可嘎德的生意里最不忍提起的一笔是他在仙足岛的两套房子。那时忽然有消息，这片区域面临改造，政府只会对自住的一套房子给予补贴。嘎德便将另一套房子出售给了另一位画家——他便是本文的另一位主人公诺次——后来，改造的消息又像一阵风似的刮过去了，这里的房子价格猛涨起来，嘎德说，哦呀，我的肠子都悔青了啊！

诺次要比嘎德年长八岁。他的父母也是出身于拉萨的两户贵族。西藏和平解放后，他们家族都算是上层进步人士，都把子女送到中央民族学院艺术系学习，毕业后双双分配到拉萨市歌舞团工作，父亲是小提琴手，母亲是舞蹈演员。

诺次甚至要比嘎德更为幸运。他初中十六岁时，刚刚组建的西藏电视台要招收一名电视美工，自幼热爱绘画的诺次便被选上了。第一任台长与诺次家族有些渊源，便把他当成亲儿子一般。但草创中的西藏电视台条件非常简陋，电视屏幕上的字幕要先写在纸上，再拍成照片，诺次最初的工作，就是写字幕。工作一段时间后，诺次被保送上了西藏大学的美术系，后来又到中央民族学院美术系、天津美术学院、广州美术学院学习，很少有人像诺次这样，一个人上过四所大学！他与嘎德不同，学习的是油画专业，基本功相当扎实，他的作品曾经在英美等国举办过个展及参加过展览。

但是，诺次的经商历程要比他的艺术历程更为丰富。继裴庄欣创办西藏第一家画廊后，诺次便在他的对面、布达拉宫下开办了"雪域画廊"。据说生意是出奇地好啊！那些欧美日本的游客几乎是见着西藏的画就买。有一次，一个日本团

诺次

队疯抢着把画廊的画给买光了。后来，这家画廊因为合伙人意见不一就没做了，诺次更进一步，到布宫雪城的院内租了一块地，搭了一顶200多平方米的帐篷，生意仍然火爆，不但画卖得好，甚至连帐篷的门帘、里面的酥油灯都卖出去了！诺次的第三个画廊甚至开到了布达拉宫下原来的藏军司令部。此后，诺次还办过西藏电视台装潢广告公司，还接手过北郊的一家造纸厂，还真造了三天纸。不过，诺次觉得自己离艺术越来越远了，这造纸跟艺术有什么关系啊？

诺次不想再做生意了，也不想再在电视台混了，他决定辞职。母亲龙珍觉得儿子要辞职这事儿太大了，带着儿子到哲蚌寺去找喇嘛算卦，哪知道喇嘛竟说，可以辞，于是，他就辞职了。电视台领导考虑到他毕竟在电视台工作了二十多年，便给他办了个病退，诺次便成为职业艺术家了。

诺次虽然比嘎德年长一些，但在当代艺术方面，他甚至比嘎德走得更远。他认为，当代艺术更多的应该是表现艺术家独特的感觉，至于用什么表现方式、用什么材质媒介，都是艺术家自己的选择，可以是画笔颜料，可以是钢铁沙石，也可以是草木流水，甚至是自己的身体。诺次也是《烈日西藏》展览的中坚人物。他的装置艺术作品《三十个字母》是用铸铁的方式，用沙土半掩着沉重的三十个铸铁藏文字母，带着斑驳的锈迹，给人强烈的冲击感。诺次说，我自己从小就学习藏文，可到现在，用藏文念个简单的报纸都磕磕巴巴的。所以，他一定要用这种强烈冲击的方式来表达自己内心的感觉！

让嘎德肠子都悔青了的那笔房产生意，无疑是诺次占尽优势，但这笔生意却成就了另一番事业。

诺次作品

今天的人们有一个基本的共识，西藏不可能走以往工业化的路子，拉萨也不可能成为一座工业化城市，只能向文化历史古城的方向发展。仅仅从视觉艺术方面，传统的、现代的、当代的，各种流派、各种风格、各种作坊、各种工作室等都应运而生，各色艺术家都在这里寻找表现自己的机会。那么，当代艺术的位置在哪里呢？作为创新前沿的当代艺术，显然不是大众化的，但应当在某些方面显示其引领作用，而它自身也需要有一个空间。

　　诺次和嘎德商量，为了让当代艺术在拉萨有一个空间，他们把这套房子进行重新设计改造，变成了一层为展室、二层为交流场所的当代艺术空间，冠名为"念者 西藏当代艺术空间"。面积虽然不大，但功能性和艺术性都很强，从2016年投入使用后，已经举办过多次活动，每一次活动都吸引了拉萨大批文艺青年，使诺次和嘎德忙得不可开交。

　　因为我也住在仙足岛，距离比较近，又因为与嘎德和诺次都是好朋友，他们的每一次活动我都要参加，虽然不懂当代艺术，但可以长长见识嘛。西藏牦牛博物馆曾经举办过一次《哞——牦牛现当代艺术展》，嘎德以一幅黑色牦牛毡为底、红珊瑚为材质镶嵌的重达90公斤的《红太阳》作品，置于展览之首。诺次则在博物馆庭院内，用一大卡车卵石和钢筋，创作出装置艺术《珠峰》，表达出对人类自然生态的警示与召唤。所以，他们早就是牦牛博物馆的热心支持者。

　　昨天，我又去了"念者空间"，一场新的展览正在布展中，那些作品更为前沿，像我这样的门外汉，除了看看热闹，还需要细细地琢磨……

相比现如今我所看到的西藏青年，真羡慕20世纪八九十年代，西藏青年们对学习的态度，他们有着对理想无杂念的追逐，对自己有着更加清晰的自我定位，对艺术、学术的表现有着自己独特的见解，无论它是否枯燥、是否艰难，都能用很长的时间克服常人难以想象的困难去思索、推敲。最后为人们呈现出神入化的作品。就像中国文联副主席、著名作家丹增先生对艺术家所讲的一样："真正的艺术家，首先要把艺术当成自己的生命，让艺术流淌于血液当中，以艺术塑造灵魂，而不是塑造金钱；艺术家应不懈探索、创新，杜绝模仿、抄袭；真正的艺术家，不能把艺术当成饭自己吃，而是要想到把艺术留给后人享用。"他指出，目前艺术工作者普遍存在的最大问题是，心态浮躁、急躁、暴躁，艺术工作者一定不能急功近利，而要耐得住寂寞。

我想只有把艺术当成生命的艺术家，才能有《冰佛》《三十个字母》这样的作品了。

觉次仁扎西啦

2013年，牦牛博物馆还只是一个建筑工地。尼玛次仁告诉我，有一个老头，总在工地附近转悠。尼玛次仁上前去跟他打了个招呼，老头就问他，听说有个汉族人，要在这里建一个牦牛博物馆，是真的吗？能不能见见这个汉族人？

那天，尼玛次仁就把他领到了筹备办来。他叫次仁扎西，是尼泊尔籍藏族人。我请他坐下来聊聊，向他介绍了牦牛博物馆的创意。老头慈眉善目，总是弯着腰做恭敬状，一口一个"拉索"（好的好的），非常低调，倒也看不出什么特别之处。他说，他在江苏路上有一个藏毯店，希望我有机会去看看。我跟尼玛次仁、龙冬就找了个时间去了。在那个店里，他给我们展示了几件牦牛皮制品，全是很有年头的物件，看得龙冬眼里直冒光。我也想问一下这些物件什么价，但次仁扎西只是笑了笑，没有接话。

此后，我就四下打听关于次仁扎西的情况。八廓街的古玩商一提起次仁扎西就说，啧啧，他可是大商人啊！他还有一个别名，叫"地狱扎西"，因为他做生意太厉害了。还有传闻说，他有西藏最好的天珠，九个眼的，带到香港，大古玩商闻声而来，他出价7000万，那些商人说，东西真好，就是价格能不能再商量？次仁扎西说，7000万是今天晚上的价格，明天就不是这个价了。

几天后，我接到布达拉宫索南航旦老师的电话，说次仁扎西要请我们到家

次仁扎西

里吃饭，我跟龙冬一起前往。龙冬说，没准儿今天老头要给咱们博物馆捐一两件东西吧。到次仁扎西家后，他很隆重地款待我们，先上茅台酒，喝酒吃菜，吃完饭，再上茶。我跟龙冬交换眼神，意思是，老头怎么还不说捐赠的事呢？一会儿，次仁扎西从里屋拿出一件哈达卷着的东西，说，这不是给博物馆的啊，这是给亚格博个人的，边说边打开，是两块刻有图案的骨片。索南航旦是文物专家，一看："哇，这可是老东西，至少一千年哦！"索老师拿过来，仔细地看："不止一千年，可能有一千五百年呢。"至于是什么东西，次仁扎西和索南航旦分析，这是人骨，是很早以前苯教用来算卦的法器啊！我本人既不懂文物，也不搞收藏，但盛情难却就收下了。我心里想，他给我送这么珍贵的东西，那给我们牦牛博物馆的东西得开出什么天价啊？然后，次仁扎西开始展示关于牦牛的物件了，拿一件，就请索老师看，这是什么材质、什么年代，一共拿了8件，索老师一一看过。我们此前只征集一些比较晚近的日常用品，还是第一次见到年代久远的牦牛物件，我和龙冬面面相觑：这得多少钱啊？我试着问次仁扎西，这些物件什么价啊？次仁扎西笑笑，让家人拿了一个大编织袋往里装，装完后，次仁扎西对我说："亚格博啦，这些全都捐给你们牦牛博物馆。"这既让我们喜出望外，又让我对刚才自己"以小人之心度君子之腹"感到惭愧。

第二天，次仁扎西派他儿子旺钦来我的住处，旺钦带着一台苹果笔记本电脑，打开文件夹，里面有与牦牛相关物件的图片，共有70多件。我和龙冬一件一件地看，真不知道老头从哪里找来那么多老物件。我心里不能不想，老头昨天给我捐了8件东西，这70多件物件，该给我出价了，那一定不会是小数啊！我再次

"以小人之心度君子之腹"，旺钦把笔记本合上，用他不太好的汉话说："我阿爸说了，这些全部都捐给牦牛博物馆！"我和龙冬简直乐疯了，可怜的牦牛博物馆终于遇上大施主了！

按照国际博物馆惯例，我们为次仁扎西专门举行了一次专场捐赠仪式，由拉萨市委市政府向他颁发了西藏牦牛博物馆荣誉馆员证书。当西藏电视台和拉萨电视台采访次仁扎西时，他只是说，尼泊尔的空气湿度大，这些东西还是放在西藏比较好。

不久，我和龙冬因为参加我们北京出版集团出版的王静《静静的山》全球首

次仁扎西（左二）专场捐赠仪式

发式，到尼泊尔首都加德满都，在那里受到次仁扎西的款待。我们到了他的家，去了他的工厂，跟他轻松地聊天。从尼泊尔返回中国时，我们先坐次仁扎西的车到边境，通过关口后坐我们自己的车回拉萨，途中还路过次仁扎西的家乡——西藏聂拉木县江东村。

次仁扎西就在这里出生，并度过了他的少年时代。他从六岁起就开始放牧牦牛。那会儿国家困难，家里也很穷，只有两头牦牛，也是次仁扎西的伙伴。他每天早上骑着牦牛，渡过村边的小河，到高山牧场去放牧。小时候玩性大，天黑了还不回家，那两头牦牛就等在河边，一直等到他玩够了，才骑上牦牛渡过河回家，就这样一直到十五岁。

1965年，他跟着父亲到尼泊尔讨生活。那时候，边民是可以自由往来的。他们来到加德满都，到当地商人开设的藏毯厂打工。尼泊尔商人就用当地的廉价劳动力加西藏质高价廉的羊毛，仿照西藏的传统图案生产藏毯，那些藏毯在西方很受欢迎。次仁扎西看准了这一点，便自己开设工厂，制造藏毯。他学会了尼语、英语，开始远涉欧洲美国，接触客户，甚至在纽约、汉堡、香港开设藏毯商店，迅速发展起来。在西方，他见识了西藏文化古玩是如何大受青睐，也逐渐对自己本民族的物件进行认识和研究，并做一些收藏。当时西藏本土对这些老旧物件并不知道其价值，有的甚至当作了垃圾。次仁扎西赶上了这个历史机遇，获得了巨额利润。这是一个从穷小子到亿万富翁的故事。

在收藏家眼里，与牦牛相关的物件，是些价值不高的民俗类东西，一般都不会收藏。但次仁扎西因为小时候放牦牛的经历，可能原本就是想给自己留个念想，他说，几十年后他想到那两头牦牛还会流泪。他完全没有想到，很遥远的后来，居然有人要建一座牦牛博物馆，让他收藏的这些物件找到了最好的归宿，至于金钱，他已经不再在乎了。

由于没有利益关系，我与次仁扎西交往就多了起来。我管他叫"觉啦"（大哥）。因为他一共捐赠了88件藏品，其中有的还是吐蕃时期的古物，按照当今八廓街市场的行情，总计价值在几百万元。我们商量，不再接受他的捐赠了，如果他又发现新的老牦牛物件，我们将按市场价有偿购买。

次仁扎西这几年成了虔诚的佛教徒，除了往返欧洲和中国香港外，在藏区的

次仁扎西（左）与作者

日子大都奔走在朝佛的路上。也许，这其中也有为他当年做过宗教法器的生意而忏悔的成分吧。今年他母亲过世了，他更是到各个寺庙去做法事，为亡灵超度。他曾经是喝酒的，而且酒量很大，现在烟酒不沾，初八、十五是绝对吃素的。日前，正逢十五，我们几个朋友小聚，他什么都不吃，每逢十五，他不再吃需要动牙齿的东西，那就只能喝点汤了。出于礼节，跟别人敬酒时，他只是闻一闻，说："哦，真是好酒啊！"

次仁扎西（中）与龙冬（左）和作者

商人眼里的他是一位成功的商界精英。

古玩界眼里的他是一位资深的古玩专家。

路人眼中的他是一位朴素、慈善的藏族老人。

我眼中的他是一位真正的西藏贵族。

第一次见到觉次仁扎西啦是在2013年，尼玛次仁叔叔让我到馆长办公室，帮老先生进行汉文翻译，老先生说话语气平和，讲话时都会使用敬语，如果光听声音会错觉是一位中年男人的音色，浑厚富有磁性，但实际上老人已年过六旬。此后，因为工作关系，与觉次仁扎西啦见过多次，也向他请教过很多问题，因为是牦牛博物馆的专家，很多馆里举办的活动都会邀请他，每一次他都很准时地赴约。这一点，足以让我这样患有"拖延症"的人学习。有一次，亚格博邀请觉次仁扎西啦到家里吃饭，来了很多人，也聊起了很多话题。来的人、聊的话题都已记得不清楚，唯独记得最清楚的是，当我们都投入在话题当中，忽略了为厨师姐姐端过的汤、盛上的饭道谢，但老先生接过汤后，用很真诚的目光和笑容，连声对厨师姐姐道谢，并在离开的时候，也不忘对厨师姐姐表达谢意，那一幕，我仍旧记忆犹新。

贵族，可能是腰缠万贯、佩金戴紫，或者唯我独尊的。

但我心中的贵族应该是有一颗宽容他人的心、尊重他人的德，无论身处何境，都能保持一个平静、不卑不亢、谦卑的心态对人对事。更会用慈悲和智慧经营自己美好的人生，就像觉次仁扎.西啦！

顿珠

熟悉的人没有谁不羡慕拉姆的。很多年前，拉姆在离婚后带着两个女孩，嫁给了比她小七岁的顿珠。顿珠那时才二十出头，是一个英俊小伙，虽说个头略小一些，但绝对是拉萨的俊男。他们婚后，顿珠对那两个女孩视同己出，珍爱有加。后来，他们又生了一男两女。孩子们完全像亲兄弟姊妹一样，一家人过得非常幸福。

那是20世纪70年代末，当时顿珠和拉姆都在拉萨市国营照相馆工作。对顿珠来说，找到这份工作可不容易。此前，顿珠只是读过两年小学，"文化大革命"就辍学了。父亲挨整，母亲在古城八廓街居委会合作社的一个小作坊做手工压面条，只有微薄的收入。为了讨生活，顿珠跟着武汉测绘队当了一年翻译，十几岁就到过无人区。父亲在劳动改造期间，顿珠就帮着放牛。顿珠说，要是牦牛吃了庄稼，父亲就要更厉害地挨批斗了。顿珠还到西郊电厂当过小工，一个月只有20块钱。

虽说当时大家的日子都过得不容易，但顿珠要比拉萨同时代人生活得更为艰难。这是因为顿珠的家世。

顿珠的爷爷其实是个汉族人，可能是在清末从陕西大荔县来到拉萨做生意。大约在20世纪二三十年代，爷爷又把年幼的儿子带进了西藏。顿珠的父亲叫岳天

顿珠

喜，1916年生人，自幼在拉萨长大。那时的拉萨汉人屈指可数，如果不懂藏语就基本上难以生存了。岳天喜既懂汉语，又能说一口流利的拉萨藏语，这在当时是极为罕见的。40年代末，国民政府在西藏还有个办事处，岳天喜便被招去，既当翻译，又当厨师。办事处被驱逐后，岳天喜还是留在西藏了。因为他从小在这里长大，还娶了藏族姑娘格桑做老婆，他觉得这里就是他的故乡。解放军来了，西藏和平解放了，那时太缺乏双语人才了，岳天喜就又被招到西藏军区当翻译。"岳通司"当时还是有些名气的，据说后来不少藏族翻译人才当了干部，还记得"岳天喜岳通司"呢。但毕竟岳天喜是在国民党驻藏办事处里干过事的，在那个年代不会得到信任，不久就被调到农科所去了。

"文化大革命"一开始，岳天喜就受到了批斗。到1969年，被以"国民党特务"的罪名抓进了监狱，关押在拉萨市第一监狱。阿妈格桑带着顿珠姐弟艰难度日。1973年，岳天喜和一批参加叛乱的人员一起被释放。可出来时已经是垂垂老矣，五十多岁就老态龙钟了。这个时候，顿珠进入了拉萨照相馆，总算是有一个正式工作了。

如果有人问顿珠是什么民族，顿珠会不假思索地说："我是藏族啊。"他虽然只有二分之一藏族血统，但他自幼生活的周围全部都是藏族，无论语言、生活、宗教、习俗、思维方式和行事方式，都是藏族的风格，他只是比别人更早地学习了汉语而已。认识他的人也都把他当藏族，很多人根本不知道他还有汉族血统。

我最早认识顿珠时，是在20世纪80年代。那时候已经改革开放了，来西藏

顿珠（左一）、作者、拉姆（右一）

旅游的人开始多起来。当时人们用的大都是装胶卷的相机，冲洗胶卷和扩印照片的业务量陡增，拉萨照相馆的生意格外地火爆，顿珠和拉姆每天都忙碌不停，估计那时的经济效益也不错。他们的儿子索朗算来只有四分之一汉族血统吧，长得特别可爱，那时还没有上小学，就把我认作干爹了，一直到现在，他自己都当爹了，他的儿子只有八分之一汉族血统，管我叫爷爷。

聪明和勤快是顿珠最明显的优点。拉萨刚刚有彩色胶卷时，照相馆就上了第一台彩色扩印机，顿珠当然就是第一位师傅了。西藏摄影家协会看着顿珠聪明，做活质量好，就把影协的活儿交给他干。后来，他们干脆把顿珠等几个人拉入伙，另外成立了一家摄影社，就在布达拉宫底下，那些年可没少挣钱呢。挣了钱，顿珠在西郊盖起了独门独院的房子，2001年，我参加北京市党政代表团来西藏时，还带着我们团长、时任北京市委副书记的龙新民到他家做过客。后来，他把那房子卖了，又在东郊安居院买了新房。顿珠的勤快是尽人皆知的。拉姆从来不用进厨房，据说她连怎么开煤气阀都不会。顿珠还炒得一手好菜，家里人团聚，都是顿珠一个人忙前忙后，洗菜切菜炒菜都是他一个人包圆了。吃过饭，孩子们抹抹嘴走了，连洗碗也都是顿珠完成。顿珠的厨艺好，几乎可以达到正规厨师水平，可能是他在国民政府办事处当过厨师的父亲的传授吧。那年他到北京去给拉姆治病，住在我家，每天都给我烧饭炒菜，让我享受了一个多月。

顿珠与我同岁，可按照西藏的政策，比我早好几年就退休了。退休后最主要的事情，就是朝佛。他觉得，这是生命中最重要的事情。这些年，顿珠带着拉姆，朝拜了藏区几乎所有的大小寺庙和神山圣湖，还到内地的五台山、九华山、普陀山去朝拜，甚至还到尼泊尔、印度的佛教圣地去朝拜过。他们用最少的钱，乘用最廉价的交通工具，花费最少的食宿费用，很多地方都是徒步行走，在沿途山洞住宿或者是借宿，自己背着糌粑和干肉，只要能够维持生存就继续朝佛的行程。最近，顿珠还去往隆子县接近中印边境的扎日神山去朝拜，路上特别艰苦，要在齐脚踝的水路上走上四个整天，只能在前面的朝圣者留下的塑料棚子里过夜。顿珠说，如果不趁着现在身体还行，以后就转不动了。拉姆说，他们更愿意到一些小寺庙去拜佛，我们只能布施一点儿小钱，但那里的喇嘛很慈悲很客气，不像有的大寺庙，只喜欢有钱的大商人，他们有大布施，有的喇嘛对我们这些小布施根本看不上。

这几年因为工作忙，我跟顿珠往来就少了一些。但是，我也有早起行走锻炼的习惯，往往会与顿珠在布达拉宫前的转经道上相遇。顿珠和拉姆每天天不亮就起来，坐公交车到林廓路上开始转经，拉姆转的是小圈，而顿珠每天都要转大林廓，那一圈有十多公里呢。我与顿珠相遇，匆匆问候几句，顿珠继续转经去了。

我望着顿珠的背影，从他的爷爷来西藏做生意、他父亲在这里自幼至死，到他的儿子、孙子出生长大，算起来有一百年左右，五代人了，顿珠和他的后代从血液到心灵，真正成了地道的幸福的藏族人了。佛祖保佑他们！

[桑旦拉卓读后感]

对于一个人来说，很难保证说自己是纯正的属于某个地方的人。因为，往自己的祖辈、祖辈的祖辈翻起历史，我们可能会有连自己都想不到的血缘，血缘对于一个人，对于一个家庭来说很重要，可能会因此而荣、因此而喜，也可能会因此而卑、因此而痛。"血缘"并不会永远地、绝对性地将一个人定格成某个民族，并形成族人们的意识，更多的应该是取决于你对这个民族的归属感，你的思维方式、信仰、价值观和你的生活方式、情感表达方式，甚至衣、食、住、行，都能自然地、毫无保留地融于这个民族中。这些应该会比"血缘"来定论一个人属于什么民族更加长久吧。

益西卓玛和她的老公

1999年，益西卓玛终于走出来了。

她是甘肃藏族人，十几岁的小姑娘，跨越昆仑山和唐古拉山，千里迢迢到拉萨来讨生活，帮人带过孩子，给人打过工，还在一个收藏家那里当过勤杂。那时生活太艰苦了，但她是从农村出来的，什么样的苦都能吃能熬。后来住在主人家的厨房炉子边，床铺底下老鼠到处乱窜。在西藏很难搞灭鼠，因为那是杀生啊，所以老鼠比较多。有一个晚上，她睡着了，疯狂的老鼠把她的手指咬破了，她自己给流血的伤口抹了点消炎药，暗自流泪，决心要走出去，自己到外面闯荡去了。

临近八廓街的拉萨电影院，那时沿街都是摆摊的地方。益西卓玛搞到了一个铁条焊成的小摊位，售卖一些廉价的工艺品给游客。益西卓玛形象不错，藏族姑娘又大都比较和善，容易揽客，所以生意要比别人好一些，每天能挣上几十块辛苦钱，维系着日子。

那天，邻摊一个商人，很神秘地把她拽到一边说悄悄话——左边几十米一个摆地摊的小伙子，让他传话，说想跟她"耍朋友"，益西卓玛一下子脸红了，她没遇到过这种事，也未置可否。第二天，在她没注意的时候，她的摊子上出现了一袋牛奶和一块蛋糕。她知道是谁送来的，但不好意思吃。她注意看了一下，那是一个个头不高有些消瘦的四川小伙子，摆着一个地摊——那比她摆的架摊还要低一个档次呢。她心想，反正这牛奶蛋糕不吃就浪费了，到了下午，她偷偷地吃了，嘴里心里都美滋滋的。再过一天，摊子上又出现了牛奶和蛋糕。那个有心计的小伙子，已经悄悄把他的地摊位挪到了她的摊位对面，他们可以隔街对视。益西卓玛发现，每到吃午饭时，小伙子不见了。后来才知道，他舍不得花五块钱买一份盒饭，回到借宿的朋友家随便吃上一口饭或者一碗面。于是，快到午饭时，益西卓玛就买一份盒饭，放到小伙子的地摊上。两个人就这样"耍"上朋友了。入冬了，拉萨的冬日暖阳虽然灿烂，但早上还是很冷的，小伙子穿着一件蓝色褪成灰白色的外衣，上午出来摆摊时还冻得发抖。那一阵儿，益西卓玛的生意特别好，就给小伙子买了一件有羊毛内胆的皮夹克，这是小伙子有生以来穿的价格最高的一件衣服了。

小伙子叫张政贵，四川绵阳人，老家在农村。1995年，好歹考上了重庆师范学院的大专班。他父亲是农村信用社的工作人员，为了给儿子支撑学业，挪用了公款，被发现了，给除名遣返到农村。张政贵没有了经济来源，上不起学了，只好中途辍学，外出打工。从广州到东莞、再到北京，从流水线、干洗店到传销场，什么都干过，当时耍的女朋友嫌他太穷跟别人跑了。张政贵又回到四川老家，十分茫然，不知道往后的路在何方。他有一个远房亲戚，在珠峰脚下的定日县武装部当兵，他便写信问这位亲戚西藏能否找到工作，亲戚说，这边的工作也不好找啊。但张政贵还是抱着一丝希望，跑到西藏来了。在海拔4700米的定日县，张政贵没有找到工作，只好在小县城的一家歌舞厅打工，做着低声下气的侍应生，每个月300元。老板有一天喝醉了，把酒喷了他一脸。张政贵觉得自己人格受到侮辱，便炒了老板的鱿鱼。可是，出来能干什么呢？他在小县城四处转悠，看到一些人在路边摆摊卖珠峰的化石给旅游者。他也试着倒了一些珠峰化石来摆摊，赶上自驾游客特别多的那一天，他居然挣了1000元！那可是他打工三个月的薪水啊！张政贵决定自己做生意了。但小县城的生意很不好做，市场太小了，旅游季一过，连个人影都看不见。于是，他要试着到拉萨来闯一闯。

小伙子胆子不小，摆着地摊，就敢向摆着架摊的藏族姑娘施出一些小把戏求爱了，还居然就求成了！

第二年，益西卓玛怀孕了，为他生下一个男孩。

益西卓玛成了他的老婆，也成了他的贵人。他们先是把摊子合并，后来又租房开了自己的小店。因为益西卓玛曾经在收藏家那里干过，有点儿古玩知识，他俩生意上挣了点儿钱，积攒下来，也买一两件老东西。那时候，绝大多数人还没有什么收藏的概念，老东西相对多一些，也比较便宜。他们就学着比较鉴赏，也成老手了。益西卓玛有感觉，这些被人看作破烂的老东西，将来会升值的。所以，他俩买的古玩都不急于出手。天长日久，这两口子也攒下不少古董了。

2016年6月22日，我正在牦牛博物馆上班，工作人员跟我说，有人来找我。说这个人打过好几次电话，要见馆长。我说，让他来吧。

来人其貌不扬，掏出一张名片："圣之源虫草市场3号张政贵。"我想，我也不买虫草，来找我干什么呢？张政贵说："终于见到吴老师了！"

他说，他来过牦牛博物馆很多次了，进到"感恩牦牛"厅，震撼得头皮都发麻了。所以，也想给牦牛博物馆捐赠一点东西。

益西卓玛夫妇

　　我心想，你不是做虫草生意的吗？你能有什么可捐赠的呢？

　　张政贵掏出手机，让我看照片。这下该轮到我震撼了！

　　他拿手机图片一张张翻给我看，那么多佛像、唐卡、古琴、经书，数百件古物，其中不乏精品。我有点纳闷，虽然我从来不搞收藏，但这几年做牦牛博物馆，西藏的收藏界也比较熟悉了，而且，我还挂着一个西藏收藏家协会名誉会长的头衔呢，怎么就不知道张政贵这么个人呢？张政贵笑笑，我们只收不卖，所以知道的人不多。

当天晚上，张政贵带着他的老婆益西卓玛来到我的住处，再次说到他们家的藏品，我说，要到他们家看看。益西卓玛捂着脸，不好意思，说："我们那家真的没法儿让老师去看啊！"原来，他们虽然挣了不少钱，在四川老家买了房子，可在拉萨还住在每月600元的出租房里，20户人家共用着一个公共厕所，雨季还四处漏雨呢。寄住在四川老人家的孩子假期来拉萨时就要求父母，能不能换一个能在家里拉屎屎的房子啊。其实，他们已经在牦牛博物馆附近的海量小区买了房子，正装修呢。可是，那房子装修好了，他们也不打算过去住，想出租。我劝他们，时代不同了，还是要善待自己，搬到新房子住吧。他们说，那房子出租，一个月能拿到8000元租金呢，拿着那钱，可以收老物件啊！

6月27日，西藏牦牛博物馆举行了益西卓玛女士、张政贵先生向牦牛博物馆捐赠仪式。这两口子都打扮了一下，益西卓玛的脖子上挂了好几串蜜蜡珠宝，张政贵也刮了胡须。拉萨市委常委、常务副市长洪家志前来参加捐赠仪式，并向这两位捐赠人敬献了哈达，颁发了捐赠证书。

这次，他们捐赠了与牦牛相关的藏品共15件。其中有一个小插曲，他们捐赠的物件中，有一件锤叠阎魔敌作品，因为阎魔敌是长着牛角的。我事先请专家鉴定，被认为是新品。益西卓玛来到我的住处，问为什么说是新品。我说，专家鉴定过了，作为牦牛博物馆的展品没问题，但不是古物。我说，西藏牦牛博物馆不同于别的博物馆，博物馆也不是鉴宝所，我们需要的是作为牦牛与藏族关系的物证，比如，牦牛粪都是我们的重要展品，这在全世界的博物馆都是没有的。我跟你们说的意思是，今后别花了买老物件的钱买了新货。他们这次来，又带了一

洪家志（右）向益西卓玛（左）、张政贵（中）颁发捐赠证书

件铸铜的阎魔敌，让我看，这件倒确实是老东西。但他们让我看后，又揣回包里了，那意思是，这件东西没打算捐赠。可是，第二天到捐赠现场，我们正在打印捐赠物品清单，益西卓玛又把这件阎魔敌铜像捐出来了。

捐赠仪式后，他们热情地邀请我到店里看看。那是邻近八廓街的一个虫草市场，是市场当中的一个小店。他们正忙着做生意。张政贵给我看了一部分唐卡、经书、佛像和天铁，我也不很懂。益西卓玛满脸笑容地跟几个客户谈生意，看样子，今天他们又能有一笔不小的进账了。

那天，我的同事次多哥说，有人想找我咨询一些事，他就在办公室门外，我让那位先生进来问有何事？他低声细语地问我："可以接受我的藏品吗"？我当时的第一反应是，可能是古玩商人，来出售藏品的，我便按照馆里征集藏品的需求回复了他的问题。他赶忙说，他是想捐赠，并不是出售。他想见见馆长，但恰好那些日子馆长在异地出差。过些日子，张先生来到馆里把自己收藏多年的藏品捐赠给牦牛博物馆，这些藏品中有一些古玩，也有几件是现当代的，但我认为，一个博物馆藏品的珍贵之处，并不只是以年代的新旧来定义的，而是这件藏品能够给观众传达什么样的文化背景、历史背景、人文情怀，能传递在某种环境下人们的生存、生产、生活方式，这才是一件藏品所蕴含的气质。每个博物馆都有自己独特的藏品，即使在其他领域它是不起眼的。藏品捐赠者的一颗发心是十分可贵的，多一个这样的捐赠人，就会少一个某种文明消失的遗憾了。

羊兄乐园何在？

  艾博是拉萨郊区曲水县的一位老农民，在雅鲁藏布江谷地的田野上辛劳了一辈子，他有着一个朴素而宏伟的理想，就是无论如何要让他的三个孩子上学读书，成为能端着"铁饭碗"的ལས་བྱེད་པ་（公家人）。

  艾博老人的这份理想早已实现了。大儿子已经成为那曲的公务员，小儿子大学毕业后成为阿里措勤乡里的小学老师。艾博最满意也是最操心的，可能就是二儿子益西旦增了，他北师大毕业后在曲水县中学任教。

  益西旦增个头不大，但很聪明，自幼在村里的民办小学和县里完全小学读书，学业不错。但从村小到县小，读了两次五年级才被招到江苏常州西藏民族中学，因为没有汉语文基础，到常州又读了一年预备班，等于读了九年小学。

  得益于国家给予西藏孩子的优惠政策，包吃包住包学费，益西旦增在常州读了七年书。上初中时，父亲艾博卖了家里的一头牦牛给他买机票，并在他去内地前，给他的内衣兜里缝了两千块钱，到学校不知什么情况交了一千五，只剩下五百了。初中这几年他省吃俭用，很少向家里要钱，四年初中累计大概花了两千多点。

  益西旦增小学时，曾暗暗喜欢过一个同村女孩，他考上内地西藏班后，当时也不知道要去哪个学校，但是到校那一天，老生们在学校门口排队欢迎新生时，

羊兄（益西旦增）

这个女孩居然戏剧般地出现在欢迎的行列里，原来她也在常州上学。后来她经常帮他洗衣服，拿辅导资料给他，而那时她有一个外号就叫羊（ཕུག），渐渐地同学们就把ཕུག的称谓给了益西旦增，称他为"羊"，后来上大学，益西旦增给自己取了一个网名兼笔名"羊兄"。可能益西旦增的青春期来得比较早，初中时他再次暗恋上一个来自尼木县的女同学，想给她封情书，但不知道怎么写。同宿舍的一个同学自称是"情书老手"，自告奋勇地说："我来帮你写！"于是，就以益西旦增的名义写了一封情书，连看都没给他看，就直接交给那位美女同学了。不料，美女同学干脆把情书上交给驻校的藏族老师。第二天，老师找到益西旦增，不由分说将他臭骂了一通。

到了高中，他被小一届的一位那曲姑娘吸引，那是国庆节学校演出，她表演了独舞《康定溜溜情》，全校轰动，他开始对这位女孩产生了爱慕之心。后来鼓足勇气给她写了三封情书，最后人家一句话就给拒绝了："请不要打扰我的学习和生活。"

几番爱情梦破灭，却圆了他的大学梦。益西旦增在内地求学，常常会想起家乡的学校，对比内地的学校，他感觉西藏的教育有太多需要改进的地方，他很想将来能当个管教育的官，例如教育厅长什么的。于是，教育学成为他的兴趣所在。报考大学时，他心无旁骛地选择了中国最高教育学府——北京师范大学。2006年，他以总分499分的成绩，考入了北京师范大学。这个分数在常州算是中等，而在西藏考生中，则是名列前茅了。他如愿以偿，感觉自己将会成为一个教育家了。

因为从初中开始就在内地读书，没有像在西藏那样学习藏文和藏文化的条件，益西旦增便在初中和高中时每天用一定的时间，坚持学习藏文。他觉得，自己即使当一个教育家，也必须是藏汉英兼通的教育家。

　　去北京上大学的时候，父母卖了家里的牲畜，加上打工攒下的钱凑了10000元给益西旦增，这可是他这位农民阿爸所能尽的最大努力、最大财力了。益西旦增考上大学时获得了曲水县里唯一的"西部助学"奖学金名额，每年5000元，同时减免了第一年的学费，其余三年的学费就贷款了。尽管如此，他仍然是北师大学生中手头最拮据的。北京可去可玩的地方太多了，益西旦增既没有那个经济实力，也没有那份闲情逸致去玩，他有他的抱负，每天钻在图书馆里，或者到学校的计算机房。他可算是藏族孩子当中较早接触互联网、最早开设博客和微博的了。为了贴补学业费用，益西旦增还经常在学校摆个地摊，兜售藏文键盘贴，或者卖一些藏学方面的书籍，也能挣个几千块钱。

　　越是在内地待久了，越是想念西藏，但益西旦增的思乡，并不一定是想念父母，而是对西藏文化的眷恋和思考。在比较当中反思，在期望当中努力。益西旦增利用北师大的地理优势，经常到中央民族大学去听那些名师讲座，去跟民大的研究生们交流如何保护和传承西藏文化。益西旦增整天泡在学校图书馆里，北师大图书馆号称中国高等院校一流的图书馆，藏书达几百万册，他却没有看到一本藏文书籍。于是，他向学校提议增购藏文图书。学校很支持，但校方并没有藏文方面的专家，便让益西旦增提供书目，他就到民族出版社一次购置了数百册藏文图书。他还带头张罗成立了学生社团"雪域锅庄协会"，在学校支持下，办起了藏族文化节。2010年玉树遭受严重地震灾害，益西旦增通过网络广泛联系各族朋友，发起募捐活动，组织救灾支援。他们在北京募集了30多万元资金，并由他的朋友旺杰和多杰等在前方组建团队从西宁采购物资，运往玉树，帮助受灾同胞。

　　益西旦增进入大学，想着自己小学、初中、高中的爱情故事都很失败，就打算好了，在大学期间不去追女生，因为追女生还得有一定的经济基础。大学四年里基本没有谈过恋爱，然而快要毕业的时候，他从网络上认识了一位拉萨姑娘，渐渐地相互喜欢，并轰轰烈烈地谈了一场恋爱，毕业时益西旦增送她上火车，吻了她一下，堪称世纪之吻，大学浪漫史就这么结束了。

　　从北师大毕业，益西旦增不愿意去当公务员，而是回到自己家乡的曲水县中学任教。拿到工资后，他每月都要给家里一两千元，回报养育他的父母，并攒下工资把大学学费贷款还清了。渐渐地，他觉得钱不够花，就通过网络接受一些藏汉文翻译的事务，还给山寨版手机翻译藏文软件，能挣到一些外快。原本教师考试他考了政治，而到曲水中学，学校教务处领导问他愿意教什么，他说若能教藏文课最好了，其他课程也没有问题，就这样他获得了教藏文课的机会，并担任了班主任。因为他觉得自己的藏文基础不够扎实，可以通过藏文教学来巩固和提高自己。在网上开办汉文微博"羊兄"的同时，他又在微信上开办了藏文公众号"羊兄乐园"，也是藏区最早探讨藏文化的推广和传承的平台。事实上在拉萨，"羊兄"的名字要比他的本名响亮得多。

　　益西旦增的朋友洛桑很早就投身商海了，他在拉萨百货创立了首家藏族大学生创业的计算机综合店，益西旦增每到周末都从曲水县乘班车来到60公里外的拉萨，在这里做点小生意。有一天，店里来了一位在西藏大学留学的日本姑娘，是益西旦增的朋友推荐到这边来的，需要给电脑安装藏文软件等，之后他们相互留了电话号码，从此益西旦增担任了日本姑娘的藏文辅导老师。

日本姑娘不曾想到，这个藏族男子第二天就用藏文给她发了一条短信："我喜欢你！"后来她对他说，这真是个不讲礼貌的莽撞的藏族人啊！她和羊兄每天在网上用藏文交流，他们俩在网上的藏文邮件几乎可以出一本厚厚的书了。在这个过程中，她的藏文进步很快，羊兄追她的步伐也加快了。她说，你先等等，我的签证快到期了，能不能续签还是个问题。等到她把签证续下来了，对他说："可以了。"

于是，她就嫁到曲水县去了，为羊兄（益西旦增）生了两个可爱的男孩。

羊兄的家庭乐园建立起来了，但是，羊兄的事业乐园呢？

拉萨有位文化名人叫宋明，经营着一些与文化相关的商务，同时开办了一家"雪堆白"传统艺术学校。"雪堆白"是五世达赖喇嘛时期在布达拉宫下的传统手工艺作坊，曾经产出过无数精美的唐卡、造像、织品、文具，后来不复存在了。宋明在西藏工作了二十多年，对西藏传统文化情有独钟，便办起了"雪堆白"手工艺术学校。但开设一家民间学校谈何容易啊，办学至今快五年了，目前在校学生近80人，教学和生活的所有费用都是学校承担，为师生创造了一个美好而温暖的大家庭环境。宋明把经营公司赚的钱贴补在学校里，艰难维持着。宋明的本意是想通过学校培育出一批传承工艺的匠人，在解决学校生存问题的同时，还能不忘初心。宋明感到力不从心，便四处物色人才，特别是物色对西藏文化有

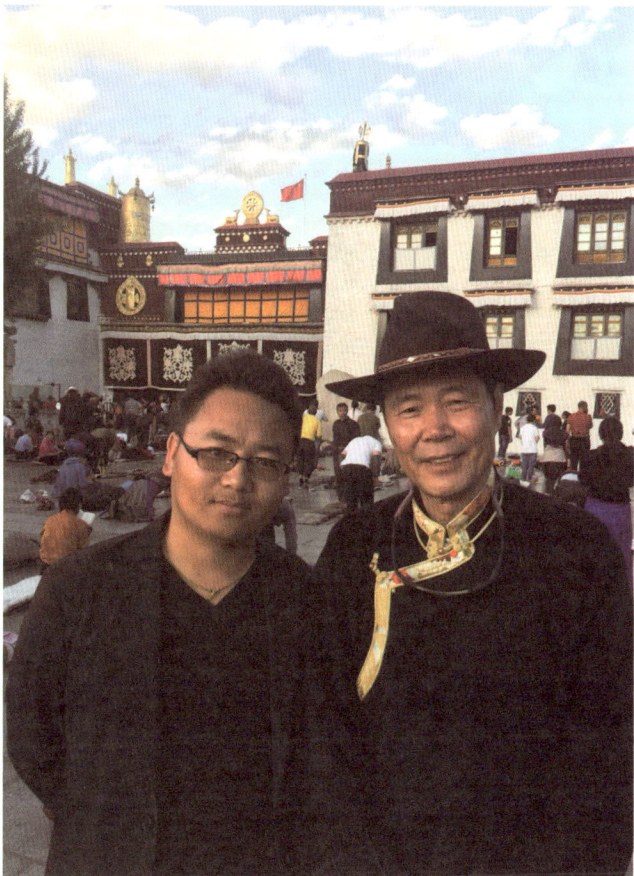

益西旦增（左）与作者

了解、有担当的藏族人才。于是，羊兄便成为宋明的首选。在他们的交流中，很多次热泪盈眶地谈到雪堆白的今天和明天。

羊兄决定要离开曲水县中学，加盟雪堆白。但他遇到的第一个障碍就是如何说服父亲艾博。艾博老人好不容易实现了自己长久以来的愿望，将三个孩子送去读书，并成了端铁饭碗的公家人。现在，这个儿子居然要辞职，要扔掉铁饭碗，去从事一件在他看来根本不靠谱的营生，他当然不会同意。艾博老人整天愁眉苦脸，唉声叹气，但儿子跟他说，即使是当农民，你儿子也是一个好农民，你就相信你儿子吧!

我与羊兄相识，是好几年前，我们在微博上互为粉丝，直到去年才见面。我说："真别扭，我跟你父亲一样年岁，还要管你叫'羊兄'。"他笑笑说："老师，你就叫我名字吧。"这时，他已经辞去了公职，加盟了雪堆白，把家搬到了拉萨。这样，我们常常会在各种场合不期而遇。

羊兄告诉我，要依靠自己的力量、民间的力量、社会的力量，当然还要借助政府的力量，办起一所正规的中等乃至高等民办职业技术学校，以此来传承西藏的传统文化。我想，这可能就是真正的"羊兄乐园"。

[桑旦拉卓读后感]

　　2015年岁末，我听到了羊兄辞职加入雪堆白的消息，后来在很多文化活动场合，都能看到他，戴着黑框眼镜，穿着蓝色的小西装，就和他的名字一样，看起来很温顺（藏族人习惯把性情温顺的人比喻为绵羊）。五六年前，智能手机尚未特别普及，微信也完全是一小部分人的聊天工具，那时，在拉萨河畔的小县城曲水，西藏唯一的藏文微信公众号"羊兄乐园"风靡一时，特别是各学校的藏文老师中，如果哪个人的微信里没有关注"羊兄乐园"算是"奥特"的老古董。我没想到，时隔多年后的今天，"羊兄乐园"依旧在我们的关注里，时不时可以享受他分享的文化简餐。在拉萨，有梦想的年轻人不少，能付诸行动的不多，羊兄是后者，祝他好运。

尼玛次仁："江哦嘛"

尼玛次仁和我都忘不了那次打猎的经历。

那是1985年，我带领着一个地区工作组，到接近无人区的双湖办事处查桑区蹲点，一住就是三个多月。那时我才三十出头，尼玛次仁刚二十岁，还是一个瘦弱的孩子，体重不到100斤。双湖与地区那曲镇相距遥远，那时的道路不好，汽车要跑两三天才能到。双湖的平均海拔大约5000米，十几万平方公里没有一棵树，当然更谈不上什么蔬菜了。我们七个人的工作组，除了出发时带了一些蔬菜和罐头，就再也没有吃的了，只好靠打猎来维持日子。我们七个人有长短枪六把，我带的是六四手枪，尼玛次仁背的是半自动步枪，打猎还是很方便的。那时还没有实施野生动物保护法，也没有这个概念。查桑区的牧民常跑到工作组来说："那些野羊野驴把我们牧场的草都吃光了，我们的牛羊都要饿死了，工作组的同志，现在是春乏时节，你们帮着打几头野驴野羊，让我们度过这个月吧！"不过，我们打猎还是很克制的，每次只打一只羚羊，吃完以后再打下一只。

七月的一天，我们又没吃的了，还得去打猎。以往都是开车去，出门十多分钟就能带着猎物回来。那天天气比较好，为了省点汽油，我们就说，今天咱们步行去吧。于是，我和尼玛次仁、次仁拉达、王瑜一人带一把枪，带着一杯水就上路了。可走出去好半天，也没见着一只猎物。我们开玩笑地说，可能我们出门

尼玛次仁

前商量打猎的事，让它们听见了，它们开了会，故意躲着我们呢。我们就一直朝东走，至少走了六七个小时，到黄昏时分，才看到一群羚羊，王瑜和次仁拉达争先开枪，猎获了两只羚羊。我立刻让他们别再打了。出发的时候，完全没想到会跑出这么远，也没想打到的猎物怎么拿回去。四个人面面相觑，该派谁回驻地带车过来呢？次仁拉达和王瑜这俩小子，觉得打下那两头羚羊是他们的功劳，便既像是撒娇又像是耍赖，一屁股坐在草地上嚷嚷着："我走不动了！反正我走不动了！"剩下我和尼玛次仁这两个倒霉蛋，只好照着原路徒步返回了。

我们不知道有多远的路，只知道来的时候走了大半天，而且，出来这一天就空着肚子，现在，连出门时带的那一杯水也喝干了。走吧，尼玛次仁和我别无选择。那里可是海拔5000米的高原啊！可怜的尼玛跟着我，拖着疲惫的步子，一点一点往前挪。虽然是返程，可体力和心力完全不同于来时那样，好奇和未知是可以产生能量的，可现在，只是机械地挪动双脚。尼玛次仁也走不动了，对我说："吴老师，我走不动了，我渴死了！"前两天下过一场雨，卡车行驶过的辙印，还积存着薄薄一层黄泥水，我和尼玛顾不得脏了，趴在地上，伸出舌头，舔上一下，湿湿像干抹布似的舌头，然后又继续往西走。

西边天际，最后的夕照残忍地收回了余光，看着天空洒下的无边黑幕，尼玛次仁几乎是用哭声说："吴老师，我真的走不动了！"我对尼玛次仁说："你看，那边好像有光亮，我们快到了。"尼玛次仁说："快到了我也走不动了，我渴死了！"我忽然想起一个办法，掏出手枪，向天空打了3枪，以为查桑驻地的人能听见，可是没有任何动静。尼玛次仁又把他的步枪向天空打了3枪，还是没有任何动静。尼玛次仁发现，风是从西边刮过来的，那边的人听不见我们的枪声，没有指望了，还是只能靠我们自己的双脚。后来的那几里路，我们是搀扶着走过的，就差一点儿没爬着了。终于到了查桑驻地，我和尼玛几乎是跌进门的，驻守的3个人吓了一跳，尼玛还能说出一个字："水……"那天晚上，我和尼玛喝足了水，吃了两个饼子，开着我们的北京212越野车，再去找次仁拉达和王瑜，拉回了我们的猎物。

那以后，尼玛次仁一直跟着我工作，直到我调离那曲。后来听说他很有长进，为人处世很周到，尤其办事能力很强，被地区行署看上了，调到行署办公

三十年前的尼玛次仁（左四）与作者（左三）

室，还当了地区接待办主任。26年后的2011年，我从北京重返西藏创建牦牛博物馆。尼玛次仁得知消息来看我，我几乎认不出他了——当年瘦弱的孩子发福了，体重将近200斤，圆乎乎的脑袋也谢顶了，如果把剩下那几根头发剃了，整个儿像个大活佛呢。按照政府对高海拔地区工作人员的政策，他已经退休了。尼玛次仁对我说："吴老师，你办牦牛博物馆，有事情让我帮忙，我随叫随到！"我正缺人手，他就成了我们筹备办的全职工作人员，一直跟着我干到现在。

尼玛次仁有一句藏北方言口头禅·"江哦嘛"，意思是"不要紧"。同事们遇到比较难办的事情时，最喜欢听他说"江哦嘛"，那事就能解决了。我觉得，尼玛次仁各方面都很强，就是文化水平差一点。但是，他对建牦牛博物馆的宗旨非常理解，可能他本人就是出身牧民家庭的原因吧。2012年，我安排筹备办工作人员分头到牧区进行田野调查，要求回来后每个人用PPT形式做一次调查汇报。没想到，虽然尼玛次仁的PPT是请同事帮忙做的，内容却完全是他自己写的，他全然没有受过人类学的训练，但他的调查报告却是一份很好的人类学田野调查文件，得到了专家学者的一致好评。

筹建牦牛博物馆时，我们为元代帝师八思巴专门定制了一尊铜像。制作完成后，尼玛次仁负责将铜像装运入馆，他指挥车辆按传统习俗绕行布达拉宫三圈；馆内制作了一个巨大转经筒，上面写着不同文字和字体的"牦牛"二字，在安装时，尼玛次仁又请僧人指导，将经文装入了筒内；博物馆北门搞了一个类似于玛尼堆的牦牛石刻装置艺术，尼玛次仁也从寺庙请来一千个泥佛"擦擦"，安放在里面。虽然这些我事先并不知情，但也并不反对。因为牦牛博物馆是一座科学与人文的博物馆，但有些事情按照当地的传统习俗来办，我觉得也是无可厚非的。

如今，他经营着一家"拉亚文博创意发展公司"，专门承担与牦牛博物馆相关的经营事务，博物馆需要与牧区牧民打交道的带经营性质的事务，都委托他们来办。老一辈藏北干部都很羡慕尼玛次仁，在退休之后，又找到一项很有意义的事情了。

顺便说一句，尼玛，在藏语里是太阳的意思，次仁，则是长寿的意思。一看到网上用"尼玛"来骂人，我就马上联想到尼玛，对这种用词特别生气。

次仁罗布总说"尼玛次仁叔叔"是不是天天在吃金子啊，我不解地问道什么意思，次仁喃喃地说"老师人那么好，应该是吃金子长大的"。虽说吃金子和人品好坏，逻辑上没什么关联，不过，我晓得这是他想表达尼玛老师有颗黄金般的心。当然，每一个同事都无不感叹尼玛叔叔的友善、人品好、乐观！与尼玛次仁叔叔认识、共事已有四年多了，这1500多天的日子里，几乎每天都是同一个样子，无论摊上什么大事儿、麻烦事儿，他一句"江哦嘛"就会让大事化小、小事化无，也会减轻大家心理上的负担，会觉得没什么大不了的事儿。尼玛次仁叔叔，自我认识以来，几乎没有听过他讲别人的是非，即使那人是很不讲理的，顶多也是说一句"这人还是蛮怪异的啊"。每个年龄层次的人，不论职业、民族，只要认识他的都喜欢和他来往，并保持长久的联系。是的，和尼玛叔叔共事，是一件幸运、快乐的事。因为，他会给你创造一个轻松、自在、快乐而又风趣的世界。

萧多皆：昨天已经消逝

　　"在我的人生理念中，只有今天和明天，没有昨天。"萧多皆这样说。

　　萧多皆今年七十二岁了，完全没有意识到自己步入了老年。他年轻时就注意保养身体，没有抽烟喝酒等不良嗜好，最大的爱好就是工作。他在七十岁时，还跟他的妻子谢桂玲规划，往后十五年，他的主要工作精力将转到建筑设计上来。

　　虽然理念中没有昨天，但昨天毕竟存在过。我到东莞去访问萧多皆，他拿出一本厚重的老相册，那里面的照片历经几十年，辗转千万里。第一张照片是1945年他出生不久的全身裸照。我特别惊讶，那时候，在西藏拉萨能有照相机的人是屈指可数的。

　　萧多皆三岁时，就跟着父亲离开了西藏，据说是跟着马队先到印度的加尔各答，再转道飞往南京的。父亲萧崇清是黄埔军校第十二期学员。谈话之间，我们用手机搜索了一下，果然在黄埔军校第十二期学员名单中找到了"萧崇清"这个名字，他的同期学员中还有郝伯村等国民党军队名将。再搜索一下，"萧崇清"这个名字还出现在国民政府国防部保密局，即为人所熟知的军统的名单中。真没听说过，军统中还有藏族人。沈醉所写的回忆录中提到，萧崇清是当时军统拉萨站的站长。这样的人物，成为拉萨仅有几位有照相机的人，当然就不意外了。这

萧多皆

一史实也可以从另一个角度证明，即使是当时已经风雨飘摇的国民政府，仍然没有放弃对西藏的控制。至于本来没有姓氏的藏族为什么姓萧？萧多皆的祖父叫萧必达，还是民国时期的众议院议员，还在蒙藏委员会任过职。据说是更早的时期由大清皇上赐予的姓氏。萧家在原北平市东直门外还有一处寓所呢。我们在访谈中用手机搜索出萧崇清的资料，萧多皆笑笑说，连我们都不知道，这些资料还能在手机上找到呢。

萧多皆父

但关于自己的家世，萧多皆知道得很少。他说，他只知道父亲是不用跟别人那样每天都要去上班的，但父亲也不跟家人说他在干什么。从那本旧相册上，可以看到萧崇清坐着当时最时尚的小汽车甚至飞机的照片，只能揣测出他不是一般的人物！父亲萧崇清沿袭了以往部分藏人一夫多妻的习俗，娶了丁阿宜夏姐妹俩为妻，一共生养了七个子女。孩子们管生母叫妈妈，管另外那位叫妈姨。

　　1949年国民党败退台湾，萧崇清带着全家人去了香港。萧多皆在那里读书，父亲在香港创办了一份报纸《马与波》，是关于赛马赌马和足球的。几年后的1955年，父亲带着除萧多皆以外的全家人远涉重洋，去巴西定居。至于为什么把萧多皆留在香港，父亲说，众多子女当中，要有一个人把中文学好。萧多皆就

萧多皆家人

这么留下了。几年后，萧多皆从香港去台湾，先在父亲的故旧家借宿，后来独自居住，一直读书到1966年，考入美国的大学，移居到洛杉矶，在美国生活了二十多年。

萧多皆属于艺术类型，他对政治没有兴趣，对宗教也没有感觉，只是一门心思学习摄影艺术。而且，他的摄影艺术总是与商业设计相关联的，这就使他的学业与生计很好地结合在一起。萧多皆学的是这一行，毕业后干的也是这一行，因此在业内很有成就和名声。1989年2月，中央工艺美术学院闻得此人大名，请他前来讲学。这是萧多皆第一次回到大陆。此后，萧多皆离开了他生活了二十多年的美国，也离开了他的第三任妻子，回到了台湾。在台湾开办了一家"子子孙孙设计公司"，既招募学生，又开拓市场。在他众多的学生中，有一位比他年少二十三岁的台湾美女谢桂玲，仰慕他的才华，由学生而成为他的第四任太太。有意思的是，萧多皆的弟弟从巴西来"台湾"看望哥哥，认识了萧多皆的妻妹，居然娶了谢佳玲的妹妹为妻。

从第一次到中央工艺美术学院讲学开始，中国内地的四川美术学院，广东、江苏、浙江等地的美术院校纷纷请萧多皆前来讲学。当时，中国的商业包装还极为落后，萧多皆的商业摄影及包装设计正好满足了这一行业的发展需求。在这些年里，萧多皆也看到了"中国大陆"的改革开放和经济发展，2001年，他决定举家前来广东东莞，在这里创办工作室。当时广东有几千家台商，萧多皆通过台商协会，大大拓展了他的商业摄影和包装设计业务，也促进了中国包装业的发展。他在这里一待就是十五年，所以他说，他还要再干十五年。他在东莞又买了一处

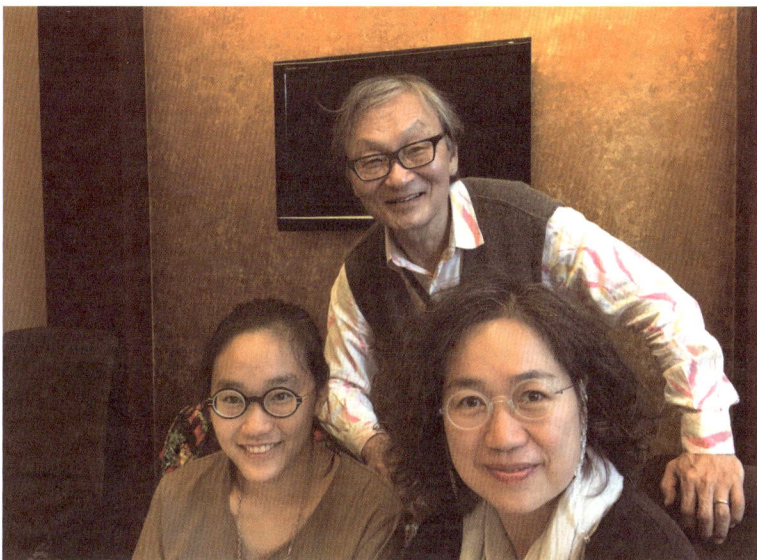

萧多皆现在的家人

房子，正在进行装修，他说这是他的设计理念的一次实践。未来，他将由包装设计转型为建筑设计。当然，他不是设计那种高楼大厦，而是一些特色建筑。

萧多皆和谢桂玲有一个可爱的女儿，今年已经十七岁了。萧多皆没有让女儿接受常规的教育，而是把她带在自己身边，除了在台湾和香港各上了一年学校，那只是让她见识一下当今的常规教育，更多的是他们俩自己给女儿进行教育。结果，女儿的各科成绩都胜过在正规学校接受教育的孩子。不但如此，萧多皆还让女儿跟着自己学习烹调，据说女儿能炒得一手好菜。我对这女孩说，下次再来看你们，就要品尝你的手艺啰。

萧多皆很想回到离别近七十年的西藏拉萨去看看，但他更希望是以学者的身份前去讲学，讲授他的商业摄影和包装设计。曾经有一所西藏的学校电话联系过这件事，当时太忙去不了，现在也找不到那个联系人了。萧多皆说，当然，如果去不了也没关系的，也没有什么遗憾的，凡事顺其自然嘛。虽然自己在那里出生，但昨天毕竟已经过去了。他总是对自己说，人不能总是跟别人去攀比，要跟自己比，是不是比自己的过去更成长了，是不是比自己的昨天更好了？他总是相信，只要今天努力了，明天一定会更好。

[桑旦拉卓读后感]

人生在世，过完的每一天都被称为昨天，但有多少人能真正忘却昨天，开始一个属于自己的崭新的今天呢？昨日之事不可追，时光如白驹过隙般瞬间就消逝了，不应该总是缅怀过去的日子，否则，人生将永远活在昨天。萧多皆先生真正做到了活在当下，过好崭新的每一天，他的心态及对人生的态度都是我所认同并想去学习的，每一个没有被辜负的日子都是对生命的尊重，我愿以后所有的每一个今天都刻上被"尊重"的印记……青春也好迟暮也罢，愿你的每段时光都未曾被辜负，不虚此生！愿你的每一个今天都充实而自在，活在当下做自己喜欢的事，尊重人生中的每一个相似却不同的今天！

洛嘎：从市长到动物学家

　　我最早是从《中国牦牛学》上得知洛嘎先生大名的，为了筹建西藏牦牛博物馆，我从旧书网上买到了这本书，洛嘎先生是这本书的编写组成员。后来，又买到了《中国牦牛学》的藏文版，这是洛嘎先生自己编译的。所以，一直想认识洛嘎先生。

　　2013年参加西藏自治区人民政府关于西藏自然科学博物馆的论证会，在这次会议上与洛嘎先生不期而遇。洛嘎先生曾担任拉萨市市长达九年，后来从自治区科协退休。但我却不知道，这位老市长原来是一位动物学家。洛嘎先生年轻时代学的就是动物学专业，后来在澎波农场从事畜牧工作多年，对畜牧方面非常熟悉。同时，他又是一位藏文化专家。

　　我一直想要联系洛嘎先生，但他总是特别忙。我心想，都退休了，还忙什么呢？几天后，他带我到拉萨北郊娘热沟的一处藏文化民俗园去参观。这一外文化民俗园是一家企业早些年兴建的，其中包括了藏医学、藏文及唐卡展示等。这家企业是很有前瞻性的，在十多年

洛嘎

洛嘎手捧中国牦牛学

前就看到了西藏对旅游休闲的需求，看到了藏文化的前景，他们聘请到洛嘎当顾问，策划了藏医藏文展示馆，后来这家文化民俗园一直生意兴隆，拉萨市民耍林卡、过周末，甚至办喜事，这里往往应接不暇。

建起这家文化民俗园后，一桩更有趣的工作又让洛嘎先生忙乎起来——那就是藏獒。近二十年来，藏獒从藏区走到汉地，价格一路攀升到了惊人的程度，有的达到了甚至几百万上千万元。但经营藏獒的商人当中，没有几个人真正了解藏獒，洛嘎便撰写了一本专著《藏獒》，从动物学的角度介绍了藏獒的起源、品种、特性，一时间，洛嘎成了藏獒养殖界的大名人。藏区汉地的藏獒经营圈里，都以能请到洛嘎先生莅临指导为荣。

我本来对藏獒毫无兴致，因为有一位朋友介绍说有一个人听闻牦牛博物馆，便想把一头名贵的藏獒——据说是"长江二号"的后代，价值160万元，捐赠给牦牛博物馆。这么一件好事，却让我犯了愁。我便向洛嘎先生求教。洛嘎那天十分用心，不但到那位捐赠人家里去亲眼看那头藏獒，还安排我到拉萨周边的几家藏獒园里参观，真没想到藏獒居然是那么大的产业。我起初看到那头打算被捐赠的藏獒，那么巨大、那么凶猛，如果博物馆收了它，如何饲养啊？到了几家藏獒园，简直就看花了眼。因为是跟着洛嘎先生去的，主人们都特别客气，从公獒、母獒到子獒，让我们看到了最好的品种。他们都说，藏獒是牧牛犬，你们牦牛博物馆应该展示的，我们可以把最好的品种送去。考虑到我们自身的条件和对观众可能产生的威胁，我们至今还没有做出此项安排。

2013年8月，洛嘎先生给我打来电话，邀我去考察一个特殊的牦牛品种。我们翻过4890米的鲁古拉山，来到措美县的哲古草原夏季牧场，这里的牦牛品种叫"嘎苏"，它的特点是，每头牦牛的额前都长着漂亮的类似于刘海的卷毛。最为奇怪的是，在这个夏季牧场上，放牧的、挤奶的、煮奶的、打酥油的，全部都是男人，而在别的牧区，这些活儿都是女人干的。我们来到奶房，一群赤裸着上身的男人，唱着一种像是劳动号子的民歌，用一种巨大的木桶提炼酥油，由于酥油桶太大，就在地下挖一个坑，把桶放下去一半，牧人站在地面上往下打，而其他地方都是从上往下打的。哲古草原的酥油的确与别处不一样，提炼出来的酥油是金黄色的，看着质地就非常好。洛嘎先生告诉我，哲古草原这片牧场历史上归属

洛嘎（左）与作者

噶厦政府财政部，这里产出的酥油是专供历代达赖喇嘛的，所以所有的流程都是男人，不能有女人参与。民主改革几十年了，这里还保存着以往的传统，当然，产出的酥油可以供大众享用，但价格要比其他地方高出不少。我用卡片机记录下哲古草原打酥油的场景，到拉萨给一些朋友看，我的朋友、著名摄影家马小刚先生看到后，第二天就奔向哲古草原，拍摄了更好的影像故事。

我们考虑到像洛嘎先生这样既有专业背景，又有行政资源的人才，一定要请他当我们的特聘专家，他也很高兴地接受了我们的邀请。

洛嘎先生虽然当了九年市长，但因为是畜牧专业出身，与畜牧领域一直保持着联系。我们博物馆要做动物标本，他就出面帮我们联系。林周县有一家良种选育场，在一处高山上。洛嘎原本是要跟我们一起去，后来因为那天临时有事，他便给我们打好电话让我们自己去。我们去的那天，正赶上一场风雪，来到选育场，那里的牧民特别热情，把我们迎进屋里，给我们打茶、煮肉，并告诉我们，老市长已经跟我们交代好了，一是要挑最好的，二是价格还要最优惠。

我们博物馆正考虑以什么方式反映藏医药与牦牛的关系，洛嘎先生告诉我们，可以从《四部医典》的挂图中选一幅，做成唐卡形式。他又带着我到八廓古城深处的一家古建公司，直接找到那里的负责人，把画唐卡的师傅、工期、价格当面定下来，三个月后如期交货，那幅唐卡现在博物馆第三展厅展出。

看着这位老市长，虽然他已经卸任多年，但基层的老百姓仍然那么看重他，尊敬他，我觉得当官当到这份上，应当是很有境界了。

洛嘎先生算是一位尽职的特聘专家，我们有任何问题，随时可以向他咨询，他不时地找出有关牦牛方面的书籍和资料，无偿地捐赠给我们。同时，他又是一个坚持自己意见的人，他对牦牛博物馆的藏文名称一直有自己的见解，不同意现在的名称，认为"亚"只是成年公牦牛，而"哲亚"才能作为牦牛的统称。但这个名称已经请多方专家认证过，并且请十一世班禅题写了，不能再改了。

[桑旦拉卓读后感]

　　一个成功的领导者应该就是像洛嘎市长那样。

　　上任时受到百姓的尊敬，退休后更受到百姓的尊重和爱戴。

　　洛嘎老市长有一头像雪一样的银发，慈眉善目，每次见到洛嘎市长都感觉他很平易近人，待人友善，同时也是对学术很认真、细致的一位老人。

　　在这个观念很现实的社会里，洛嘎市长在退休后更加受欢迎，无论是文学界、民俗界还是动物学界，我想这样的境界是离不开洛嘎市长平日里的谦卑、低调和认真的高贵品性。

冲赛康小商贩平朗

　　拉萨八廓古城最有魅力的地方之一，就是八廓街北面的冲赛康了。在筹备牦牛博物馆那段时间里，我几乎每天都要到这里来逛逛。这是外地人见所未见的一处站商市场。来自藏区各地的商人都要到这里来转转。那些前来拉萨朝佛的农牧区的人，往往在拉萨把钱花完了，也跑到这里来，变卖一两件老旧饰品。这里没有摊位，商人们就那么从早到晚地站着，互相之间串来串去，所有的商品都在他们身上，主要是各种珠宝，还有另外一些古玩。挂在脖子上，最多还有一个小

平朗（右）与作者

挎包。你也分不清谁是买家谁是卖家，或者说，每个商人都既是买家也是卖家。你可以随意向任何一位商人取下他的珠宝看看，如果有交易意向，就在袖筒里用手指议价，如果能成交，周围一些人会过来围观，猜测大致的行情。这里诞生过千万富翁，也有刚刚入行的生手。有的买下150元的东西，转身以200元出手，先挣50元作为当天的饭钱。这里没有店铺租金，也不用交税，所以东西便宜不少，也不免有人在这里上当，买了假货，当然也有人在这里发了大财的。那些在八廓街开店的老板们，虽说他们瞧不上这些游商，但我发现，他们也常常会悄悄地来到冲赛康，买一些东西，然后拿到自家店里，以几倍的价格出售。时间长了，我也成为他们中的一员，混了个脸儿熟，偶尔也会买上一两件小东西。我要是去冲赛康，会有很多人跟我打招呼，相互询问生意如何，道一声"扎西德勒"。

我与平朗就是这样相识的。有一次，我正跟一位商人议论一块绿松石。这位跟我眼熟的平朗，给我使了一个眼色，我明白了，就走开了，过了一会儿，跟平朗走到另一侧，告诉我，他有更好的绿松石，如果他身上带的看不上，他家里还有。于是，我们互相留了电话。

2013年藏历新年前一天，即藏历二十九，那天是冲赛康每年的最后一天交易日。按照当地习俗，这天晚上家家户户要驱鬼，要喝"古突"（一种包有多种象征物来预测性格和运气的面疙瘩），商人们这天下午结束生意，就要过了十五再见了。生意人讲究"果匈"和"足匈"，即开头的生意和结尾的生意。那天我来到冲赛康，见到了平朗，我说，平朗啦，咱们做个"足匈"吧。他说，好啊，你要买什么？我说，咱们这次做一桩特别的生意吧？平朗很奇怪地问，什么特别的生意啊？我说，今天不是喝"古突"的日子吗，咱们玩一次"古突"生意吧。平朗又问，怎么玩"古突"生意啊？我知道平朗的挎包里有一个小布袋，几个月前我瞅过一眼。我对平朗说，今天咱们不能一个一个地做，我要买就买你这一小袋东西，全部买。平朗一下子没反应过来，他说不知道这里面到底有什么、有多少东西。于是，周围的人便过来围观了，觉得这是一桩很有趣的生意。平朗用手挠挠头，这么多人看热闹，也不能丢人啊。于是，我们便在袖筒里议起了价格，最后，我们达成共识。什么价格，这是周围看热闹的人不知道的，但他们特别急切地想知道，这桩奇怪的买卖究竟是谁赚谁亏。我与平朗相互交钱交货，这时，平朗还有一些恍惚，他甚至不知道自己盈亏多少，但总之是在一年中的最后一天的最后一刻成交了一笔不小的生意了。这时候，围观的众人也包括平朗本人，都要求我把小布袋打开，要把这笔生意弄个明白。我说，这不行，绝对不能打开，我亏了我认了，但不能打开，我要到今天晚上喝完"古突"才能打开。众人不干了，让他们看了半天热闹，最后却没有结果，平朗也不干，自己都不知道盈亏，但这个汉人说得也有道理，今天是喝"古突"的日子，等喝完"古突"再打开，也是有道理的。怎么办呢？商人中有一位老者想出一个办法，往往这时候就会出现一个平衡者，说，你不打开，大家都不知道结果，甚至连卖主都不知道，这样吧，你再出100元给卖主，算是保密费吧。我也是为了保住自己的这份好奇心，就再付了平朗100元，人家高高兴兴地过年吧。这天晚上，我在朋友央珍家过二十九、驱鬼、喝"古突"后，我说，我这儿还有一个大"古突"呢。我掏出那个小布袋，龙冬跟我一件一件地看成色，拿出计算器，一件一件地计价，结果这桩生意我赚了几千块钱。我在想，平朗此时也喝完"古突"了，他也会觉得今天自己赚了，但他不知道究竟是多赚了多少或是少赚了多少。毕竟，会买的永远不如会卖的嘛。藏历新年，我给平朗打电话祝贺新年，自此之后，平朗称我为"最好的朋友"。

平朗后来从电视里看到我是做牦牛博物馆的，再在冲赛康见到我就说，我"最好的朋友"，昨天晚上在电视里看到你了，你做牦牛博物馆，这件事情非常好。他邀请我到他家去做客，说他要给我捐赠牦牛相关的东西。他的家在藏热路一个小区里，好不容易找到他家，他已经打好酥油茶等我了。一番攀谈后，我才

热闹的八廓街

知道，平朗原本是当雄县的牧民，十多年前，他来到拉萨，听说有个冲赛康市场，便到这里来看看。这一看，就喜欢上了这里。起初，他没有多少本钱，也没有多少货，就把家里的老旧物件拿到这里来卖，后来他也学会了买卖，从别人手里买来东西，转身就卖出去了，挣20块钱，就有了一天的生活费。他每天都到冲赛康来，每天都能挣点小钱，这要比在牧区老家挣钱容易多了。十几年过去，平朗的生意越做越好，他决定今后就在拉萨生活了，用攒下来的钱在拉萨买了现在这套房，有90平方米，三间小屋，足够住的了。家里的家具、陈设，摆放得完全像一个城里人了。那天，平朗拿出一卷牦牛毛编织"溜"说，这是捐赠给牦牛

平朗参加捐赠仪式

博物馆的。我很感动，他只是一个牧民，却能这么理解我，我想还是付点钱给他吧。平朗则反复说，这个不要钱的，不要钱的，你是我最好的朋友啊！

2014年5月18日，牦牛博物馆开馆，我特别邀请平朗作为嘉宾前来参加。但他在入场时遇到了麻烦，因为他一身民族盛装，全副牧民打扮，而且腰间别了一把非常漂亮的藏刀，按照规定，参加公共活动是不能携带刀具的。平朗打电话给我，我马上赶到安检处，对值勤人员说明情况后，可以把藏刀暂时寄存在这里，活动结束后再取回。值勤人员也很客气，毕竟是开馆吉日嘛，平朗也挥去刚才的不快，高高兴兴地作为捐赠人参加我们的活动了。

又过了两年，平朗的生意更好了，他又买了汽车，换掉了过去的摩托车。去年冬天，平朗带着家人到内地，去五台山朝佛，还去了北京故宫，回来后对我说，内地很不错的，你一个汉人在西藏做牦牛博物馆不容易啊！

[桑旦拉卓读后感]

有得必有失，有失才有得。漫漫人生路，我们会面临各种抉择、各种机遇，我们选择什么，舍弃什么将会影响我们以后的前程和命运。人们常说，鱼和熊掌不可兼得，是的，这两者我们只能选择一个，就在于自己如何看待。因为每个人所处的环境、经历过的事情、感受到的的事物都不同，所以对待事物的选择也不一样。

　　我们无法绝对说是谁对谁错，但，有得必有失，有失才有得，这是我们公认的人生哲理。倘若我们舍弃一点虚荣，就会多得一份友谊。倘若我们舍弃一点我执，就会多得一份快乐。倘若我们舍弃一点贪欲，就会多得一份尊严。

次诺：摇滚热巴

　　2011年8月31日，西藏牦牛博物馆筹备工作刚刚从零开始，为了争取社会关注和支持，我在新浪上开办了个人微博——西藏牦牛博物馆创意人：亚格博，意即老牦牛。这个微博后来粉丝最高时达到83万，但起初只有几百人。其中，有一个网名叫作"小牦牛"的粉丝，后来又改名"牦牛一生""亚凝多"，他经常@我。我不知道这位网友的真实姓名和身份。他几乎每天都要点赞或评论我。我也非常客气地回复他。他对牦牛博物馆充满理解和支持，甚至说"我们西藏的牦牛和藏族人离不开您"。这我就担当不起了。我很想知道这位网友是谁。后来，他说要来西藏跟我当志愿者，我才认真起来，需要知道他是谁，是干什么的。

　　嘿！这个"小牦牛"居然是我在北京工作时认识的一位小青年次诺。起初他在北京打工，偶尔也会去酒吧演唱摇滚歌曲，后来就干脆住在酒吧里了。通过他，我才知道一点那些"北漂"们的生活。他们从全国各地来到北京漂泊，想在这里闯荡一番，几个人甚至十几个人居住在出租房里，生活极其艰苦，他们想试试自己的身手，虽然能够成功者凤毛麟角，但他们在这里见了世面，长了知识。次诺便是其中的一个。

　　次诺的家就在拉萨，高中毕业那年，他没考上大学。他父亲是西藏大学

次诺

的教师，母亲也是做教育工作的，便想办法为他争取到了一个大专指标。可次诺当着父母的面，把入学通知书给撕了，一转身出门远行，开始了北漂生涯。他很有音乐天分，觉得自己一定能混出个模样来。他这一走就在北京漂泊了七年。日子过得怎么样呢？我说一个细节就明白了。我在单位附近的一家湘菜馆请他吃饭，点了几个菜，问他要吃几碗饭？他看看那种小钵子饭说，10碗吧！结果只吃了8碗。他在北京经历了太多的故事，包括爱情。有一个被他暗恋的女孩，突然遭遇车祸身亡，让他在很长一段时间沉入了悲伤。那时候没有微信，他就经常给我发短信，几百字甚至上千字的"短信"，可惜换了智能手机后，那些短信没有被保存下来。尽管生活如此之艰苦，吃了上顿没下顿，他仍然对北漂生活如醉如痴，融进了北漂人的文化。其间，父母曾经到北京去看过他，他说自己不混成个流行音乐家是不会回拉萨的。父母对他爱之甚深，却无可奈何。没想到，亲生父母用九头牛也拽不回来的流浪艺人，却会因为我筹备牦牛博物馆要回拉萨了！

　　2011年10月5日，次诺坐着火车回到拉萨。到火车站接他的不是他父母，而是我。到达拉萨后，首先去的不是他自己的家，而是我在仙足岛租住的牦牛博物馆筹办的房子。他成了牦牛博物馆筹备办公室的第一个工作人员。

　　那一段时间，次诺很想彻底改变摇滚青年的生活习惯，他剪去摇滚歌手特有的长发，看上去很精神，其实小伙子长得挺帅的。他每天早晨要到我这儿来上班，帮着我整理藏品，填写藏品档案，还要兼做出纳，接待来访者，回到家里还会帮助父母做家务，帮着姐姐带孩子。筹备办给了他一份固定的志愿者津贴，领到第一份津贴后他非常高兴，还要拿回家给父母看看。次诺似乎意识到现在他所做的工作的神圣性，他在微博上屡屡赞颂牦牛，赞颂牦牛与藏族的关系，甚至还在微博上对以往那些摇滚朋友说："别说自己摇滚，歌唱家们！哈哈哈，对西藏牦牛摇滚一下吧！小牦牛的兄弟都是搞摇滚的！"

他有一位女性摇滚朋友，其微博上的自我标签是："一日摇滚，终生操蛋。"我问次诺这是怎么回事，他说我们搞摇滚的，性格都比较怪。我对此很不理解：你现在不是很正常吗？的确，起初几个月，次诺真是心无旁骛，一心扑在牦牛博物馆的筹备工作中。让他去牧区进行田野调查，他也做得挺不错的。牧人们听说他是筹建牦牛博物馆的，就夸他小伙子有出息，还给他捐赠物品，他因此也很有荣誉感。我们一起到阿里地区去进行田野调查，他鞍前马后跟着我。为了拍摄古老的岩画，我爬到海拔5000多米的山崖上，高原反应严重，次诺还帮我背着相机，搀扶着我。

但后来我发现，次诺真是有点心不在焉了。一次我们获得了现代汽车公司捐赠的两辆汽车，其中一辆就交给他使用。这车还没来得及办牌照，但我留了个心眼儿，先上了保险。新车用了一个星期，突然接到电话，次诺出事了！我们连忙赶往现场，先看看人没事，我说人没事就好，人没事就好。可那车撞得太惨了，半个车头都没有了。据交警说，这车撞得奇怪，前后没人也没车，怎么撞的啊？后米听说，他是边开车，边探着脑袋打手机撒欢呢。幸亏我先买了保险，光修车就花了7万多块钱，还撞坏了路边设施赔了不少钱。有人告诉我，搞摇滚的人，除了摇滚之外，很难集中思想坚持做一件事。但我还是觉得这是偶然事件。

第二年，我们筹备办增加了工作人员，办公地点也搬到了柳梧大厦。我经常看到次诺一上班就没精打采的，常常趴在办公桌上睡觉。原来，他的摇滚瘾又上来了。晚上，他跑到拉萨的酒吧去唱摇滚，一唱就唱到凌晨四五点，挣点小钱。有一次，我偷偷跑到一家酒吧，坐在后面看，在那种震耳欲聋的金属声响中，次诺像是换了一个人，他弹着吉他，唱得如醉如痴，如果观众给点儿掌声，他几乎就成仙了！他意外地看到我，就像是看到一个陌生人，只是下意识地点了点头，像是完全没有意识到我是与他朝夕相处的领导。到第二天，他似乎想起什么来了，又不敢与我目光对视。那一段时间，他的工作老是出错儿。趴在办公桌上打盹，一惊醒，还把桌边的藏品给摔坏了。

我想，他晚上跑到外面去打工，是不是我们给的津贴少了？可那时他的收入在拉萨不算低啊。听说他很多时间沉浸在网上，有一个网恋对象，常常称病，虽然从未谋面，次诺还经常在网上给她祈祷，给她寄钱。我们提醒他别受骗上当啊。另外，我想他是不是担心这不是固定工作，以后没保障啊？我们又想办法到社保局给他买了保险。但他的状态还是每况愈下。看来，我们给的志愿者津贴满足不了他，我们博物馆默默无闻的筹备工作也满足不了他。非但如此，他也不再回到父母家了，在拉萨城西租了间简易的房子自己住。他的父母对此也没有办法。但我还是希望次诺能够坚持到博物馆建成那一天，再去做他想做的事。据说，他理想的工作是自己开一间酒吧，他能够每天唱摇滚，他在北京还学了一门手艺，就是刺青，他在北京学刺青时，先在自己身上做试验。一次文身能收费几千元呢。另外，他还会做发型，那种很新潮很怪异的发型，做一个发型能挣几百元钱。总之，他的确不能适应那种朝九晚五的工作模式，他不可能一以贯之地做摇滚以外的任何一件事情。

也可能因为次诺对我多少有点畏惧，不敢当面向我提出辞职。但此时，我已经有心理准备了。我对筹备办工作人员交代，如果他辞职，就尊重他个人意愿，但要让他写出书面辞职报告，交清所办工作，另外，当月的津贴还是要给他发放的。

2014年1月16日，我去北京出差后回到拉萨，筹备办不见了次诺。他已经辞职走了，给我留下一封信。

尊敬的领导敬爱的父亲您好：

……我外表到内心从来没让你不操心过，一个身上文满纹身的没有正经教育经历的我何德何能继续在单位待下去，确实我喜欢唱歌，喜欢漂泊……看到您圆梦的笑容，我也想自己去完成未完成的梦想，至于未来命运如何还是未知……您一个老人做到了您的梦，我为什么不能去做一次去冒险一次呢……我从来没有改变过对您的敬仰，您是一位伟大的人……祝福您，爱我的父亲吴雨初，我的好领导亚格博，博物馆永远留在西藏，变成永恒的最完美的历史殿堂，祝您晚年身体健康长寿……

我读着他的信，沉默了好一阵。

最近一次见到次诺，是2015年3月，我在北京大学做一场《牦牛走进博物馆》的专题讲座。他从网络上得知消息，也来到北大。在我的PPT课件当中，还有他在筹备工作期间的照片和他的田野调查报告摘要。

虽然因为他的摇滚性格，终于离开了我。我从他身上，看到西藏历史上传统的流浪热巴艺人的影子，又窥见了当代摇滚青年的性情，但我还是希望他能够成为一个真正的优秀的音乐人。毕竟，他是我的第一个工作人员，在我筹办牦牛博物馆最困难的时候，跟随了我两年。虽然他把我当作父亲一样，可他的亲生父母不是也左右不了他吗？每个人都有自己的性格和命运，每个人都有自己的生活道路和方式，每个人的选择都有自己的理由，谁也不能替代谁。次诺仍然是一个好孩子。我总是在心里牵挂他，祝愿他心事遂意，吉祥平安！

补记：2016年年底，西藏牦牛博物馆到首都博物馆展览又见到次诺，见面还是非常亲切的，互相加了微信。后来从微信上看到，他在拉萨举行了慈善义演。我给他点赞说：孩子，长大啦！

[桑旦拉卓读后感]

我们在祝福他人时，总爱说"祝你梦想成真"。每一个人，无论男女老少都会有自己的梦想，可现实生活中，有多少人的梦想成真过，不是半途而废就是

次诺慈善义演海报

光想不做，总之，能实现梦想的总是"寥寥无几"。次仁罗布是一个勇敢的追梦人，虽然在曾经的路上经历了彷徨、怀疑、徘徊，但最终还是选择了自己热爱的音乐，放弃了不适合自己的职业。追梦的路，纵然是一个艰辛的路，会有各方面的挫折、障碍，但是自己能够执着、坚持，并热爱着自己的梦想，梦想就会一直支撑着你走下去。就像一位堪布对我说过的"梦想，只要你认为它是对的，不伤害他人的，你就要坚持，并且去捍卫它，听从自己内心深处的声音"。在追梦路上，只要自己努力过，奋斗过，无论是成是败，也是不枉此生的。

好友老多

　　西藏的某些风俗是不可思议的。例如，把铁匠划为"黑骨头"，使得这一主要为劳动者制造劳动工具的行业从业人员的社会地位很低，"骨系"不高贵。我曾经请教过一些朋友，似乎也说不出什么道理。新社会了，不再有这种行业歧视了，但铁匠的后代却还残留着某种心理阴影。

　　我的一位朋友多吉才旦，父亲是铁匠，母亲是建筑工人，而他自己毕业于中央民族学院舞蹈系，长得非常英俊，当年是那曲地区文工团最帅的小伙子，文化素养也非常高。当时能到文工团当舞蹈演员，还是挺让人羡慕的。对于藏族人来说，会说话就会唱歌，会走路就会跳舞，而跳舞能跳成专业，该多幸福啊。我最初认识他是在1979年。当时我调到地区不久，我们一起到拉萨参加自治区文艺会演。坐在长途汽车上，觉得他有点儿沉闷。后来才听说，他因为与同单位的一位漂亮姑娘谈恋爱，有婚前性行为，受了共青团团内警告处分。这事儿在今天还算个事吗？职业生涯本来很风光，却遭受了第一次波折。我那时第一次听他说，他爸爸是铁匠，这事儿挺倒霉的，他有点怨恨地说，我们是"黑骨头"嘛！你说这跟"黑骨头"有什么关系吗？

　　我当了地区文化局局长后，自治区文艺部门的领导对我说，人家当初的恋人都成老婆了，你们还不把他的这个处分给撤了！是啊，这也太没有道理了。于

多吉才且与作者

是，我们不但把他的处分撤销了，还提拔他当了地区文工团团长。我后来简称他叫老多。

　　老多是舞蹈专业，基础非常好，还爱思考，很有创意。我们经常一起琢磨创作作品，好几次获得全区甚至全国的奖项。我们评论说，在舞台上，别人算是做动作，老多才是舞蹈家呢，那一出手、一比画，就是不一样啊。老多一直管我叫大哥，我也常到他家喝茶。他在那曲镇盖起了私房，虽然当时普遍都是土坯房，但温暖舒适。他的妻子才央卓玛言语很少，特别贤惠，为他生了一儿一女，儿子达娃长得特别可爱，女儿的小名"妮妮"还是我给取的。他的岳母和舅舅两位老人与他们共住。每天早晨老人都会把牛粪炉子生得旺旺的，打好酥油茶，才叫孩子们起床，家庭生活幸福美满。我在他家度过了一个藏历年，大年初一的凌晨，启明星升起的时候，按照当地习俗，我跟才央卓玛一起去打第一桶水。后来，我工作调动离开了藏北。突然有一天听说，才央卓玛突发脑溢血，去世了，当时可能不到四十岁。很长时间，老多都把他们的婚纱照摆在家里最醒目的位置。我悲叹，老多真是苦命啊！

我们在藏北的老朋友陆陆续续都调走了，我也调往拉萨了，只有老多还在那曲。他当上了地区文化局副局长，这无论从业务能力还是工作经历，都是没有什么可说的。但没想到老多也不想在那曲干了，想办法调到了自治区文联，被安排在舞蹈家协会工作。在拉萨北郊买了房子，是那种一楼一底带院子的。终于把后半生安顿好，该做些事情了。可他能做些什么呢？也只能在舞蹈专业方面想想了。可是文联只是一个群众团体，并没有艺术实体机构，你创作了再好的舞蹈作品，没有人、没有地，也演出不了。协会其实不是做业务工作的，而主要是联系协调，而这恰恰不是老多的强项。2005年，那时我在北京工作，接到老多的电话，说他来参加全国文代会了。我到国谊宾馆去看他。大会的选举结果，老多当选为中国舞蹈家协会第八届全国委员会副主席。我祝贺也是戏称他成为中央领导了！

如今，老多也退休了，待在家里安享晚年。前几年，儿了达娃考上了西藏藏医学院，我很高兴。可达娃却很不乐意，想让我帮忙转到别的大学去。我问他希望上什么大学？达娃说，希望上共青团政治学院。我还是希望他别那么想做官，学一点民族传统文化多好啊。达娃从藏医学院毕业后，一心想当公务员，好像后来是在地区某局当了个副科级干部吧。

有一段时间没跟老多联系了，但老朋友了，总是有些牵挂。前几天，我到北郊去看老多。没想到他满脸忧郁告诉我，儿子达娃突患重病，心肌梗塞，从那曲地区送到拉萨抢救，现在还在重症监护室。老多说，儿子差一点比老子先走了。老多说，儿子长得太胖，生活方式也不健康，常常玩麻将藏牌到深夜。我替他惋惜，他是学藏医的，应该懂得怎么照顾自己的身体啊。女儿妮妮毕业后分配在当雄县当小学教师，很多年了，老多身边也没有一个人照顾，一直想把妮妮调到拉萨来，但因为没有熟人关系，总是办不成。据老多说，最近已经得到了原单位同意，在拉萨找了第二职业学校，也同意接收了，可是因为没有关系，市人社局没有批准。老多说，你看我一个老头，身边没有一个子女，调回来也是应该的吧？

第二天（2016年6月22日），拉萨市常务副市长洪家志陪着北京市一个代表团来参观牦牛博物馆。他是北京来援藏的，我们曾经在一个班子里工作，在拉萨市政府正好分管人社局，我说我有个三十多年前的老同事，家庭有困难，请他帮个忙。洪市长很痛快，说你把情况发个短信给我。我连忙给老多打电话，让他编个短信，把个人情况、调动材料在什么地方告诉我。老多回了个短信，只是说了女儿的名字和单位，而没有告诉我调动材料现在何处。再打电话问，他说好像在人社局。我把短信转给洪市长。过了一会儿，洪市长就给我回电话说，他已经跟人社局打过招呼了，让把这事给办了。可人社局说，不知道这件事啊，也没有这

老多（左）、作者与妮妮（右）

个人的材料。我又打电话给老多，老多说，我也不知道材料在哪，也不知道找到材料后送到哪里去，老多居然问我人社局在什么地方啊？我也没去过人社局，也不知道在什么地方。这不一打听就知道了吗？他真的是不谙世事，什么总是自己闷在心里想象，没有一点儿社会经验甚至常识，更没有任何办事经验，还让我搭上一份人情，我气得在电话里骂他了：

你这个老多啊，这可让我怎么帮你的忙啊？！

又有一段时间没见老多了。我们都是退休老人，心里还是老惦记着，多多保重吧！

[桑旦拉卓读后感]

我的童年生活一直是在藏北那曲，不知是因为我出生时的年代，还是因为藏北人的豁达，成长的环境中几乎对"黑骨"没有任何概念，也很少听到别人谈论起。我当时的小伙伴中有铁匠出身、木匠出身的，但家里的长辈从未跟我说过他们出身高低的事。但在中学，我们家已经搬到拉萨，有一次，我去拉萨一户人家探望一位死者的家属，按照风俗，他们迎请了高僧念经超度，也请了天葬师来帮忙包裹遗体，并让儿女背着遗体，绕大昭寺三圈，亲朋好友都为逝者送上最后一程。在这个过程中，天葬师起着至关重要的作用，是最后一个帮助逝者积累功德的人。而逝者家的主人却把这位天葬师用过的碗筷、茶杯像垃圾一样全都扔出门外，当时不解，后来那位主人对我说"他们的出身地位低，是黑骨，在他们吃过的饭碗里吃饭，喝过的茶杯里喝茶，会倒霉的，是很晦气的"。这样的回答真是让人心寒而又无法理解。如果没有这些所谓"黑骨"的行业，我们自己就是天葬师、铁匠……我们的骨头也不见得有多白。

强巴伦多：从茶马古道走来的德格人

  觉巴老人是20世纪30年代生人，家在四川德格县半农半牧区。德格县与西藏自治区的江达县毗邻，是茶马古道上的重要一站。德格的人们常常来西藏做生意，做着做着就成了拉萨人了。觉巴老人从十几岁就开始跟着马帮，翻越雪山草地，一走就是几个月，挣点辛苦钱。后来自己也有了几匹马、几头牦牛，就跟人搭着伙儿跑生意，倒腾的主要是茶叶、酥油和盐巴。这三样东西，西藏人尤其是牧区人，一天也离不开。但他跑了几十年，还是没有成为拉萨人。等到儿子强巴伦多十几岁，又带着儿子接着跑。

  儿子要比他更擅长生意，开始倒卖酥油，从康区一块五一斤收来，到拉萨卖五块钱。后来发现，倒卖老物件更能赚钱，就到康区收一些老旧物件来拉萨卖。不过他是一个虔诚的佛教徒，从来不倒卖佛像唐卡。他没有门店，就在家里做买卖。到20世纪90年代，就以36万元的价格，在拉萨八廓东街临街的一处院落里，买下了两层民房。这里成了他的家。

  最早认识强巴伦多是2011年。东智带我去的，说那个人倒腾一些老旧物件。这几年，我成为强巴家的熟客了。七十多岁的觉巴老人，差不多每天都蜷着腿半躺在卡垫床上，摇着转经筒，拿着一沓经书喃喃地念着。家里来客人了，他多数时候头都不抬，像我这样的熟客，最多也就是点点头示意一下而已。他也从

强巴伦多

不过问儿子的生意。我来这里，多是为了给牦牛博物馆找藏品，现在牦牛博物馆里不少物件，都是从强巴伦多手上收来的。

　　跟强巴伦多做生意挺费劲儿的。他没有上过学，我买他的东西，让他打个收条，他不但不会汉文，连藏文也不太会写，有时候还让我告诉他藏文怎么写。他也不会几句汉语，除了生意上的几个汉语词汇，基本就不会了。但我与他打交道时间长了，对他的人品有些了解。例如，他在院里租了一间房卖甜茶，主要茶客都是到八廓街转经的老头儿老太太，外面的甜茶卖10元一壶，他只卖8元，外面的藏面卖5元，他只卖3元，逢到大的宗教节日，他就给老人免费布施，所以他的茶馆带有慈善性质。他还养了一位残疾人叫巴桑，巴桑会骑三轮车，偶尔给他送送货，骑着三轮车，在人流如织的八廓街跑得飞快。我从这些迹象判断，强巴伦多不会是那种过于奸诈的商人，买他的东西相对比较放心。但强巴伦多又是一个精明人。他知道我办牦牛博物馆，就到处寻觅与牦牛相关的物件，然后打电话（现在是用微信）告知我，让我过去看看。强巴伦多出价时，一般不太狠，当然也有压价的空间。因为他出价太高，我就会笑笑走了。与牦牛相关的物件，他如果出价过高，我不买的话，他可能就会砸在自己手上的。有一回，他从一个西部阿里人那里收了一顶帐篷，是过去僧人流动做法事用的，用牦牛毛绒编织的，质地和图案都很有特色。我们筹划中的博物馆正好需要这样一顶喇嘛用的帐篷。我就跟他议价，他出价8万元，我就问，你多少钱买的？他支吾了一下，说花了5万。我笑笑说，你最多花了3万，说完我就走了。过了半个月，我假装去他家买别的东西，避而不谈帐篷的事，买了两件小东西就要走，强巴伦多就有点急了，主动问起帐

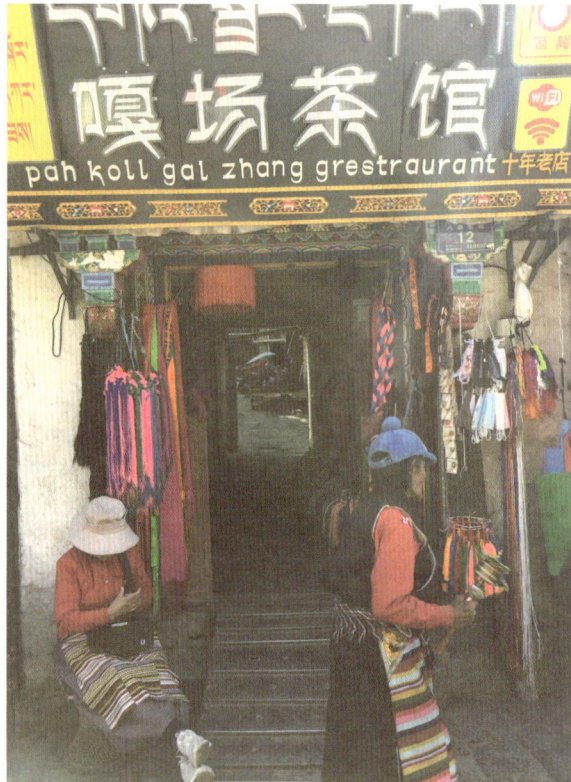

篷了。最后，我们以4.5万元成交了。现在那顶帐篷就展示在我们第三展厅的场景复原区。四年过去了，懂行的人说，以现在的行情，那帐篷至少值20万。当然也有我吃亏的时候。前些日子，从他那里买了一件铸铁牦牛头，他信誓旦旦说那是老东西，是从藏北牧民那里收来的，是出土的，我花了1.5万元收了。后来有的专家说，那是赝品。但成交的东西是不能退的，只能算是交了学费。我后来问他，他说他真的不知道。我还是相信他，因为他的古玩知识并不老到。

强巴伦多育有两男两女，长子在日喀则一个县当公务员，长女在藏北一个县公安局当指挥中心主任，次子正在上大学，小女儿藏大毕业了。有一天，强巴伦多让我到他家，我以为又是谈生意，可这次不是谈生意，他送我一件小玩意儿，然后问，你认识很多当官的吧？我问他什么事？他说，能不能想办法把他的长女调来拉萨，或者是给她的幼女找个工作？这可真是难为我了，我真的帮不上忙啊。他说："要多少钱？给多少钱都可以。"我告诉他，现在反腐败很厉害，当官的也不敢收钱呢。他叹叹气。后来，他在鲁古四巷租了一处房子，在那里开设了一家旅馆。他的幼女叫康卓，他就把旅馆取名为"康卓旅馆"，让没有考上公务员的幼女到那里去干活。我去过那家旅馆，主要是接待从藏区各地前来拉萨朝佛的老百姓的，设施一般，价格比较便宜，生意也还不错。

强巴伦多比我小十岁，我觉得他的日子过得并不容易，从德格来到拉萨，父亲老了，老婆是家庭妇女，他一个人做生意，要养活一大家人，要供孩子们上学，还要操心孩子们日后的工作。

过年过节时，孩子们回来了，一家三代人挤住在老房子里。那个老院落是非常拥挤的，一个院落那么多人，共用着一间公共厕所，古城的下水道是前些年才有的。那次我才注意到，他的家连个像样的厨房都没有，只有一个烧水煮茶的炉子。他们家也不是每天三餐正点开饭。比较固定的是每天早晨会烧茶打茶，喝完酥油茶，吃点糌粑，然后就不知道什么时候开饭了。有时候会吃点风干肉，有时候会从街上买回一些干拌面条，再吃点零食，就打发一天了。已经参加工作或者已经上过大学的孩子们，见识过外面的世界，也有单位的宿舍，现代生活过惯了，再回到他们生长的这个家，已经不太习惯了。

他们不再是走在茶马古道上的强巴伦多那一代人了。

[桑旦拉卓读后感]

拉萨是一个多么神奇的地方。从远古到今日，无论交通是否发达，路途是否遥远，几乎每一个天南海北的藏族人一生都会来一次。所以在拉萨，尤其是八廓街你能看见许多带着英雄结的康巴汉子、穿着羊羔袍的安多人、穿着氆氇藏装的卫藏人。而且在拉萨，有很多地区的藏族人都定居在这里，把拉萨当成自己的故乡，就像强巴那样的康巴人。因为拉萨这座城市总能给人带来一种不可思议的归属感、神圣感、安逸感。

大学者恰白先生

最早见到恰白先生，是1981年西藏首届文代会期间，恰白先生当选西藏文联副主席，那时我还在藏北工作，作为一个文学青年来到拉萨参加大会。当时听说他是一个大学者，也是一位诗人和民间文学研究者。但因为他是用藏文写作，我们看不懂的。三十年后，我二度进藏，创建牦牛博物馆，才得以与这位大学者相识。

要见到这位大学者并不容易，老先生当时已经九十高龄了，一般不再会客了，另外语言也有障碍。我找到他的得意门生——西藏社会科学院的何宗英老师，何老师的藏语、藏文都非常好，好到可以教藏族学生。恰白先生要是有什么事情与外界联系，也是先跟何老师沟通的。此外，我本人需要做一些功课，要了解恰白先生的经历，还要先阅读他的著作。

恰白先生二十岁就成为西藏地方政府官员，二十三岁就当上了江孜宗的宗本（即县长），不久又调任吉隆宗的宗本。西藏和平解放后，还当过南木林县的宗本。民主改革后，他参加革命工作，先是在日喀则地区，后来到自治区工作，主要还是从事文化教育和社会科学研究工作，再后来担任了西藏自治区人大常委会副主任。学界很多人说，近代西藏出了一个大学者根敦群培，当代西藏的大学者就是恰白了，恰白先生的著述很多，但最重要的著作是《西藏通史——松石宝

大学者恰白先生

串》（诺章·乌坚先生、平措次仁先生也撰写了其中的部分），藏文版分上中下三卷，150万字。我当然只能看陈庆英等先生翻译的汉文版，上下两卷，70万字。以往西藏历史上还没有一部正式的通史，只能从各种各样的上师传记及零散的史料当中去窥视，恰白先生从海量的资料当中，把握住历史的脉络，集重要史料之大成，以历史科学的方法，写成这部巨著。但这是一部需要认真和耐心才能啃下来的巨著，我花了三个月的时间，做了大量的读书笔记。然后我再联系何宗英老师，请他帮我联系恰白先生。

2012年9月6日，何老师领着我来到拉萨嘎玛规桑恰白先生家。我捧着哈达向先生献上，然后坐在他的藏垫上。九十岁的恰白先生银发银须，仙风道骨，感觉有点儿像是晚年的齐白石。老先生盘腿半躺在卡垫床上，手上捻着一串佛珠，念诵着六字真言。何老师向恰白先生粗略地介绍了我。我也向恰白先生说明来意，我说我拜读了您的巨著《西藏通史——松石宝串》，您是大学问家，您的著作第二页就说到了牦牛啊，吐蕃最早的部落就叫作"六牦牛部"。恰白先生说，是啊，牦牛在我们藏族的历史上做出过很多贡献，对我们藏族有很多的恩惠，藏族是一个懂得感恩的民族，我们应当感恩牦牛。所以你做一个牦牛博物馆，这是很好的事。我接着他的话头说，那我想请您给牦牛博物馆当顾问好不好啊？恰白先生笑笑说，我现在老了，眼睛耳朵都不太管用，当顾问也做不了什么事情，如果你要觉得让我挂个名，也是可以的。我连忙拿出随身携带的笔记本，请他给我签个名。恰白先生说，好的。他的手有一点颤抖，在我的本子上签下了他的名字。我从老家景德镇给老先生带了一个小礼物——红釉描金的茶杯，我觉得这比

恰白先生（左）与作者

作者为恰白先生带去的小礼物——红釉描金的茶杯

较符合藏族人的审美趣味，恰白先生接过去连声说，很好看很好看。恰白先生虽是大学者，但对我这样的晚生很是慈爱，坐在他身边能感觉到一种温暖。后来，我们牦牛博物馆设计的第一个展厅，就叫《感恩牦牛》。

第二年，我们牦牛博物馆各项筹备工作都取得了很好的进展，我又想去见见恰白先生。还是通过何宗英老师联系，我和我当时的助手龙冬一起，于6月26日再次来到恰白先生的家。恰白先生看到我们去看他，讲到博物馆的筹备情况，老人很高兴。我带来了西藏牦牛博物馆的聘书，我说去年来的时候，您答应给我们当顾问的，我们非常荣幸。我们制作了一个证书，是用牦牛皮做的，仿照经书的样式，有些西藏特色吧，我双手给老人捧上，老人也是双手接过，他摸着这证书，又看看里面的藏汉文，说这很好啊。我还带了一点慰问金，恰白先生说，这就不用了。我说只是一点点，也不知道给您买点什么，就让您的家人去办吧。龙冬还给老人送上他翻译的仓央嘉措的圣歌，老人也接下来，并翻阅了一下。我对老人说，我们牦牛博物馆明年5月18日就要开馆了，到时候请您一定要来参加哦。老人笑笑。我心里想，等开馆时，即使老人坐着轮椅，也请他到现场看看。

但是，没想到一个多月后，我接到何老师电话说，恰白老先生去世了。我跟何老师带着哈达和礼金马上赶到他家，一群喇嘛正在念着超度经。到出殡的那天，我跟何老师凌晨四点就赶到他家，按照藏族习俗，跟着老先生的遗体，绕行八廓街一圈，最后在大昭寺门，永远地送别了这位大学者。

西藏学界对于恰白老先生的为人为学，可以说是十分景仰的，特别是《西藏通史——松石宝串》产生了深远的影响。当然也有个别人说，很多评论里都提到，恰白先生运用马克思主义的观点，掌握了科学的历史观，于是说那是政治产物。我听到这种议论，就很生气地质问：你真读过这部巨著吗？你一个字一个字读过吗？要是没有，你先去读吧，读完再来谈这部书吧！

恰白先生的照片至今还挂在我们牦牛博物馆的馆长办公室里。

[桑旦拉卓读后感]

历史的长河中总会闪烁着许多璀璨的明珠，无疑，恰白先生就是其中的一颗，近代西藏出了一个大学者根敦群培，当代西藏的大学者就是恰白先生了，他的一生是为着西藏的文化事业而存在的，他的重要著作《西藏通史——松石宝串》（诺章·乌坚先生、平措次仁先生也撰写了其中的部分），成为了西藏文化不可或缺的至宝。都说对知识的追寻是永无止境的，恰白先生对于我就像是星空般浩渺广博，他的学识不仅是我，也是我们这一代人所要学习和传承的……

昂桑：从《丰收之夜》到《藏人》

　　1950年，人民解放军进军西藏，路过康区，吸引了一大批藏族青年。十九岁的德格小伙昂旺平措、十三岁的巴塘小姑娘阿西央宗也加入了进藏大军，成为最早的藏族干部。昂旺平措后来担任了墨竹工卡县第一任县长，领导着当地人民开始了新生活。他娶了被称为十八军"四大美女"之一的阿西央宗为妻。阿西央宗在拉萨市民政局里从事一项最喜庆的工作——为新婚者开结婚证。那时候，他们住在古城里的八朗学丁夏院落，生养了五个孩子。昂桑是他们的第三个孩子。

　　1975年，十三岁的昂桑从工农兵小学考录为西藏歌舞团学员，直接送到中央民族学院艺术系中专制的舞蹈班。那群啥事不懂的孩子们，在北京度过了难忘的几年。1976年唐山大地震的前一天，他们到唐山演出民族歌舞，离开后即发生大地震。同一年，周恩来、毛泽东去世，粉碎"四人帮"，他们一次次步行从中央民院往返天安门广场。毕业回到西藏歌舞团，他们是最年轻的一拨舞蹈演员。他参加过西藏当时最负盛名的舞蹈《丰收之夜》等节目的演出，还到基层农牧区巡演。

　　但是，昂桑却不甘于当一个舞蹈演员。还是在小学时，他就喜爱绘画，在一次学校绘画比赛中，他和弟弟昂青分别获得过大班和小班的第一名。他向团领导

昂桑父母

提出，要报考西藏大学的美术专业，团领导不同意，说国家花钱把你培养成舞蹈演员，怎么能说走就走呢？昂桑便在业余时间向本团的美工次多老师学习绘画。那一段时间昂桑很是苦闷，甚至极端到希望遭遇一场车祸，把腿撞残了，那样就可以不跳舞而去画画了。此时，西藏著名画家裴庄欣在拉萨办起了第一届业余美术培训班，昂桑成为第一批学员。昂桑说，在那个培训班里有裴庄欣、叶星生、罗伦张、次多、阿布、诸有韬等这样的好老师，更加坚定了他从事绘画艺术的决心。昂桑连续上了两期裴老师的培训班。就在那时西藏歌舞团换领导了，我早年的好朋友董春德当团长了。昂桑又找着董团长，要求报考西藏大学美术系。董团长说，好啊！你有本事考上，赞成你去，如果考不上，就乖乖地当好你的舞蹈演

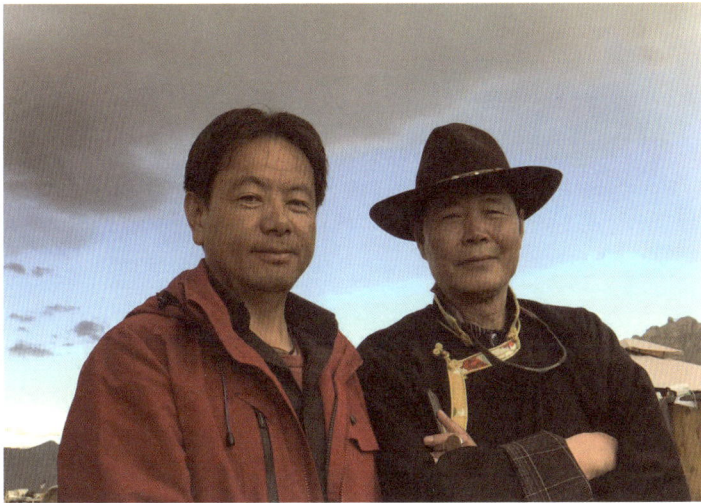
昂桑（左）与作者

员！昂桑专业考试取得第二名，但全国统一的文化考试却刚到录取线，他毕竟只有小学的文化功底。考试前，他每天到拉萨河边去背复习提纲，各科分数相加考得140分，而那年西藏大学的录取线恰恰就是140分！他幸运地成为了西藏大学美术系的大专生，而且还是带薪学生！

在西藏大学，昂桑他们那个班只有6个人，又遇到了于小冬、曹勇这样的好老师，真是幸运。尽管那时候昂桑还是很调皮的大孩子，喝酒吸烟，有时还跑到外面打架，但他学习却是很用功的，特别是到大三时，他们6名学员选择专业，昂桑选择了西藏传统的唐卡绘画，拜著名勉唐派唐卡大师丹巴绕旦先生为师。丹巴绕旦老师说，你要是学唐卡，不能吸烟、不能喝酒、不能打架，你能做到吗？昂桑从此戒烟戒酒，再也不打架，成了一个温顺的孩子。他从西藏大学毕业时，创作了一幅黑底唐卡《大威德金刚》，成为当时西藏学生的经典之作。

丹巴绕旦老师没有说画唐卡能不能近女色。昂桑这几个学生总能看到一个年轻女子来给老师送饭，调皮的孩子便跟她开开玩笑，后来才知道，这位比老师小十六岁的女子居然是老师的爱人，他们吓得直吐舌头。昂桑曾经跟女孩儿说话都会脸红的，后来有一位文质彬彬的贵族女子主动向他求爱，此后他的英俊和文雅吸引了诸多的女孩儿，包括藏族和汉族女子，演绎了一段段爱情故事。

昂桑在打好现代绘画基础之后，开始认真学习西藏传统绘画艺术，他反复思考现代绘画与传统绘画的关系，与拉萨艺术界的同人一起进行了艰苦的探索。他们办起了甜茶馆画廊，创作了一批反映他们艺术探索的作品。那一段时间，西藏的绘画对外国游客极具吸引力，他们的画作卖得很好，不少艺术家因此经济上变得宽裕起来，昂桑本人的钱包当然也鼓起来了。他的画甚至还走出国门，到国外展览和销售。

2011年，我再度进藏创办牦牛博物馆，当时一件藏品也没有。有一天我在网上浏览，忽然发现一幅题为《藏人》的画，画面是半个藏族人半个牦牛头的组合。我觉得这幅画太切合牦牛博物馆的主题了！但我不知道作者是谁、在哪。于是我在网上留言："这是谁画的啊？"大约过了15分钟，远在大洋彼岸的西藏画家裴庄欣给我信息，说是歌舞团的昂桑画的，我又通过蒋勇打听到昂桑，当天下午，昂桑出现在我的临时寓所兼办公地。原来他就住在我前面一排房子，直线距

昂桑将《藏人》的版权捐赠给牦牛博物馆

离也就50米吧。感谢万能的互联网！昂桑听我讲牦牛博物馆的宗旨，非常乐意地说："老师您要是喜欢这幅画，那我就捐给牦牛博物馆吧！"此后，他还将这幅画的版权捐赠给了我们。我与昂桑成了好朋友。

我也常到昂桑家坐坐，谈论他的艺术创作。昂桑则把牦牛博物馆的事情当作他自己的事情。除了那幅《藏人》外，我们发现罗布林卡的一间库房里有一幅壁画，精美绝伦，可谓是西藏的百牛图，是我所见到的牦牛题材的西藏壁画中最为壮观的。于是，我请昂桑将这幅壁画临摹下来。昂桑起初认为两个月就能画好，哪知道这幅壁画非常精细，整整画了半年才完成。他说，虽然他差点儿画哭了，但从中学到了很多东西。

鉴于昂桑对牦牛博物馆所做的贡献，我们决定在西藏牦牛博物馆为他举办一次个人画展，并请我们的友军醍醐艺术合作，给他的创作道路进行了一番梳理，我本人给这次画展取了一个名字："如意人神"。展览开幕那天，拉萨文化界的朋友都来了，很多人不无羡慕，觉得能在牦牛博物馆举办画展，是西藏艺术家的荣幸，其实我们觉得这也是西藏牦牛博物馆的荣幸。第二年，我们又举办了丹巴绕旦师生唐卡精品展。

这些年来，昂桑除了绘画之外，还开办过时装设计公司，做过策展人。这两年，他连着策划了三次丹巴绕旦师生唐卡精品上海展，把高原艺术带到上海滩。今年，他又与另一位艺术家班诺合作投资100多万元，在八廓街最繁华的位置办起了"不染居"艺术空间，既可以搞艺术展示，又可以经营餐饮，在那里还可观赏大昭寺和布达拉宫的美景。日前，我们几位朋友到那里做客，昂桑笑着说："啊，什么行当都干过了，最后还是要画画啊！"

按照西藏的地方政策，昂桑可以享受提前退休的待遇，已经于去年办理了退休手续，他可以专心致志地画画了。他常常到我这里来，跟我探讨他的艺术走向，我觉得他还是很有想法的。昂桑说，艺术家需要在无常的事物中不断改变自己，在不断的改变中找到自己，一旦找准你自己是哪一类人之后，剩下的就是坚持。

作为年轻的退休人员，昂桑的时间也自由了。每到春节，他可以到成都去，陪陪早已退休在那里生活的父母亲。去年刚给母亲办了八十大寿，昂桑挽着母亲

昂桑母亲八十大寿全家福

去散步，陪着八十六岁的父亲下棋。这两位老革命挺欣慰的，当年他们从康区进藏还只是个孩子，可今天，他们的孩子、孩子的孩子，仍然工作生活在西藏。高原虽然很高，但其实并不遥远。

见过昂桑老师画作的，几乎没有一个不为之感叹的。

而老师本人，无论在何种场合遇见他，印象中总是一位面带微笑，平易近人、谦卑、低调之人。

俗话说"相由心生、境随心转"，当一位艺术家在艺术道路上获得如此的成就时，依然不迷失自我、保持初心、自我归零，保持一个谦虚的状态，拥有一个灿烂的笑容，实属不易。也许正是因为这样一种精神，才能让当初的昂桑老师，在逆境中选择了听从内心的声音，选择了自己的初心，选择了最好的老师——"兴趣"，并为之克服各种艰难困苦，捍卫自己的梦想，我想这样的人生是精彩的！

老农巴桑的家境

人老了，就是一年不如一年哪。

我们筹办西藏牦牛博物馆时，因为缺少人手，米玛就来到筹备办，主要是当司机，同时，也帮着做一些收集藏品、翻译和公勤等别的工作，到现在已经好几年了。这期间，我们筹备办的同事到过他的家乡加查县好几次，与他的父亲——老农民巴桑也处得像亲戚似的，来回走动都要捎上一点诸如茶叶、糌粑之类的小东西。最近再次去看望七十七岁的老农巴桑，他不如几年前了，耳朵眼睛都不太好，血压比较高，膝关节也有问题了。

巴桑常常坐在屋外的垫椅上，看着雅鲁藏布江边这个村庄，按照时序，核桃树、苹果树、桃子树开花结果，青稞麦播种成熟，村子里一茬茬人往而复返，家养的鸡鸣声唤醒一个个黎明，而他自己则一天天地变老。

几年前，比他小四岁的老伴桑曲吉去世，在达拉岗布天葬台远走之后，老人很孤独。他记得，老伴是近六十年前从她的家乡浪卡子县一路乞讨，来到加查县龙巴村的。那时家境还很不错，父亲坚赞便收留了她，后来嫁给了巴桑。他们一起生活了五十多年。

加查县的龙巴村村前是蜿蜒而来的雅鲁藏布江，背后是连绵不断的高山，十几公里外高耸入云的杰波山上，就是著名的藏传佛教噶举派的祖寺——达拉岗

巴桑（左）与作者

布寺，历史上据说有过五万五千多名僧人，后来败落了。龙巴村里也有一座小寺庙，叫贝公巴，就是贝旦拉姆寺，这是村人自己的寺庙。几十年前这里出过一桩怪事——

一位孤寡老妇住在贝寺边的一个山洞里，好像也没有人知道她的来历，平时人们很少看见她，只是吃饭时，她就到贝寺要上一坨糌粑什么的，又回到山洞里，长此以往，人们也就见怪不怪了。可是，有十几天时间她不出现了，也不来讨吃的了，贝寺便派一个小喇嘛去看看。小喇嘛来到山洞喊她吃饭啦，却看到一个满身长着水泡的尸体突然站了起来，那模样太可怕啦，小喇嘛吓坏了，直往寺庙里逃，那具活尸体也追到寺庙，正在念经的僧人还不知道发生了什么事情，便被这女妖的巴掌拍倒，一下就拍死了。小喇嘛藏在经书架子底下，找到一扇窗户拼命地逃了出去，大喊救命啊救命啊。此时，从天空出来了一位护法天神，据说就是贝旦拉姆，天神一掌就把那位女妖打趴下了，可同时也把贝旦拉姆这座小寺庙给打塌了。

其实，巴桑的家境在父亲坚赞那一辈还算不错。坚赞靠自己的聪明和勤劳开垦了20多亩荒地，还养了上百只山羊，可能还会做一些小买卖，在村里也是比较富裕的，他家当时还住着村里少有的两层楼。但有一年，村里的一家地主大户办喜事，村里比较富庶的人家都来祝贺，在那次聚会上，巴桑的哥哥加央喝了不少酒，一同喝酒的一位女子戏谑地朝他脸上撒了一把热灰土，惹怒了他，趁着酒劲，他拔出腰刀捅向对方，没想一下把那女子捅死了，被抓进了县里大牢。虽然那个被捅死的女子临死前还嘱咐，这是因为喝多了酒开玩笑才惹的祸，希望家人不要去报复，但那女子的丈夫是一位康巴人，还是骑着马举着长刀来复仇，把他父亲坚赞的肋骨打断了好几根，并且封了他家的二层楼。解放军进军西藏时，坚赞给解放军带路，回来又被叛乱的康巴人打得伤痕累累。解放军开给坚赞的带路报酬的单子，后来也被虫蛀了。因为坚赞勤劳发家，村里一些人借他的粮食不还，坚赞催粮时，又被那帮欠债人合伙打了一顿。经过这三次重创，这个家是要败了。败家之前，父亲把生前攒下的一些蜜蜡珊瑚，还有珍贵的古旧经书藏在核桃树洞里。可在父亲死后，不懂事的孩子们挖出来卖了或者烧了。那些家底折腾完了，家境也就从此式微了。

但农民还是农民，还得照样下地干活，照样生儿育女。巴桑和桑曲吉从20世纪60年代到80年代，生养了七个儿女。大女儿索朗卓玛现在五十四岁了，大儿子占堆也五十岁了。这两位儿女至今未娶未嫁，一直守在父母身边。我们的同事米玛是最小的，生于1985年。中间的四个孩子则都已经成婚，分出去各过各的了。

巴桑现在的家就是长女和长子守着，三个人一起过日子。农村体制改革后，这个家一共有9亩地，9棵核桃树，3棵苹果树，50多棵桃树。这些土地和树林就在他家的周围，很像是一处家庭农场。巴桑和两个孩子在9亩地上种植青稞、土豆和大白菜等，每年的核桃、苹果和桃树也有一些收入。但是只靠土地产出，收入还是太微薄了。好在龙巴村这里还有虫草，虽然不如藏北虫草的品质，但那也是一项重要的收入。所以每到春夏之交的时节，村人们都要上山挖虫草，儿子占堆也要去，一去就要一个多月，家里就只有女儿索朗卓玛守在身边了，给巴桑老人做饭，操持家务。

2013年，我还是北京援藏指挥部的副指挥，按照自治区党委要求，每位援藏干部都要与基层群众"结对子"。我就把米玛的父亲列为"结对子"的对象。这样我正好还能找个借口下乡，去为牦牛博物馆找藏品呢。

西藏的社会状况，据一些青年学者讲，叫作"非典型二元结构"，就是城乡差别特别大，体制内与体制外走的是不同的两种发展路子，完全是两码事。就普通百姓而言，都想进入体制，端上铁饭碗。可巴桑这一家，七个孩子都没有能够进入体制内，只有米玛的二姐在米林县的公路养护段勉强谋了份养护工的差

米玛与父亲巴桑

事，嫁给了一个汉族人，很少回家，休假时会到四川成都去。最小的儿子米玛不甘心在农村老家混下去，很小就出来打工。这孩子很聪明，人品也特别好，又能吃苦。他先是到外面学画唐卡，后来又学会开车，到矿山上开大卡车，因为有老乡熟人，又被安排到藏北邮政局当投递员。当投递员不懂汉文不行，所以在这个过程中，他又学会了汉语汉文。因为米玛的驾驶技术比较好，赶上改革开放，他开着朋友的一辆车专门跑旅游运输，拉着汉族游客从那曲到拉萨，挣了一些辛苦钱。2008年赶上拉萨骚乱，米玛看到那骚乱的场景太吓人了，感觉这一行也做不下去，便琢磨着改行，却一直没找到机会。直到2013年，他把旅游出租车卖了，来到牦牛博物馆筹备办公室，做上了一份临时工。我知道米玛来到拉萨谋生是很艰难的，他没有资本，没有住房，现在三十岁了，虽然有女朋友了，但也没法正式成家。

我心里很清楚，米玛是希望能够通过在筹备办的临时工作转为正式工，我也很希望是这样，但事实上这不可能，因为现在录用公职人员非常严格，必须通过考试。而我本人先是援藏干部，后是拉萨市委市政府的聘用人员，没有能耐解决米玛的公职人员身份。没有办法，只能暂时作为牦牛博物馆的临时工作人员维持着，我也不知道能维持到什么时候。所以每次到加查县他的老家，见到巴桑老人都很愧疚，只能从自己兜里拿出一点钱来向老人略表心意。

每次来到龙巴村，我都要问问巴桑老人，身体如何？有何困难？现在，西藏的城乡都实行了养老保险制度农村也都实行了医疗保险，农村老人可以享受医疗费80%的报销，这是非常好的政策。老人可以在村里看病，也可以到县里，甚至

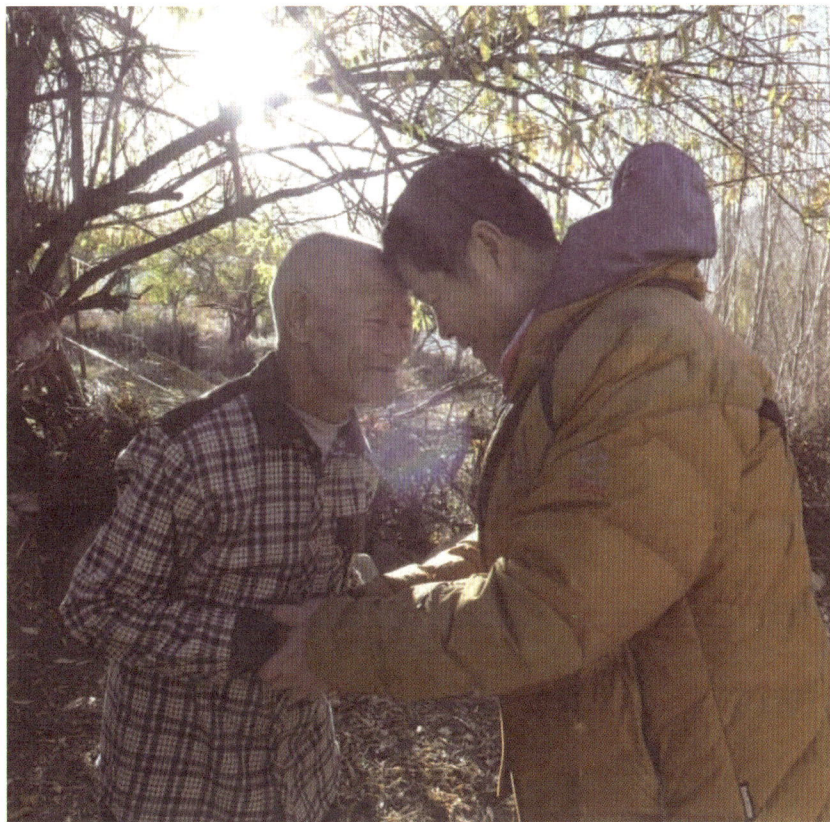

到拉萨看病，这是一项非常切合普通百姓的福利。这里的海拔相对较低，背山面江，空气特别好，巴桑老人便在院子里转转，晒晒太阳，喂喂家里养的那50多只鸡，还是很惬意的。

　　我带着同事朋友来到龙巴村，有两次就住在巴桑老人的家里，西边一间小屋收拾得很干净，那里有度母像，点着酥油灯。我虽然患有失眠症，但在那里，虽然远处的雅鲁藏布江奔腾不息，屋子外青葱的树木在晚风中发出轻微的声音，却睡得很好。巴桑家没有建厕所，晚上也就不出门了，因为听说近年生态恢复得比较好，晚上还常有狗熊窜到村里来呢。

[桑旦拉卓读后感]

　　工作以来，见过敢跟领导当面赌气的人是米玛啦，见过把领导当作父亲般关心的人也是米玛啦。

　　米玛啦是巴桑大爷最小的儿子，是一个普普通通的司机师傅。从事普通职业的他却有着不普通的个性、品德和职业精神。我们一起工作将近五年，从第一天到现在，对于工作他每一天都是认认真真、勤勤恳恳的，他的车永远都是发光发亮、崭新如初的——即使车不是他自己的，是公家的。

　　米玛啦刚进单位时，有一次"亚格博"啦也就是米玛啦的直接领导人，因为迟到的问题训斥了米玛啦。当时的米玛啦对自己的领导没有太多的了解，所以觉得有一丝不服气，当着面赌了半天的气，当时我们都很惊讶，居然有人敢跟"亚格博"啦赌气。

　　但经历了此事后的米玛啦在时间上比任何人都准时，而且对"亚格博"如父如兄般地尊重、关爱，即使占用周末、午休时间工作也不曾有过一丝怨言。领导去内地出差时，米玛啦常常不忘去领导家中收拾屋子，这些琐事虽说他并不乐于挂在嘴上，但我们看在眼里、记在心中，所以单位的每一个同事都很尊重米玛啦，接触过米玛啦的人都会被他憨厚、忠勇、坚韧、尽命的如高原牦牛般的品性所吸引。

这种品性也来自于像老农巴桑大爷这样的劳动人民的血液里。

强巴云旦的逻辑思维

我是在拉萨的一次聚会上结识强巴云旦的。

以往，我更多注意的是藏族朋友中民族文化色彩比较突出的人士，可强巴云旦却是操持当今社会前沿行业——金融证券的，这引起了我的兴趣。但想找他交流太困难了，因为他实在太忙了，由于工作和学习的原因，每个月都要出差，飞往成都、飞往上海、飞往美国……

终于约到了一个早晨，天还不亮，我们在西藏自治区人民政府大门口碰头，然后沿着传统的转经道，经过药王山的千佛墙，再到布达拉宫，再到八廓街，走了一万多步。强巴说，要不是今天跟吴老师走，一些地方都是很多年没来过了。

走到丹杰林路，强巴指着不远处的夏萨苏说，那里就是他出生时的家。他出生于1979年，与我的孩子同岁。后来他在家附近的拉萨市第一小学上藏族班，打下了比较好的藏文基础。十一岁时强巴考入内地西藏班，来到上海读初中。那时候他当然想不到，上海会成为他日后公司的总部所在地，几乎每个月都要飞抵这座中国最大的都市。事实上，他刚来上海时汉语还不怎么流利，先是上了一年的预备班，主要是学习语言和适应环境。

初中毕业，强巴考入了成都的西藏中学。强巴一直是名好学生，更趋向于理科。因为父亲在西藏建筑设计院工作，报考大学时，他填报了当时的西北建筑工

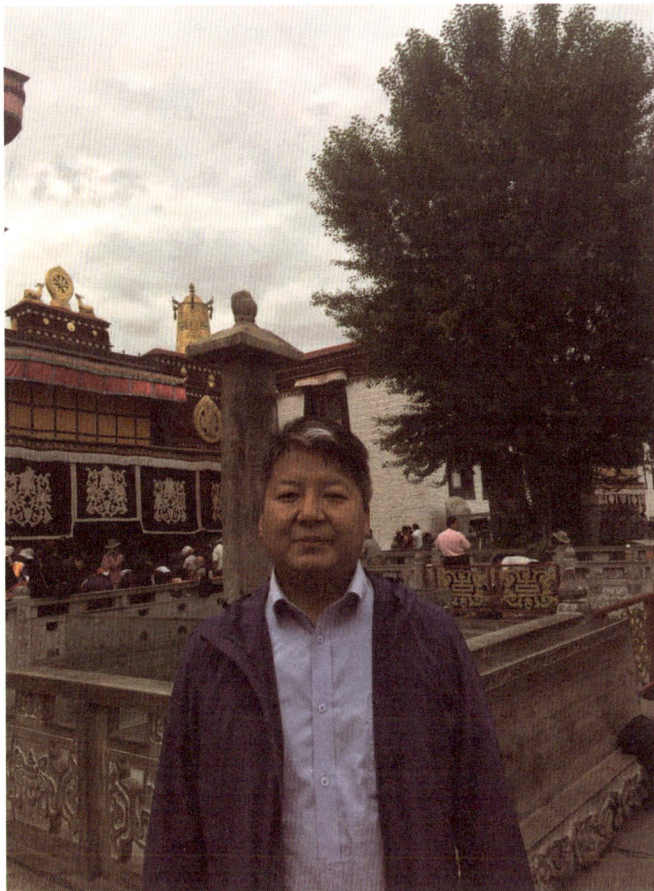

强巴云旦

程学院，他对高层建筑、智能建筑感兴趣。后来这所大学与西安公路交通大学和西安矿业大学合并，更名为长安大学。那时候，整个大学只有两名藏族学生。

2001年，强巴云旦大学毕业，分配到父亲的单位——西藏自治区建筑设计院。这本来是一个非常好的职业，但强巴只在那里待了一个月便辞去了公职。

千万不要以为强巴是一个心血来潮的青年，实际上他是一个非常理性的人。他分析自己的强项，认为自己的逻辑思维能力比较强。还是在大学时，他就热衷于计算机的编程，显示了自己的思维特征。下海后进入了西藏证券业，他认为金融证券业依靠的也是逻辑思维。

当时的西藏证券业还处于刚刚起步的阶段，强巴将自己的逻辑思维能力运用到计算机和金融证券业务当中。在这个行业一干就是十七年。这期间他转战拉萨、成都、日喀则、北京等地营业部，从最初的业务员一直干到总部的执委会委员，这是证券法规定的高管职位。

强巴在大学时学的是日语，后来学习英语。当时，拉萨有个"英语角"，每逢周末，好学英语的青年便汇聚到那里。强巴也来到这个英语角，练习用英语与人交流。在这里他认识了一位藏族姑娘——次仁德吉。次仁德吉从西藏大学毕业后，分配到强巴早年就读的拉萨市一小。这位聪慧善良的姑娘热衷于帮残、助教、当志愿者，还曾到美国高盛大学专攻了四年英语，事实上次仁德吉完全可以当强巴的英语老师了。强巴与这位英语老师结为了伉俪。

不久前，我在西藏牦牛博物馆门前遇到他们夫妇带着两个孩子来参观。强巴说现在除了自己的工作和学习外，一项重要任务就是陪伴和教育孩子。每天晚

强巴云且一家

上，他都要用藏语给孩子讲故事。他说他更希望孩子从小接受一些本质的东西，比如，关于太阳，关于地球，当然还有藏族传统智慧故事。他说对孩子的希望不多，一是要有信仰，二是要善良，三是将来有一技之长。这两个孩子一开始就在藏语、汉语和英语的环境中成长，将会很自然地成长为三语人才了。

强巴所在的公司经过一次次改造、重组和并购，现在是一家著名的互联网上市公司旗下的证券公司，在全国各地分布着88个网点。他作为东方财富证券公司的执委会委员兼西藏分公司的总经理，担负着以专业财富管理为目标的零售业务的开拓和服务，针对机构的投资银行、并购重组服务等诸多业务。公司最近搬到了距我们西藏牦牛博物馆很近的拉萨国际总部城。我到那幢大楼去参观，员工们都在伏案忙碌着。强巴介绍说这个团队有一半是年轻的藏族员工，他们都很努力很优秀。作为他们的带头人，公司的高管，强巴给自己的要求是：自控、分享。作为一家在西藏算是非常前沿的公司，虽然在西藏开展相关业务有一些地域性的困难，但是他们有着责任担当，要把一些有价值的事情在高原上做起来，要让业务在西藏落地，让人才在西藏落地，更重要的是让先进的理念在西藏落地。

如今公司业务发展迅速，规模扩展迅速，大概用不了几年，就会成为全国前列的专业公司，这已经成为公司的愿景。强巴云旦感觉到责任很大、压力很大，尤其是自己仍然需要知识更新。前两年在极为繁忙的工作当中，还在美国亚利桑那州立大学和上海国家会计学院攻读EMBA，每个月要到上海去上课，每年还要去美国上近一个月课程。原本学日语的强巴现在听英语授课已经没有问题了。

与我接触过的前沿行业从业者的风风火火的性格不同，强巴云旦显得沉稳、

强巴云旦（右）与作者

平和、谦逊，与他交流感觉是很舒适的。我很想知道，这位前沿行业人员对于生于斯长于斯的高原民族文化有什么感觉？强巴跟我讲了一件事情：有一段时间，他不时地头痛，起初认为是工作任务繁重导致的，但他到医院检查，没有发现什么问题。后来去看藏医，藏医认为，在他胆囊有一种"隆"——用汉语说就是某种"气"，往上蹿，就导致头痛，吃了几味藏药就好了。

强巴云旦是那种高度理性的人，但讲到未来，他笑笑说，现在实在是太忙了，等我退休后，很想自己开着车，带着家人，到西藏各地深入地走走，朝拜名刹古寺，访问民间神人，学习藏族的传统文化。他说，他喜欢做的事情就是透过纷繁复杂的现象，找规律、简单化。

说实话，我对这位满脑子都是计算机和金融逻辑的朋友，如何认识古老神秘的藏族文化和传统智慧，充满了好奇和期待。

[桑旦拉卓读后感]

找一份稳定的工作，有份固定的收入，是很多西藏高校毕业生们的愿望，同时也是多数家长们的一个愿望。

因此很多毕业生，面对毕业后的现实生活、家长的施压、邻里亲戚的目光，大部分会选择"铁饭碗"考公务员，之后曾经的理想也只是个梦而已。

可庆幸的是像强巴云旦这样的西藏青年用破釜沉舟的精神，敢于突破自己、突破禁锢，为理想而活着，选择自己想走的路，为此奋斗、努力，并取得辉煌的成就。

这样的人生是洒脱的、令人羡慕的。

牧民才崩

藏北牧民才崩几乎成首都网红了！

他的一张头缠红色英雄发、身着黄色龙袍、一脸憨笑的照片，在微信和微博上迅速传播。

才崩

有的赞叹："牧民汉子太英俊了！"

有人戏呼："吐蕃入主中原啦！"

有人评论："藏族人太幽默了！"

这是2016年冬天的北京。应西藏牦牛博物馆的邀请，前来参加《牦牛走进北京——高原牦牛文化展》开幕式的才崩从藏北草原启程来到拉萨，第一次坐上飞机，第一次来到首都北京。到达北京的那天晚上，我到首都机场迎接。我特意嘱咐司机，一定要从东三环走，通过长安街，去往首都博物馆。才崩在车窗外看到了以往只能在电视里才能看到的中央电视台，看到了天安门，华灯闪耀，流光溢彩，才崩满眼惊讶和喜悦，他说，做梦也没有想到能够来到北京。

我与才崩相识于2012年9月。我们西藏牦牛博物馆筹备小组开始的第一次万里之遥的田野调查，第一站就是那曲地区比如县夏曲卡，第一个夜晚就住在才崩家。

才崩的家住在大约海拔4300米的草原上，秋天的牧场，草原已经染上了金黄色，辽阔的牧场上散牧着他家的牦牛。正是牧归之时，才崩吆喝着牦牛，把母牛拴上挤奶，还要奔忙着追逐那些调皮捣蛋的牦牛，忙碌了好一大阵才坐下来接受我们的调查访问，告诉我们他家养了多少牦牛、牦牛的习性、牦牛的产出收入等。才崩起初不懂得我们这些城里人为什么对牦牛那么感兴趣，我们跟才崩解释，我们是要建一座牦牛博物馆，就是要为在藏族的生存与发展中做出贡献的牦牛盖一座宫殿，聪明的才崩很快就明白了。他说他懂了，他以后会帮助我们的。

　　到了晚上，牛粪火炉烧得暖暖和和的，才崩热情地为我们煮上牦牛肉、打好酥油茶，边吃边聊开了。才崩不善言辞，话不多，却是家里的主事者，家里养多少牛羊、什么时候去挖虫草、卖什么价、盖房子、买汽车、外出朝佛，甚至姐姐生病到哪里去医治，都是他拿主意。跟才崩交流，你问他什么，他才告诉你什么，你要是不问话，他就默默地微笑着。才崩是个很有能力的牧民，他把这个家建得非常好，井井有条。虽然是个牧民之家，但起居室、佛堂、仓库，安排得恰到好处。才崩家给我们最深的印象，就是特别的干净，才崩自己不吸烟也不喝酒，以至于我们吸烟的人都不好意思，不知道该把烟头扔在哪里，这与别的牧民家很不一样。我问才崩有没有磕长头去过拉萨，他说那是当然的。他专程去拉萨朝佛有两次，第一次是自己跟乡亲一起磕长头去的，第二次是给村里另一拨乡亲磕长头当后援的。问到磕长头去拉萨有多辛苦，才崩说，从夏曲卡到拉萨有500公里左右，要磕两个多月，开始那一周累得不行，全身胀痛，一周以后就轻松了，随着拉萨越来越近，也越磕越快，感觉也会舒服很多。第二次是当后援，不用磕头，就是给磕长头的乡亲跑前跑后、烧茶做饭。到了拉萨，磕着长头到大昭寺和布达拉宫，见到了释迦牟尼和观世音菩萨，所有的艰辛都没有了，一切的付出都是值得的。

那天晚上，才崩安排我们一行四人住在他家的佛堂里。其实我们外出旅行都是准备了睡袋的，没有想到虽然只住一夜，才崩为了我们的到来居然买了四床崭新的被子，这让我们真过意不去。虽然我们知道这里出产虫草，牧民手头比较宽裕，但四床新被子毕竟花费不少啊！才崩把佛堂里的炉子也生上了牛粪火，只留下佛堂里观世音菩萨前面一盏长明的酥油灯，虽然海拔比较高，但那一夜睡得真香啊。

再次见到才崩是第二年。才崩开着自己家的皮卡车，拉了一车物件，从藏北草原遥遥几百公里外来到拉萨，由尼玛次仁领着，来到我们筹备办的临时住所。才崩卸下的物件摆了半个院子，那都是他收集的自己家里和村里邻居的驮牛用的鞍子、打酥油的木桶、牦牛毛编的垫子。我很惊讶地看着才崩，他说这些都是捐给牦牛博物馆的，有用吗？我说太有用啦！才崩还按照博物馆的要求，一个人坐在院子里，给每一件物品写上名称、年代、用途，例如驮鞍是他爷爷辈留下的，他就计算用过多少年，曾经去过多少次盐粮交换，算起来已走过了几万里路。别看这些只是普通的生产工具，那可真是牦牛与藏族牧民关系的物证啊。才崩真是个有心人，有的牧民因为开上了汽车，觉得再也用不上牦牛驮鞍了，就当木柴烧了，而才崩却是真正懂得牦牛的人，把这些物件给我们博物馆收集起来了。为此，当天我发了一个微博说这件事，首都博物馆原馆长韩永看到微博之后激动地发表评论道："这是一批非常珍贵的藏品，对于反映以牦牛为主要工具的生产关系，有重要意义。"我问才崩这得要多少钱啊？他说，您是一个汉人，来到西藏为我们建牦牛博物馆，我们是放牧牦牛的人，怎么会要你的钱呢？我接触的好几个牧民捐赠人，说的几乎都是同样的话，好像商量过似的。我说，那我们给你的车加点油吧？才崩说，那也不要。那些淳朴的牧人很多次让我如此感动，成为我筹建牦牛博物馆的源源不断的动力。

此后，我与才崩成为好朋友，他到拉萨来都会到我这儿坐坐。每次见面，都要行藏北牧民的贴面礼。还有一次，我们居然在熙熙攘攘的冲赛康市场不期而遇，我们都觉得是很有缘分的。最有趣的是，我觉得才崩那英雄发很好看，便东施效颦也来了一条，回到家里，我让才崩给我系上，发现自己显得太可笑了。

2016年年底，我们要到首都博物馆展览，其中一处重要的牧区场景复原就是要在博物馆里支起一顶黑色的牦牛毛帐篷。虽然我们馆里的工作人员多是藏族，但年轻人哪里搭过帐篷呢？于是我再次把才崩请到拉萨，在我们博物馆的广场上，让才崩给年轻人现场示范搭帐篷的所有程序，一步步地把帐篷支起来了，

才崩（左）与作者

并让年轻人一一记录下来，这样才使得我们后来能够顺利地把这顶帐篷支起在首都博物馆的展厅里。

　　才崩来到北京，仍然系着他那火红的英雄发，走到哪里都很是抢眼，特别是北京的记者们哪见过这个啊？缠着才崩又是拍照又是采访，可才崩一句汉话也不会，见到陌生人更是无语，记者们于是描述才崩时就写他那火红的英雄发，写他的嘴角总是往上翘的，还通过翻译得到才崩的寥寥几句话：我们是跟着牦牛来到北京的，我们很高兴。

　　参加完开幕式，才崩和另外两位牧民捐赠人日诺和曲扎去往天安门广场，好奇的人们看着才崩的英雄发，才崩能够感受到那种瞩目，有一种高原人的自豪感。

　　然后他们从天安门广场到故宫参观，在景山公园里有一处仿古背景，花80元可以穿上龙袍照相，于是就有了那张让人忍俊不禁的网红照。

　　顺便说一句，才崩这次到北京买了一部iPhone7手机，并且会使用微信了，不过用的是藏文。有兴趣的朋友可以加他，不懂藏文没关系，可以看他发的图片啊，他的微信号是CB19750101。

才崩，听到这个名字，脑海里的第一印象是多好的一个牧人啊！

才崩是通过我们的同事大叔尼玛次仁认识的。对于一个没有接受过高等教育的人来讲，博物馆一词的概念实在是模糊，但他听说可以把牦牛和牧人生活展现给更多的人，让子孙后代不再遗忘祖辈留下的智慧，他几乎想把自己所能给的东西全都无偿捐赠给西藏牦牛博物馆，只要博物馆里能用得到，至于金钱，他似乎从来没有和博物馆联想在一起。

现在的经济社会发展得很快，包括经济滞后的牧区也有一定的发展，尤其是产虫草的地区，它带来的经济效益还是很大的，使牧民们的钱包一个个鼓了起来，但对于没有什么理财观念的牧人来讲，把财用得恰到好处实在是一件难事。有些年轻的牧民就会选择在各种高级餐厅铺张浪费或者在各种夜店消费，高价购买连自己都不会念其名的奢侈品包包、服饰，有些觉得游牧生活的经济利润远比不上虫草，便不再从事牧业，低价卖出家中牲畜，更有些正在念书的学生认为自己以后可以挖虫草，没有什么后顾之忧，便整日在学校无所事事。

经济增长是一把双刃剑，用好了能给生活带来很多便利，用不好它也能伤到自己、伤到他人，而且会伤得很重。

当然也有像才崩这样的牧民，会很好地支配卖虫草的收入，也能一如既往地放牧牦牛，过着游牧生活，对家里每一头牦牛的姓名、年龄、习性都了如指掌。即使有一天，没有了虫草收入，也不会措手不及。庆幸有这样的牧民，也希望有更多这样的牧民，如此我们的游牧文化、牦牛文化才能得以延续和传承。

阿佳扎西

　　我在八廓街认识不少藏族商人，因为很熟悉了，也往往会开开玩笑。藏族人也免不了开一些荤玩笑。连我自己也想不起来，那个阿佳扎西怎么就被说成是我的"二太太"，我后来也称呼她为"二太太"了，她也嬉笑地认了。

　　扎西是一个珠宝商，经营天珠、蜜蜡、珊瑚、南红、绿松石、念珠等。前两年她身体好的时候，脸长得圆圆的，我们就说难怪你珠宝生意做得好，你长得就像一颗珠子。扎西店里的东西好，不卖假货，但价格比较贵。她的回头客多，客户关系维持得好，每年都要做几百万的生意。我只不过有时候到她店里坐坐，但买不起她的东西。

　　不知道为什么四川德格的人都爱到西藏来做生意。扎西的家乡在德格，毗邻著名的八蚌寺。我曾在牦牛文化万里田野调查时去过那里，风景绝美但极为险峻。扎西从来没上过学，六岁时就开始下地干活，年龄大一些后就上山放牦牛。她的父亲当过乡里的干部，家境并不差，可父亲四十岁时就患病过世了，直到现在提起父亲，扎西都会掉泪。她十八岁那年，从家里拿了几十块钱和一些酥油，跟着一个表叔偷偷跑到拉萨来做生意，路过昌都时，就把酥油卖了换成钱，来到了拉萨。

　　先是在拉萨冲赛康市场租了个摊位，从牧民手里收酥油卖给市民，挣点差

阿侄扎西（左）与作者

价。后来到日喀则待了三四年，专门收羊毛，倒卖给回族商人。拉萨开放旅游后建成了拉萨饭店，来的内地游客、外国游客很多，拉萨饭店门口形成了一个地摊市场，扎西就到那里去摆摊，主要是卖旅游纪念品之类的小东西。扎西的地摊跟别人的不一样，一半是旅游纪念品，一半是老蜜蜡、珊瑚什么的。她家过去有一些老东西，家乡的人也带了 点过来。有的游客很喜欢老珠了，她觉得赚钱并不那么难。扎西说那时候年轻，虽然做生意但并不把赚钱看得很重。一群摆地摊的伙伴只干半天活，有点小钱就到甜茶馆喝甜茶，聊大天，一玩儿就是半天。她从家乡偷跑出来，阿妈急得不得了。那时候没有电话，也没有网络，她也不会写信。来来往往的老乡都怕见到她阿妈，因为老人家一见到他们就会哭着问起扎西。等到三年之后，扎西托一个并不很熟的老乡给阿妈捎了500块钱，阿妈才放心了一些。直到来西藏六年后，扎西在那些伙伴当中相中了一个叫向巴的小伙子，他也是同来西藏闯荡的康巴人，她觉得这人比较踏实可靠，就嫁给了他。

　　当扎西生养了第一个孩子后，她感到自己真的要赚钱了，她说，为了儿子，我要拼命地赚钱！儿子要上学时，因为是牧区户口，她去找人办手续，天天早上到公安局门口去等，一连去了18次，终于办成了。她做生意做事情胆子都大。还是在摆地摊时，她就敢凑上18万买了一处200多平方米的房子，现在这房子能值几百万了。她从卖杂品转向专卖老旧珠宝。先是在八廓街琅赛古玩城一层的东南角租了一个摊位，后来又在二楼口最好的位置开办"阿妈啦古玩店"，还在藏医院路开设了一家更大的店铺，生意越做越大。儿子罗桑从部队转业到地方工作，扎西一下出了90万给他买了一部豪车。儿子是她的心肝宝贝，也懂事听话。因为被大家戏称成我的"二太太"，扎西就让儿子罗桑管我叫"干爹"。罗桑找了一个漂亮的女朋友，是个独生女，家境很好，对方家长希望罗桑能够当上门女婿。虽然一般来说，藏族对男到女家还是女到男家并不那么在意，但扎西可就不干了，不管那女孩子有多漂亮，不管她家境有多好，让她儿子当上门女婿那是绝无可能的！因为她太爱这个儿子了。相比来说，她还有一个女儿，好像就比不上对儿子那么疼爱了。

　　前两年因为筹备牦牛博物馆征集藏品的事，我有时会经过她的店到里面、坐

坐，问问有没有与牦牛相关的物件，扎西说，我帮你找找。扎西说起汉话，不像其他藏族朋友说得那么好，很像是外国人说汉语，怪怪的。2013年5月18日，我们搞了一个捐赠仪式，她拿着一个老旧的野牦牛角做的酥油盒，现场捐给了我们。后来因为工作忙，去她的店少了，人家开玩笑地问她："亚格博怎么不来看'二太太'啊？"她就会说："亚格博是做大事的人，哪能天天到我们这样的小人物这儿来啊。"有时候到她的店，她就会埋怨："什么'二太太'啊？半年都不来，也不给我介绍客人。"我说，我的朋友都是穷朋友，买不起你的珠宝啊。

前年，听说扎西生病了，我到她店里去看她，一听不过是胆结石，就说，没事没事，这病好治，到内地做个小手术就好了。我问，要不要帮忙在成都找医院？扎西说，那好啊。我就帮她联系到成都军区总医院。可等她要去成都前，再去她的店里问她，她却说还有一个朋友也帮她找了另一家医院。她拿不准该去哪家医院，就到寺庙去找喇嘛算了个卦，结果是到另一家医院，那好吧。但是那年冬天她去成都做胆结石切除手术，手术很不成功，折腾了一年多，元气大伤，人也消瘦了许多，那脸也不再像珠子了。

因为生病，扎西没有过去那么活跃了，但正好这两年兴起了微信，她整天在店里玩微信，与她的客户保持联系，每到夏天——拉萨最好的季节，游客蜂拥而来，除了散客外，她的一些老客户也来了，她的生意总会比别人好一些。扎西总希望能与我做成点生意，2014年牦牛博物馆开馆时，她说要帮帮我，便以每条100元的价格，给我批发了100条牦牛骨头的念珠，她说这是特别优惠，只是本钱，可以用这个让我赚点钱。我挺高兴的。可一年多之后，傻乎乎的我才知道，她的进价是40元。无论怎么开亲密的玩笑，"二太太"还是要赚我一笔钱的，商人天性就是要赚钱嘛，还是可以理解的。

我知道，藏族商人一般比较忌讳买卖佛像唐卡，但很多商家都在悄悄地做，我问扎西，你做不做？扎西特别严肃地告诉我：在过去摆地摊的时候，曾经卖过一件木刻，那上面有观音菩萨像，后来每次到寺庙朝拜，看到观音菩萨都有一种罪恶感，她再也没有做过这类生意了。有一年，一位收藏家让她帮助收购佛像，她能拿到20万的中介费。但扎西先到寺庙去问上师，我自己不买卖佛像，但帮别人行不行？上师反问她：如果你不杀牛，但你让别人杀行不行？于是，扎西放弃了那单已经到手的生意。

扎西的家在罗布林卡附近，每天早起，她都要围绕着罗布林卡转经，祈求佛祖保佑。我跟她开玩笑说："二太太，你每天早起，先要拜佛，然后要想着亚格博，最好给亚格博送点珠宝，你的身体就会好起来的！"

她和她的店员全都乐起来了。

[桑旦拉卓读后感]

上师对阿佳扎西说得真好，"你不杀牛，但你让别人杀行不行"？很多时候，我们总想在某一个事情中获取一点利益，却不想接受它所带来的罪，所以自以为很聪明地找一个冲在自己前面的人，自己却躲在幕后操纵和指导着一切，以为这一切的罪与自己没任何瓜葛，把责任完完全全地推给别人，但实际上就像阿佳扎西的上师所说的那样，自己不杀牛让别人来杀，罪过还是一样的。生活中这样的事情还很多，也许是因为贪婪，也许是因为愚昧，也许是因为自私。但阿佳扎西，固然是一个懂得改过、懂得收手的聪明女人。

旺姆的感想

2011年我重返西藏创建牦牛博物馆时，一个人也没有，就到处找助手。有一天，原先同在嘉黎县工作的老朋友闫兵带来一个叫旺姆的女孩。

旺姆出生在拉萨八廓街，十岁的时候，跟着父亲次仁多吉到尼泊尔加德满都去上学。父亲在那里做一些小生意，生活得其实很艰难。旺姆在那里读完小学和中学，考入了印度的泰米尔大学读经济管理专业。可是大学二年级时，她五十四岁的父亲病故了。靠亲友帮助，旺姆才得以读完大学，获得了学士学位，2008年年底回到了西藏。旺姆当时的汉语不太好，交流比较困难。当时她一边在私人学校补习汉语，一边给旅行社当导游。她的英语很好，考上了导游证。

我向旺姆播放了我的创意PPT，我对她说，你有什么考虑，也可以通过E-mail联系我。几天后，她给我发了一封电子邮件，是英文的。

We are not being grateful for what we have until and unless we lose it. And not being conscious of health until we are ill. Likewise, today I had discovered that we neglected something which was, which is and which will be there in our blood. I went to meet a Chinese middle age man with the help of my cousin sister and her friend. His name is Wu and full name Wu Yuchu（吴雨初）. I have heard about his up-coming

旺姆

Yak museum before I visit him. I never thought it could be in that way. He has a dream since from his young age and that is to set up a museum only about the Yak. He introduced his project and that was awesome. The first word that comes in my mind after I perceived was"Incredible". Not like another museum in Lhasa, his project is all about a domestic animal which is called yak, the animal which can only survive in high attitude region. Though I'm a Tibetan but unintentionally or unknowingly we never give an importance to this pity grateful animal. But Mr. Wu though he's a Chinese , he saw the uniqueness of the yak and its inseparable fact with Tibetan people. His up-coming yak museum would be the only museum in Tibet to show the real life of Tibetan and from which our new generations can learn large number of knowledge of our own ancestors as well as Tibetan people's daily life. I would like to say thanks to Mr. Wu for his struggle to set up this museum and we Tibetan people are gratitude for Mr. Wu's great contribution.

我不懂英文，看不懂这信，就请朋友付俊帮我翻译。

我们不对所有心怀感念，直到我们失去所有。这犹如只有在生病时才懂得健康可贵。今天，我意识到我们长期忽视了从过去到当下再到将来都存在于我们血脉中的某种事物。

　　经表姊妹引见，我拜会了一位名叫吴雨初的中年汉族男士。见他之前就听说他在筹办牦牛博物馆，但我没有想到博物馆是这样一种格调。吴先生从年轻时起就怀着创办以牦牛为主题的博物馆的梦想。他的计划令人敬畏。观摩了他的创意后，涌现于我心间的第一个词汇是"难以置信"。与拉萨的另一个博物馆不同，他的博物馆以一种仅生长在高海拔地区的家畜牦牛为主题。虽然我是藏族人，却因为无知，从没有对牦牛的重要性有深刻认识。吴先生作为汉族人却看出了牦牛的独特性，以及牦牛与藏族不可割裂的关系。未来的牦牛博物馆将是唯一的展示藏族真实生活的博物馆，年轻一代会从中学习到关于我们祖先和关于藏族日常生活的丰富知识。我感谢吴先生为创办牦牛博物馆付出的努力，我们藏族人感谢吴先生的贡献。

　　这封信给了我很大的鼓舞，代表了普通藏族人对于牦牛博物馆的认同。虽然旺姆因为当时的语言困难，也因为生计没能来牦牛博物馆筹备办工作，但这封信我一直保留着，并且以"旺姆的感想"为题，写进了我的《最牦牛》一书当中。

　　时间过去了六年，我还一直惦记这孩子，牦牛博物馆有几次活动都邀请她参加，但总是因为各种事情耽误，直到日前才见到旺姆。

　　我说："旺姆啊，这么长时间不见了，你怎么也不来牦牛博物馆看看啊？"

　　旺姆现在的汉语已经大有长进了，她说："老师，我来参观过两次了，可惜您都不在馆里啊。"

旺姆（右）与亚格博

我感谢她给我的那封信，并且把那本书送给了她。

我问旺姆这些年的情况，她告诉我，我的朋友闫兵投资兴办了"西藏之星"——奔驰4S店，把她介绍到那里去工作，担任总经理英文助理，后来又到客户关系部当领班，工作上还是很顺利的。但是说到这里，旺姆却流出了眼泪——

她一直跟阿妈生活在一起，阿妈身体没有什么特别的毛病。去年12月的一天，她们娘儿俩一直在两张卡垫床上头对头睡，那天晚上，阿妈说天有些冷，我们睡到双人大床上去吧。于是，她们娘儿俩睡在双人大床上，旺姆说，那天晚上睡得挺好的。每天早上，本来阿妈都要给旺姆打酥油茶，这天，阿妈说我再睡一会儿。于是，旺姆起床对阿妈说，我要上班去了。上午姐姐过来，给阿妈打电话，电话在厨房里响着，可没人接，开始姐姐以为阿妈是出门忘带手机了。可进门一看，阿妈已经躺在厨房里过世了。阿妈的逝去是如此地突然，阿妈的年龄并不大，与我同岁，这让旺姆姐妹悲伤得难以接受。

这一天，旺姆的姐姐和姐夫也来到了牦牛博物馆。她们先是失去了父亲，现

在又失去了母亲，旺姆住到姐姐家去了，姐妹相依为命。

我说，好了，旺姆，我们说点高兴的事吧。旺姆告诉我，她已经从奔驰4S店离职了，想先做做微商，以后再想办法在八廓街开个自己的小店。我问旺姆有男朋友了没有？她羞涩地说，有了。一个四川康巴小伙子在拉萨与她相识，并相爱。小伙子现在正在美国读书，还有一系列手续要办。我说，能不能让我看看他的照片，旺姆从手机里翻出了男友的照片，那是一个很英俊的康巴小伙。

旺姆是最早理解牦牛博物馆的藏族人之一，她的那段感想让我难以忘怀。我提议，我们再一起看看牦牛博物馆。

我们一起在牦牛博物馆的展厅走着，旺姆说，六年前，她从我的PPT上看到了我的创意，现在的牦牛博物馆比当时的想象和计划还要好很多很多。她很喜欢这个博物馆。她还说，很多藏族人都喜欢这个博物馆。

我看着旺姆，刚刚述说家里的不幸时那么悲伤，现在看着牦牛博物馆，却这样高兴。其实人生真的跟牦牛一样，经历了那么多苦难，但仍然那么坚定。我从旺姆的眼神里看到了一种东西：没有什么磨难是不会过去的，她一定会把属于自己的日子过好！

旺姆告诉我，她和姐姐、姐夫正在装修八廓街的房子，不久就会搬过去，到时候要请我过去做客。我说：好啊！好啊！

[桑旦拉卓读后感]

　　旺姆，我们一直听过这个名字也读过这封信，但素未谋面。当然通过那封信能了解到她对自己民族文化的热爱和对文化传播者的敬重。虽不曾见过旺姆本人，但从照片中的眼神中可以看出她的坚定和从容，一个阳光的女孩，在生命中有时需要经历很多挫折，才能慢慢坚强，并且能面对所有的痛苦、挫折，强大到连自己都无法相信，也因为旺姆的坚定，她对牦牛博物馆的建设也是如此地有信心，同时也给予了我们更多的信心和能量。祝福她以后的生活能如她所愿！

如牧：牧人出身的图书馆长

　　2013年5月18日世界博物馆日，西藏牦牛博物馆筹备办在建设工地上，举办了一场以"感恩牦牛记忆创造"为主题的、向当时并不存在的牦牛博物馆的捐赠活动。一个小伙子匆匆忙忙翻到主席台来，捐赠了一对牦牛皮的马褡裢，只说了一句，我是西藏图书馆的如牧，我也是那曲人，这个捐赠给牦牛博物馆，然后又匆匆忙忙走了。

　　在西藏历史上，除了寺庙有藏书外，没有公共图书馆。20世纪90年代草创了西藏图书馆。我有一次到西藏图书馆去借书，发现这是一家虽然不大但也很不错的图书馆，特别是其中的藏文古籍部，装修和陈列都非常有特色。后来我知道，如牧就是这座图书馆的馆长。

　　说起来，如牧的家乡那曲县霍尔麦乡就在我曾经工作过的嘉黎县麦地卡乡隔壁，他说他在麦地卡有34户亲戚呢。那里是海拔很高的纯牧区。如牧幼时就是一个放牛娃、小牧民，后来上了乡小学。1983年，西藏实行联产承包责任制，草原和牲畜都分到牧民家了，因为各家各户都要有人放牧，霍尔麦小学原来90多个学生，一下子走了80多个，只剩下5个学生。如牧的父亲是个很有见识的牧人，他坚持让如牧读书，并且许诺他能上多高就上多高，直到最高，家里可以卖牛卖羊供他上学，实在读不成，再回来放牧。这给了如牧极大的鼓舞，读不成就回来

如牧

放牧呗。如牧后来考上了天津红光中学的初中班，后来又考上高中班。在天津一待就是七年。红光中学最初是为抗美援朝的烈士遗孤办的学校，是天津市非常好的一所学校，多年以来，为藏北草原培养了一批又一批人才。如牧在读期间，十世班禅大师还曾到学校看望过那里的师生。早年从西藏调往天津的老西藏领导张再旺也对红光中学关注有加。如牧刚到天津时，除了一句不知从哪儿学的骂人脏话外就不会一句汉语了，在红光中学上了一年预科后，他已能够熟练掌握汉语。因为家境贫寒，如牧初中四年只回过一次家，高中三年也只回过一次家。如牧在红光中学期间，还组织过一个"ＭＭ小组"，这个"ＭＭ"不是现在人说的"妹妹"，而是代表马克思、毛泽东，他和几名同学一起，到老红军家去学习革命传统、去帮着做家务。

到了高中毕业填报高考志愿时，如牧也没有家人能够提个参考意见。红光中学图书馆一位慈祥的老奶奶告诉他，民族学是研究一个民族形成、发展和消亡历史的学问，你要有兴趣就学这个吧。如牧觉得这门学问很有意思，于是就报考中央民族大学民族学系，即后来的人类学系。

如牧家没有钱供他上大学，经那曲地区主管教育的玛尔琼先生介绍，如牧到拉萨找到藏北牧工商公司的老板卓达，因为卓达每年要资助5名家境贫寒的藏北大学生。可等如牧找到他的时候，这5个名额已经满了，但卓达还是给了他2800元，这就解决了如牧两年的大学学费。后来，自治区文化厅又借了4500元，解决了他后两年的学费。

如牧那一届民族学系，全班30多个学生，来自17个民族。他们的老师一批是50年代参加民族识别的老专家，还有一批是改革开放后在欧美学习人类学的学者。在那里，如牧作为一个少数民族学生，学习了民族学、人类学的基本理论，对于藏族这个高原民族的历史和文化有了初步理解，甚至还接受了当代人类学中"自他相换"的理论和方法，用这样的研究方法，还可以观察和认识自己的民族。

大学毕业，如牧被分配到西藏博物馆，可他并没有在博物馆工作，而是被借调到文化厅做政工干了八年，期间又到艺术研究所，还到我曾经工作过的嘉黎县

当过一年多的扶贫副县长。2011年，这位牧人出身的年轻人，来到西藏图书馆当馆长。

如牧是那种极有灵性且精力旺盛的人。西藏图书馆是全国建立最晚的省级图书馆，藏书量只有40万册，其中有数万册珍贵的藏文古籍。与此同时，还加挂着"西藏自治区古籍保护中心"和"全国文化共享工程西藏分中心"两块牌子，除了图书馆的建设和发展外，还兼办这两大块事务。特别是西藏的古籍整理，面对浩繁如海的古籍，任务极为艰巨。但正是在这其中，蕴藏着高原藏族千年的智慧。对于藏族先人留下的这份文化遗产，要说传承发展，首先是要保护起来，登记、造册、编目。如牧对这份民族文化遗产十分珍惜，这项工作已经进行十多年了，目前还在进行当中。

这个牧人出身的图书馆馆长，对于藏北的游牧文化有着特殊的关注。如牧希望把这些仅仅在民间口头流传的游牧文化用文字、用书籍的形式记录下来、传承下去。他先是到藏北各县去游说那些县领导：修路、架桥，固然非常重要，可十年二十年后，你能说这是你的功绩吗？但是，你要是把藏北牧区这些濒于失传的东西变成书籍，那么，一百年以后，人家还会记得，是你当县领导时留下的啊！如牧的"忽悠"还挺管用的，这几年，他成功地游说了藏北的几个县，已经编成了藏北文化系列丛书18本、纳木错文化系列丛书30本、嘉黎县文化丛书34本、申扎县文化丛书6本、尼玛县文化丛书6本，其他县也在筹划当中。我对如牧说，你这真是大功德啊！可惜都是藏文的，我读不懂。如牧说，我们会把其中比较重要的翻译成汉文，到时候给您送一套过来。

一般想象中的图书馆馆长，那一定是文质彬彬、温文尔雅、一尘不染、井井有条的吧，可如牧的现实生活，基本上还是一个老牧民。1999年，他因为生病住院时，照顾了一位安多牧区老阿妈，老阿妈觉得这孩子不错，便把自己的女儿乐曲嫁给了如牧。这是两户牧民的组合。如牧本来有兄妹8人，母亲去世后，六十多岁的老父亲娶了一位三十多岁的牧女，生了3个孩子，这样就是兄弟姐妹11人了。父亲去世后，如牧让年轻的后妈改嫁，自己承担起抚养3个同父异母的弟弟的责任。如牧的老婆是安多人，经营着一家小餐厅，但身体不太好，经常生病，她还有一大堆牧区亲戚，其中有的孩子也由如牧来抚养。

　　不难想象如牧的家，一年到头人满为患，即使最清静的时候也有十几个人，尤其到了冬天，从牧区来朝佛的、看病的、办事的牧区亲戚和亲戚带来的村里人，一卡车就是四五十人，床上、地下、屋里、院内，处处挤满了人。他们来到拉萨，投奔到如牧的家里，生上牛粪火，支起汉阳锅，烧茶、煮肉、烙饼子、抓糌粑，那情景，很像是牧区的村长家开会一样。有时候，如牧自己连个住处都没有，他要做些案头工作，只好躲到办公室去。

　　我不由得感叹：如牧，你太不容易啦！这日子怎么过啊？说起来你是图书馆馆长，实际上这跟老牧民有什么区别呢？

　　如牧笑笑，只能这样了，如果我今天还是牧民的话，从藏北来到拉萨，不也是这样投亲靠友吗？

如牧（右）与作者

在牧区有多少个孩子因为各种原因导致失学，完成高等教育对他们而言简直是天方夜谭，但如牧先生是个幸运儿，能够在如此坎坷的道路上坚持自己的理想，也真庆幸如牧先生有位伟大的父亲，一位老牧人居然有这样的远见，同样，这位老父亲把自己对孩子的爱传达得那么正确、理智。

如牧先生走到现在，经历过的艰辛可能我们无法知晓，但他为游牧文化传承的付出，对藏文化的保护，对本民族文化的自信心都是有目共睹的，相信曾经帮助过他完成学业的人，都会觉得当时的决定是明智的。

期待在如牧先生的努力下，更多将要遗失的游牧文化能够重新复活，并且光芒万丈。

如牧先生是藏北的骄傲，更是我们高原人民的骄傲。

玉树民间收藏家：索昂生格

　　到青海玉树州多次还是没有想到，从结古镇往东北方向，沿着长江源一段的通天河溯流而上90公里，到达称多县的拉布乡，这里居然有一处神秘的所在。乡政府所在地叫"拉司通村"，据说从前有人从北部过来去往西藏，到了拉布，还以为到了拉萨，故而得名。因为一位叫江永洛松加措的大师从西宁引进了整个玉树地区的第一棵杨树，此后杨树长遍玉树的很多地方。拉司通这个地方也是绿树成荫，加之这个村落规划很好，街巷横平竖直，又被人称为"小北京"，尽管这个村庄的人口还不到1000人。通天河在不远处流过，滋润着这片土地。拉布的小气候不错，既能够种植青稞，又可以放牧牛羊，一代代藏人在这里生息繁衍。而且这里的民风崇尚教育，出了很多人才，甚至还有两位到过哈佛大学学习和研究。

　　拉布以历史悠久的拉布寺而闻名。拉布寺最早可能有一千多年的历史，是苯教寺庙，后来又改宗为藏传佛教直贡派、萨迦派。1419年，宗喀巴大师派其弟子代玛堪钦元登巴来此，据说还亲赐本人的头发和衣饰作为佛像的装藏。拉布寺在原基础上改扩建，成为后来颇具规模的格鲁派寺庙，至清后期，拉布寺辖18座子寺，成为玉树地方规模最大的寺庙之一。据1955年的统计，拉布寺有大小经堂21处，僧众550余人，活佛15位。殿堂高大辉煌，修行闭关房盖在陡峭的山崖上，

索昂生格

蔚为壮观。

　　但不久之后，政治风暴来袭，在大环境影响下，拉布寺寺庙遭受破坏。到20世纪60年代，更是每况愈下。此时，有一位名叫土登丹增的喇嘛，似乎对寺庙的未来已有所料。他在拉布寺有一定地位，是巡视各经堂戒律的铁棒喇嘛，对各经堂的宝物了如指掌。于是，这位僧人开始了一段时间极为秘密的活动——在月黑风高的夜晚，从经堂里悄悄地把各种宝物偷运出来，在距他家拉布村大约3公里的路边的山崖上，把这些宝物埋藏起来。没有人知道，那段时间，他是不是根本不睡觉，也没有人知道，他是怎样躲过众人之目，把那些大大小小的、不同年代的宝物运出来的。这位喇嘛相信，这些宝物总有一天会重见天日，总有一天会回到拉布寺。

的确，"文化大革命"浩劫轰然而至，寺庙被彻底毁坏了，成了残垣断壁，土登丹增喇嘛本人也被强行离寺还俗。

也正如土登丹增所预料的，乌云终将过去。十多年后，"文化大革命"结束，拨乱反正开始，宗教政策落实，寺庙开始重建。直到这时，人们才惊讶万分地发现，土登丹增居然在那样的动乱年代，凭一己之力，保护了那么多价值连城的文物。就在那个山崖上，"掘藏"出来大批文物，共73个类别，999件！人民政府为了表彰土登丹增保护文物的行为，奖励他5400余元（这在当时也算是巨额数字了），并且安排他担任了称多县政协常委。

但是，土登丹增却再也不能回到寺庙了——他离寺还俗后，娶了本村一位农妇为妻，并于1973年生下了一个儿子，名叫索昂生格。

索昂生格的模样，很像年轻时期的土登丹增，土登丹增也非常疼爱这唯一的儿子。因为是县政协常委，土登丹增有一份薪酬，家境还是不错的。索昂生格也算是个听话的孩子，在村小读书，是一个好学生，后来从县中考到玉树州民族师范学校。

索昂生格上民师时，父亲在他的内衣口袋放了300元钱，并用针线缝上，再给了他几十元零花钱。索昂生格来到结古镇，虽然他算是比较富裕的学生，但从不乱花钱。或许与父亲有关，他最大的爱好就是老旧物件。当时的人们并不把老旧物件当回事，往往花上一两块钱，就能买到一件心爱之物。索昂生格乐此不疲。

索昂生格从民师毕业后，先是在村小，后到完小当小学教师，但一直没有中断他的喜好，陆续收集老旧物件。他父亲看着这个儿子对本民族的老旧物件如此有兴趣，也支持他。后来，索昂生格患上慢性咽炎，不再适合当教师，便干脆辞职，做起了职业收藏，也做一些古玩生意。父亲看着儿子越来越多的收藏，很满意这个孩子。这位虔诚的佛教徒，晚年还在儿子的陪护下，到拉萨朝佛，最后以八十九岁高龄辞世。

2016年，我因为牦牛博物馆做田野调查来到玉树，偶然从路过的街边看到一家小店挂着"古玩"的招牌，便进去看看有没有与牦牛相关的物件。这家小店的主人便是索昂生格。他看我在找与牦牛相关的物品，便问："你是不是西藏牦牛博物馆的'亚格博'啊？"原来他早就从网络上认识了我，还在微博微信上关注了我。也算是缘分吧，我们结识了，并成为朋友。我粗粗看了一下他的店，古物还真不少，其中还有一些非常珍贵的文物。我问索昂生格以后有什么想法，他说，他要做一个民办博物馆，所以，很想跟我交流交流。

2017年夏天，我再次来到玉树，听说他的藏文化民俗博物馆已经开起来了，我在州农牧科技局局长才仁扎西的带领下，参观了他的博物馆。索昂生格告诉我，州里来了新州长，他以普通百姓的身份找到父母官，希望能够得到政府的支持。州长看了他的藏品后，认为这是玉树地方重要的文化遗存，而民间博物馆又是一个地区文化品位的象征，于是由州政府出面，解决了博物馆的馆舍。虽然空间并不很大，但因为是免费供他使用，索昂生格已经很感激了，现在这座博物

索昂生格的父亲

馆已经对社会公众免费开放了。

索昂生格的藏文化民俗博物馆，现有各类藏品1万多件，其中有国家一级文物6件，二级文物22件，三级文物62件，涉及历史、宗教、军事、农牧业生产、藏医学和天文历算、美术、书法等多个类别，就数量而言，我们国有的牦牛博物馆都不及啊。开馆后，前来参观的有当地民众，也有外地游客。日前，故宫博物院的藏传文物的权威专家罗文华先生、藏区知名的"洛省长"、藏文化学者洛桑灵智多杰先生，都来这家博物馆参观过。我去的时候带了5块13世纪至15世纪的阿里的"擦擦"捐赠给这个博物馆，也希望他发现与牦牛相关的藏品及时告诉我。索昂生格说，我们做博物馆的都知道这一行的不容易，需要互相学习和支持。

我正好有一天空余时间，便提议到索昂生格的家乡称多县拉布乡去看看。我坐着索昂生格的车，一路看一路聊。我说，你要是把藏品都卖了，肯定是玉树州的首富了。他笑笑说，可这些东西不能卖啊，要是卖了，就再也找不到了。他对我说，他妻子卓玛才仁有时候也会埋怨他——"年轻的时候，你可是我们县乡第一个骑摩托车的，可现在，守着满屋子东西，家里却很困难"。他就给妻子说，钱是可以慢慢赚的，可这些东西要是流失了，就再也找不回来了。我们能为玉树保存下来这么多东西，心里不是很高兴嘛。

到达拉布寺，这里已经修复了，规模很大，金碧辉煌的，只有悬崖上还有几处古寺的残留。他父亲当年冒着生命危险保存下来的文物，又回归了这座寺庙。到后年，就是这座寺庙建寺六百周年了，索昂生格告诉我，他在收藏老旧物件时，收到了留有这座寺庙的创始人脚印的石头，还有一件写在锦缎上的寺规，那都

是明代晚期的宝物。在去年的萨嘎达瓦节举办法会时，他悄悄地将这两件圣物捐给了寺庙，又悄悄地离开了。寺庙的负责人知道后打电话给他说，这两件东西对拉布寺太重要了，应该专门举办一个隆重的仪式啊。但索昂生格辞谢了。

索昂生格说，比起父亲为保护文化遗存所做的一切，自己做的这些事情太微不足道了。能够把东西保留下来、传承下去就好，其他都无所谓了。

[桑旦拉卓读后感]

每一座博物馆背后都会有一位无私、有远见、伟大的收藏家，并有极其强大的思想为其做后盾。如果这个社会上，每一个人都是贪婪、自私的，总想着自己的利益和享乐，那么博物馆这个词的概念也许不会出现在我们的生活中。像世界上历史最悠久、规模最宏伟、最著名的大英博物馆，是因英国的一位内科医生和收藏家汉斯·斯隆爵士在1753年逝世前留下遗嘱而建成的。他将他个人收藏的71000件个人藏品及大批植物标本、书籍、手稿等全部捐赠给国家。国家接受了他的赠品后，于1753年6月7日批准建立大英博物馆。之后陆续有更多伟大的收藏家将自己的藏品无私捐赠给大英博物馆，这些都成为这座博物馆能够举世闻名的基础。

土登丹增先生用生命保护了寺庙的文物，更是保护了这一代的文明、文化和子孙后代的尊严。老先生的儿子索昂生格先生则是用自己的实际行动证实了一个做儿子的孝敬之心，证实了一个收藏家的敬业精神，更加证实了一个康巴汉子真正的内涵。看到他们对自己文化传承的无私之爱，我作为一个博物馆的工作人员，实在有点惭愧，希望能把这种无私的精神传递到我们的生活和工作中，也许这样生活就能少点计较多点宽容，少点误会多点理解，少点贪婪多点贡献，我们的文化遗产就会失去得更少，保护得更多。我想，正因为土登丹增和索昂生格先生这样的精神，在国外，博物馆馆长的地位是高于市长的，更受到社会尊敬的。

牧民曲扎

　　人跟人真的是有缘分的。很多人问我，你在拉萨是怎么认识加查的牧民曲扎并且成为好朋友的呢?

　　那是2012年，我们组织筹备办工作人员下乡去搞牦牛文化田野调查，其实一共只有4个人，去了四个地方。次旦卓嘎就去了她的老家——山南地区加查县。听说有一个叫曲扎的牧民特别喜爱牦牛，次旦卓嘎就去找他，先坐汽车到加查县，再搭拖拉机到村里，可曲扎在一个高山牧场上，还有几十里地，次旦卓嘎只好搭上一个牧民的摩托车，到半道上有一条小河，过不去了。那边正好一个人要过来，就问她要去哪儿，次旦卓嘎说，她是去找牧民曲扎的，那人恰好就是曲扎。曲扎就把她接到牧场上去，问起她的来意，次旦卓嘎就把牦牛博物馆的创意及设想给曲扎描绘了一番。曲扎特别惊讶，说，怎么这个人跟我想的一样啊?曲扎就跟卓嘎讲起牦牛来，他说，牦牛跟我们藏族人生死相依几千年，我们藏族人要是没有牦牛，就跟其他民族没有什么区别了。曲扎养了200多头牦牛，别人家放弃了的病牛残牛，他也收过来放到高山牧场上去。他说，能想到做牦牛博物馆的这个人不简单啊，我要是有他的照片，就要放到佛堂里供起来。次旦卓嘎回到拉萨汇报时，就专门讲了曲扎这个人。我对此特别关注，一定要认识一下这个人。

曲扎

　　直到第二年，我去加查县才见到曲扎本人。他的家距县城不远，就在加查县著名的千年核桃树下。我与曲扎虽然素昧平生，可一见如故。他说，通过次旦卓嘎，因为牦牛，我结识了吴老师，您做牦牛博物馆，这是大功德啊，我要尊您一声大哥！然后，他就从藏族历史、藏族文化及藏人生活谈起牦牛，牦牛就是藏族的伙伴，就是我们的家人，要是将来牦牛消失了，我们藏族可能也就消失了。我很惊讶一个牧民能有如此之高的思想境界。听说曲扎不仅是个牧民，还是农民，不仅做木匠，还会绘画。他们村的小寺庙，房子都是曲扎盖的，壁画也是曲扎画的。我马上就问，你会画牦牛吗？他说会啊，我立刻想到，一定要让曲扎在牦牛博物馆留下他的作品，让牧民到牦牛博物馆画牦牛，有着不同寻常的意义。

2014年4月，曲扎真的来到拉萨，我们借鉴寺庙护法殿的风格，在"感恩牦牛"展厅特别设计了一个空间。曲扎问我怎么画？我说你想怎么画就怎么画。当时博物馆还只是一个工地，堆满了钢筋木料水泥，曲扎带着一个表弟当助手，自己搭起脚手架就画开了。他只有三天时间，因为他们村到了挖虫草的时节，必须赶回去。毕竟卖虫草是他们最重要的现金收入。曲扎的画画得真好，后来很多

前来参观的职业艺术家都感叹不已。他在右边画了牧区的场景，左边画了农区的场景，正面居然无师自通地画了一幅抽象画——他把牦牛的双角，想象成两座雪山；双角之间的颈峰，想象成太阳；牦牛额头的卷毛，想象成河流；流淌的河水中还隐藏着藏文的"牦牛"；牦牛的两只眼睛，想象成湖泊；牦牛的颊骨，想象成崖石立本，从这具牦牛头两侧，铺展开辽阔的原野。

曲扎画画没有底稿，就用指甲勾勒一下，但正面这幅抽象画，是他从工地上捡了一张水泥袋的包装纸，在包装纸上打了一个草稿。我请他把这张稿纸留下来。临行前，他在我的住处吃饭，走时匆匆忘记留下了，我赶紧给他打电话，他已经坐上长途班车了，后来托返回的班车司机带回来，背面还写了一封信，我让司机米玛翻译，信中写道："作为一个养牦牛的牧人，我要向牦牛博物馆的吴老师和全体工作人员致敬，你们办牦牛博物馆，就是在传承和弘扬西藏民间文化，我们都热爱西藏文化，我们是兄弟，因为我们身上流着同样的血……"读着这信，我忍不住流下泪来。

曲扎走的时候邀请我到他的高山牧场去看看，我说，好的，一定去。曲扎说，我跟一些活佛说请他们去，他们答应了，但没有去。吴老师答应了，我想一定会去的。他的这番话把我架在那儿了，不去不行了。

2015年，我带着北京电视台《牦牛宫殿》摄制组，驱车几百公里，翻越高山峻岭，终于来到曲扎的牧场。曲扎见到我特别高兴，他跟我行贴面礼，说，那些活佛没有来，但吴老师您来了。那片牧场海拔很高，只一间石屋，条件特别简陋，连坐的地方都没有，我们就坐在外面聊天。他说，他现在有300多头牦牛了，但一头也不杀，只取牦牛的奶、绒，这个牧场上的牦牛会越来越多的。曲扎那时还用着一部旧式手机，不能拍照片，我去看他时，给他带了一部新的智能手机。曲扎则把他当天挖到的30根虫草送给我，我坚辞不受，这可是牧民最重要的收入啊，第二天早上就可以到县城换现金的，但他一定要送给我。他说他明天还可以挖到更多的虫草。曲扎还向我透露，他要在加查县也办一个牦牛博物馆，已经买了一万平方米地，可以让游客来参观，还可以经营原生态的牦牛制品。这个博物馆要请吴老师您当顾问。真的让我震惊了！我觉得这个牧民曲扎真是个天才。如果他在寺庙，将会是一个高僧；如果他绘画，将会是一个名画家；如果他经商，将会是一个大老板；如果他做学问，将会是一个哲学家。但是，他钟情于牦牛，始终是一个牧民。

我们西藏牦牛博物馆建成开馆后，曲扎迟迟没能来过。直到去年才终于来了。曲扎带着家人第一次来参观，我们很庄重地给他献上了哈达。曲扎看完后，在我们的留言簿上写道："到寺庙，可以拿到加持过的甘露丸，到牦牛博物馆，可以看到我们自己的历史和文化，像到了家一样。"我觉得这是对牦牛博物馆的最高评价和奖赏了。

这一次，曲扎是自己开着私家车来拉萨的。我请他来家吃饭，曲扎一般比较严肃，言语不多，但说起一件事来，连他自己都笑起来了——

曲扎与他哥是双胞胎，他哥是出家的僧人，他们长相极似，如果他哥不穿僧装，一般人是看不出来的。最逗的是，这对双胞胎各有各的身份证，但可以共用一个驾驶证，这个驾驶证是曲扎去考的，兄弟两人谁用车谁就带着这个驾驶证，

曲扎（左）与作者

交警绝对搞不清他俩谁是谁。曲扎能听懂一些汉语，但不太会说，这回他用汉语

说："这个，他们，不知道的……"

[桑旦拉卓读后感]

　　熟悉牦牛博物馆的人，对曲扎这个名字可能并不陌生。

　　是的，他的确是一个天才牧民，绘画、木匠、畜牧都很拿手，但更让我们震撼的是，据同事次旦卓嘎介绍，当牧民曲扎见到一个陌生人到自己面前谈论起牦牛文化，谈论起要建立一个关于牦牛文化的博物馆时，他对此没有产生任何怀疑，不仅选择了相信她的话，而且还很热情地说道"你觉得能带的东西都带走，以后放在博物馆里展览"。

　　现在在这个充满猜忌的社会里，能有一颗如此单纯的心是多么地宝贵啊！

　　这句话让我的同事次旦卓嘎至今难忘，也让我们至今很感慨、感动！这句话是鼓舞着我们筹备办的工作人员建立牦牛博物馆的信念。

　　因为曲扎的单纯，他自己也收获了一份可贵的友谊，与牦牛博物馆结下了不解之缘。

　　我们在北京举办展览时邀请了曲扎，曲扎是一个寡言之人，但每次谈到牦牛文化、藏族民俗文化，他的眼里就会放着光，并滔滔不绝地说上好几个小时，嘴角也会露出难得的笑容，他是那么的热爱着自己本民族的文化。

曲珍馆长

2016年12月，在拉萨冬日的暖阳中，西藏博物馆闭馆了。

此时的曲珍不由得想起十七年前这座博物馆开馆时的情景：那时候，博物馆没有专业解说员，她是一名普通的工作人员，担任基本陈列中藏戏面具和格萨尔王这一单元的解说员。那是新生的博物馆第一次面向观众，她心里忐忑不安，不知道观众会有怎样的观感。此后，她跟着这座博物馆一同成长，并成为西藏博物馆的馆长。

我是西藏博物馆的常客。2012年5月18日世界博物馆日那天，我正在筹备西藏牦牛博物馆，带着筹备办仅有的五个人，专门去西藏博物馆参观学习。在此后的筹备过程中，我与曲珍成为好朋友，她给过我很多帮助。她是自治区文物局的副局长兼馆长。我不知道该称呼她局长还是馆长，因为她管我叫大哥，我就叫她小妹。

曲珍是新西藏的幸运儿。她从小就在西藏第二大城市日喀则长大，小时候跟着父母住在地区行署的机关大院，周围的同学也都是机关干部的孩子，他们在无忧无虑中度过了童年和少年时代。日喀则最有特色的建筑当然是扎什伦布寺，可曲珍记得只是在小学时跟着母亲去过一次，近距离地见过那尊著名的强巴佛。

1988年高中毕业，曲珍因为自己的历史成绩很好，所以报考了四川大学历

曲珍

史系文博专业。她当时的班主任就是当今著名的考古学家、文博专家、长江学者霍巍先生。现在，霍巍老师和李永宪老师等，已经成为西藏考古研究的"师爷"了。西藏虽然经济发展相对滞后，却是全国的文物大省区。由国家文物局组织的全国第三次文物普查，确定西藏自治区的不可移动文物有4277处。这个数字一直沿用到今天，即使后来发现的不可移动文物实际数量已经超出这个数字。四川大学历史系文博专业的这批西藏学生，如今已成为西藏文物界的中坚。西藏的文物工作者是幸运的，他们每天的工作就是跟西藏的先人创造的辉煌灿烂的文化遗存打交道，多么令人羡慕啊！

曲珍从四川大学毕业后分配到日喀则地区文物局只待了一年，就被借调到当时的西藏博物馆筹建办公室。在这里，她遇到了她职业生涯当中另一位恩师——西藏历史学家、文物学家、作家、翻译家赤列曲扎，他被晚生们称为"赤头"。

赤列曲扎先生早在1988年便出版过《西藏风土志》，成为当时极少的外界了解西藏的权威读物。西藏可能是当时中国唯一没有省级博物馆的省区，赤列曲扎出任筹备办主任和创馆馆长，可以说是承担了一项前无古人的历史重任。虽然有在当时可谓天文数字的9900万元巨额拨款，但从基本建设的规划施工、文物的调拨征集、人员的调配和培训、布展的设计与陈列，一切的一切都要从零开始，这对于原本更多从事文字工作的赤列曲扎是难以想象的。更为困难的是，他们还要通过这座博物馆向西藏社会传递一种新理念——"博物馆"，对于西藏来说，这绝对是一个新名词。那时的人们普遍认为，西藏的布达拉宫、罗布林卡，还有那么多古建寺庙等，不就是博物馆吗？赤列曲扎和他的部下们的工作使命，不仅是

曲珍（左）与作者

建立一座博物馆，而且要把现代博物馆的理念植入当代西藏社会。赤列曲扎以自己的严谨、勤勉和忧患意识，每天要处理重大事务和数不清的杂务。曲珍说，我们每天就是跟着"赤头"学，一件件、一桩桩，建筑的每一个部位、入馆的每一件文物。赤列曲扎是一位严厉的先生，又是一位慈善的长者。跟着他，曲珍几乎经历了筹建西藏博物馆的全过程，也饱尝了其中的艰难与成就、辛酸与喜悦。

曲珍是一位智商和情商都很高的博物馆工作者，不但有文博专业知识，而且善于组织协调。她到欧美的博物馆去做展览，默默地记下了人家的经验和做法；她到国内兄弟省市的博物馆，到处拜师交友；她一次次尝试新的展览方式，带出了一批批业务骨干……似乎这一切，都是为了今天。

1999年开馆的西藏博物馆，无论从馆舍面积到功能设施，已经远远不能适应今天的需求了。西藏自治区人民政府经过反复论证，决定在西藏博物馆原址上进行改扩建。自2016年12月起，闭馆五年。新馆投资6.6亿元，面积5.4万平方米，是老馆的五倍。而牵头这项宏大改扩建工程的，就是十七年前那位有些胆怯的解说员曲珍。

我对曲珍说，你简直太幸运了！做博物馆的人，谁能像你这样，赶上了老馆的筹建，还赶上了亲手去重建一个新博物馆！

曲珍把我请到改扩建办公室，要我做一个讲座。虽然我是一个博物馆外行，只是创建了一个小小的牦牛博物馆，我还是硬着头皮去讲了一次《牦牛走进博物馆》，讲了我只身一人从物理形态、内容形态、组织形态筹建牦牛博物馆的过程。曲珍在我讲座后，向她的部下提出："要以牦牛精神建设新的西藏博物馆!"

我知道,曲珍肩上的担子,一点儿也不轻于她的老师赤列曲扎当年筹建老馆。如此巨大的工程、如此艰巨的任务、如此繁杂的事务,无论对于既有的经验,还是对于现有的团队,都是极为严峻的挑战。

但曲珍对自己的团队,对工作的布局,还是有相当的自信。在处理繁杂事务的同时,她想得更多更远……

当今的博物馆,正在经历基本理念、运营方式等多方面的创新,一个首要的问题就是博物馆的功能定位。事实上,按照博物馆自身的一厢情愿式布展、开门等待观众游客的时代已经过去。曲珍说,未来的西藏博物馆,将以"特色藏品、

新馆效果图

特色研究、特色展览、特色教育、特色科保、特色文创”为基本目标，把新馆建成西藏高原的“城市会客厅”，应当把着重点更多地放到本土的居民身上，让他们根据自己的意愿，主动地、反复地来到博物馆，会见和接待多方面的客人，甚至包括孩子们。这样的展览不再是一次性的展出，观众也不再是一次性的观展。对于外来的游客，也不只是简单地看一次展览，而要在这里看到浓缩了的西藏人民的文化和生活方式。

现在曲珍每次见到我，都会兴致勃勃、滔滔不绝地讲述她对未来西藏博物馆的宏观和细节的设想。我知道，她是在不断地用述说来整理自己的思路，激发自己的想象力。

人，是多么难得对自己的职业保持永不止歇的激情、想象力和创造力啊！

我对曲珍的2021年西藏博物馆新馆充满了期待。

[桑旦拉卓读后感]

一座了不起的博物馆背后都会有一个了不起的领导者和一个了不起的团队。对博物馆概念相对了解较少的区域而言，建设一座博物馆要从零开始，什么都是新鲜的，要在不断地摸索、推敲中找到方向。

就像曲珍馆长当初经历过的那样，我们的工作人员当初在“亚格博”的带领下筹建牦牛博物馆时，也经历了很多艰难。当时，筹建头绪众多，团队中又没有一个人是学过博物馆专业的，但幸运的是，我们这群人有着共同的愿望，共同的热爱。

在"亚格博"的带领下，我们从接受第一件藏品开始，就全身心地投入。给藏品拍照、登记、入库，还给捐赠者颁发捐赠证书。为了纪念捐赠者们的付出，我们总会在各大媒体、刊物当中记录他们的事迹，在讲解的过程中向观众讲述捐赠者和藏品的故事。

从筹备、试运行、开馆，到社会各界人士慢慢知晓牦牛博物馆，我们也渐渐为身为博物馆的一员而感到骄傲。这一切，都是因为我们有一个充满慈爱、智慧、自信的领导者，并在他的带领下，我们的团队共同努力，尽可能地发挥着自己的力量完成了各自的任务，最终建成了牦牛博物馆。

我想，这就是两座博物馆的一个共同特点吧，一个充满信心的领导者和一个充满力量的团队，在热爱和努力的驱动下碰撞出灿烂的火花。

多吉才让：藏区走出来的共和国部长

第一次对多吉才让这个名字留下深刻印象，是20世纪80年代。看到一份文件，西藏自治区副主席多吉才让到基层视察工作时的讲话。其中说到，从我们国家来说，西藏是少数民族地区，党和国家给予特殊关照；但在西藏而言，汉族同志又成了少数民族，特别是在那曲、阿里这样的艰苦地区，藏族同志应当有这个觉悟，要照顾好汉族同志。那时我在那曲地区工作，经历过多少艰苦岁月，看到这番话，感动得差点掉下泪来。那时我在那么基层的地方工作，与自治区主席相差十万八千里。心想，如果能见到他，一定要好好谢谢他。

可是，我第一次真的见到多吉才让，那可太狼狈了！

那是1985年，当时我是那曲地区文化局局长。我们下辖有一项群众艺术馆工程，是当时中央为西藏自治区成立二十周年献礼的43项工程之一，那可是当时藏北最高级的建筑。可是，崭新的建筑只过了一个冬天，高原极大的温差使建筑屋顶出现严重漏雨，群艺馆舞厅的地板全毁了。我们这个文化局一点经费也没有，向地委打了好多次报告请求拨款维修，却一直没有批下来。那天多吉才让主席来视察工作，走进群艺馆，看到那里一片狼藉，顿时火冒三丈："你这个局长怎么当的？刚修起来的建筑，怎么成这个样子啦！你就不心痛吗？"不容我解释，劈头就给我一通臭骂："这建筑要是你们家的，会是这样的吗？听说还要提拔你？

多吉才让（右）与作者

哼……”当时陪同他的本地区干部中没有一个人敢替我说一句话。后来他的秘书也是我的朋友张永发嘟哝了一句："他今天可能是代人受过了。"

很久以后，我们还经常说到这次见面。他由副主席升任自治区主席了，不止一次地对我说，后来知道情况了，别记恨我啊。是不是影响了你的仕途啊？我说，我怎么会记恨您呢？我想着他说过的那番话，心里就很感激他。于是，我们成了很好的朋友。

多吉才让主席曾经当过西藏自治区团委书记，对年轻人有一种特殊的呵护和关爱。80年代末，西藏理论界曾经发生过一次有关西藏历史和治藏方针的争论，有几个年轻人的观点是正确的，但言论方式可能有些不妥，差点儿被一些领导整肃。听说多吉才让主席在西藏自治区党委常委会上，旗帜鲜明，支持正确的观点，力保这些年轻人。1989年春，拉萨发生严重骚乱，当时整个社会氛围很紧张，不知道形势会如何发展下去，局面怎么收拾。国务院决定对拉萨实施戒严。那天晚上，多吉才让主席在西藏电视台宣布国务院戒严令，并发表电视讲话。很多老百姓说，看到主席的讲话，很有气势，很有力量，对政府有信心了。但那段时间过度操劳，多吉才让主席显得很疲惫、憔悴。我们见面时，总是希望他多保重。

　　90年代初，我们先后调到北京工作。虽然我们职位相差很大，但住得比较近，往来比较多。我经常到他家聊聊西藏往事。多吉才让身材魁梧，一米八几的大个儿，一直梳着领袖发型，很有气势，而眉目之间，又有几分俊秀，是那种让人看着很帅很舒服的形象。20世纪50年代，他从甘南藏族自治州来到西藏，从最基层的区长、县长做起，后来成为西藏自治区人民政府的主席，现在又走到共和国部长的位置，他的人生道路曲折而又精彩。正部级的少数民族干部进京，在国务院组成部门担任要职，当时是比较罕见的。据说，民政部办公厅的同志对多吉才让主席不太了解，又怕被认为不尊重少数民族领导干部，不知道该怎么为领导服务，便派了个人弱弱地问："部长，不知道您汉文如何，要不要我们从民族学院请个翻译，把文件先给您翻译一下？"多吉才让笑笑："这就不必了吧？"后来知道，多吉才让的汉语文非常好，理论水平也很高，他做起报告来，无论有没有讲稿，都非常精彩，那位曾经问他懂不懂汉文的同志觉得很不好意思。

我与多吉才让还是烟友。一见面，聊起天来就会吸很多烟，把他家的客厅搞得烟雾缭绕的。他家人说，你一来，才让就要多吸好多烟啊。可他还是希望我多来。临走时，还要给我拿上两条好烟，但他从来不让我拿任何东西给他，否则就不让进家门，我如果不要他给的烟，他就会带着揶揄的口气说："烟酒不分家嘛，你放心，我又不求你帮忙办事的。"是啊，一个共和国部长怎么会找我这个老百姓办事呢？

　　聊天时，多吉才让跟我聊到他的新单位民政部的工作，说我们民政部是老百姓的"组织部"，主要面对的就是"最可爱的人"（复转退军人）、"最困难的人"（低保五保户）。1998年，南方特大洪灾，多吉才让前往灾区，正好到了我的老家江西。他回京跟我讲起那里的情况。鄱阳湖洪区灾情严重，是1954年以来最严重的一次。多吉才让穿着雨衣站在快艇前部，驶过滔天巨浪察看灾情，看到灾区的百姓正遭受洪水袭击，房屋倒塌，无家可归，他忍不住掉下泪来。一些老百姓甚至没有吃的了，他就问当地基层干部："为什么不开仓放粮？"基层干部很为难地告诉他，这得要上面批准才行。多吉才让立刻下命令："开仓！放粮！我批准！我负责！"多吉才让回到北京跟我聊天时说，不错，这些粮食是国库的，但这不是当地老百姓种出来的吗？现在种粮食的老百姓遭灾了，就应该开仓给他们放粮啊！这点责任都不敢承担，还当什么官？后来我老家的县官们跟我讲起当时的情况，说我们这些芝麻官哪儿做得了主啊，幸亏多吉才让部长下令，给我们解决了大问题，救了我们这里的老百姓啊！多吉才让这样的少数民族大官，真是有水平、有魄力！

无论有过多么辉煌的经历，人总是会衰老的。多吉才让退休后，经历了一次不忍提起的车祸。尽管有先进的医疗技术和家人悉心的照料，他还是老了许多，视力严重衰退，魁梧的身材不再是过去那么充满力量了。他离开西藏二十多年，再也没能回到高原，但他一直订阅《西藏日报》，通过卫星收看西藏卫视，关心着西藏的发展变化，但从不参与、干预西藏的事情。我每次回到北京，一定要去看他，他会细细地听我讲在西藏的见闻，特别关心西藏老百姓的生活如何。他说，从你这里听到的情况是真实的，因为你也不是一个热衷当官的人，你也不需要拍谁的马屁。他希望我完成事业后回到北京去，"你年龄也不小了，也要注重自己的身体"。只有今年春节，我回江西陪老父母过年后直接回西藏了，所以没

多吉才让（左）与作者

能去看他。元宵节后，他就让家人打来电话，问我为什么没来拜年啊，得知原因后理解了，还说："回到北京一定要过来啊！"

[桑旦拉卓读后感]

在学校里老师常讲做人必须要有责任感，要有担待，步入社会，领导们常会制定各种责任制，强调工作中的责任心，但我们在实践过程中，推卸责任却是很常见的事。多吉才让部长如此有担待，有责任感、有魄力和气势，这不仅是百姓的福音，更是我们应该学习和尊敬的品德。如果能将多吉才让部长的精神传到学校、医院、社区，我们的社会就会更暖，再暖……

天才画家安多强巴逸事

　　2014年，二十岁的洛丹跟着五十八岁的阿妈宗吉从青海来到拉萨，参加父亲安多强巴一百年诞辰纪念展览。

　　虽然洛丹与父亲安多强巴相差了八十岁，虽然洛丹在父亲去世后跟随母亲在青海待了多年，但拉萨的友人们还是很容易地就把他认出来了，因为这位年轻英俊的小伙子与他父亲实在太相像了。安多强巴曾经赠送给我一张素描，画的是年少时代的释迦佛，还附了一张赤裸着的模特儿的照片，那就是当时只有六岁的洛丹。

　　洛丹此次进藏是想子承父业，拜师学画的。他拜的师父，都是当年父亲的徒子徒孙了。一时间，安多强巴再次成为了西藏艺术界的热门话题。

　　关于安多强巴，只要在互联网上百度一下，就会有成千上万条信息和照片。但人们议论的中心还是安多强巴的艺术和他的浪漫情事。因为我与安多强巴是非常要好的朋友，有些年轻的画界友人往往会从我这里求证安多强巴的某些信息，而我其实知道得并不太多，也不太确切，因为语言障碍，留下了太多的遗憾。

　　说安多强巴是天才，一点儿也不夸张。他出生在青海省尖扎县的一个村庄，七岁就出家到家乡的艾隆寺。他并不是一个守规矩的小喇嘛，经常逃避寺庙的学经课，自己跑到附近的河边沙滩上，用树枝在沙子上画一些图案。到十五岁，家

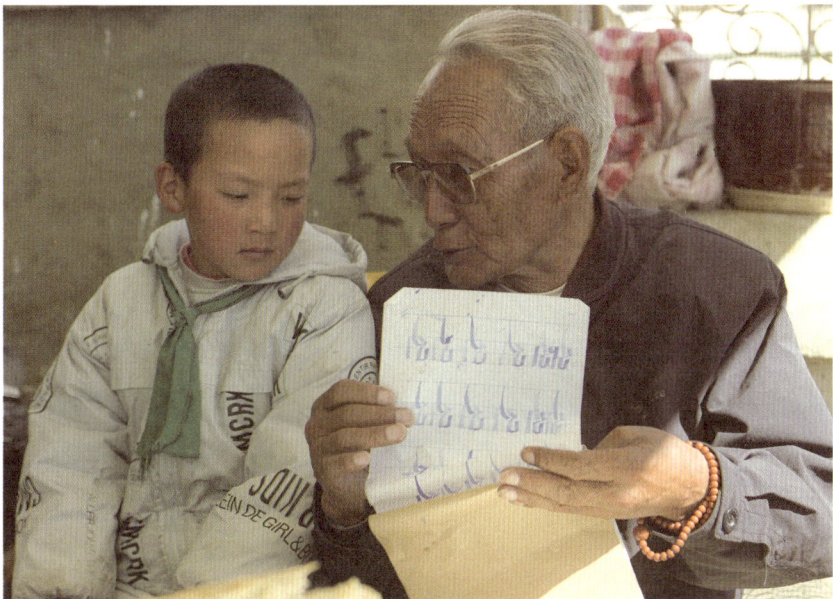

安多强巴和最小的儿子洛丹

里又把他送到拉卜楞寺去学经。20世纪30年代的藏区，基本上还看不到用现代照相机拍的照片。在拉卜楞寺的一位僧友家，安多强巴第一次看到九世班禅大师的黑白照片，他觉得太神奇了，这跟真人相比除了不会说话，就几乎没有什么区别了，在一个平面上，怎么会有那样真实的明暗关系？而他以往见到的只是传统绘画的平面线条。于是安多强巴对着这张照片，无师自通地临摹下藏族绘画史上第一张讲求明暗关系的人物肖像画。

安多强巴本来的名字叫强巴，他出生的青海藏区，传统上称为安多地区。而以拉萨为标志的卫藏地区，才是藏族文化的核心地区。1940年，强巴像很多安多人一样徒步穿越昆仑山脉，走过羌塘大漠，走了两年才来到圣地拉萨。强巴进入西藏最大的寺庙哲蚌寺学习佛法，因为西藏人重名的非常多，他来自安多地区，所以在这里他是以安多强巴的名字传播开来的。

每年一度的传昭大法会，是拉萨最为隆重也最为热烈的盛会。三大寺的喇嘛都要进城，云集在以大昭寺为轴心的古城。每到那时候，也是年轻的安多强巴出尽风头的好机会。因为他长得太帅了，几度被委为铁棒喇嘛，有点类似维持特殊时期秩序的宪兵，那是可以耀武扬威的角色，迈着很特殊很奇怪的步子，甚至有权打人的。二十多岁的安多强巴走在拉萨的大街上，吸引了多少人的目光啊！尤其是那些年轻女人抛给他的媚眼，让他更为得意。几十年后，当安多强巴向我讲起那时的风光，还按捺不住内心的显摆与兴奋。

相比哲蚌寺的高墙深院和永无休止的礼佛诵经，在安多强巴看来，拉萨城里是那么繁华，那么诱人，来自藏区各地的朝圣者、生意人、着各种服饰的女人，甚至还有披着莎丽的外国女人，真是让安多强巴眼花缭乱、春心荡漾啊！安多强巴这样的英俊少男，当然少不了时不时地从寺庙里偷偷跑出来，溜进城里风流一番。年轻的安多强巴虽然穿着袈裟，心里却充满了对于艺术和女人的激情。显然，他在寺庙是待不长久的，他的还俗自然也不意外。

三十岁时，安多强巴告别了寺庙生活，自由自在地浪迹在拉萨街头。他当然不会为衣食发愁，无论是宗教题材的画，还是人物肖像画，凭他高超的画技，可以在任何一位顾主家享受座上宾的待遇。最有幸的是，安多强巴结识了西藏近代史上的大学者、奇僧——更敦群培。更敦群培聪明过人、学识过人，精通多种语言，对西藏甚至印度的历史、哲学、宗教、地理，甚至医学，都有突破性的研究，最不可思议的是，他还著有惊世骇俗的性学著作《欲经》——那是一部以优美的文字和诗一般的语言，细致地描绘两性相亲相爱全过程的书，决不沾染半点污秽。安多强巴与他，既是青海老乡，又都是僧人出身的画家，更敦群培比安多强巴年长十来岁，无论从年岁还是从学问而论，都是他的老师。据说，更敦群培与安多强巴交往，"不谈佛法，只谈女人"。也可以认为，是艺术和女性的美，让两位大师不谋而合，成为终生的好友。而安多强巴在为一所寺庙绘制壁画并为活佛绘制肖像画的几个月中，成功地把主人家的女佣变成了他的妻子。

安多强巴成为西藏的宫廷画师，得益于他最早突破了传统唐卡绘画的束缚，他既画神，更重于画人。50年代初，西藏和平解放。1954年，达赖喇嘛赴京参加第一届全国人民代表大会，在准备进京的礼物中，计划有一张毛泽东主席的画像。遍数西藏的画家，只会画神，没有人会画人，这项任务只能落在安多强巴身上。这幅以毛泽东主席为主题的唐卡，仅画框就用了八十两黄金。画面上，毛泽东身着黄色呢装，微笑招手，背景是五星红旗，两侧和下方还绘有藏汉等各族、僧俗人民亲密团结，建设和保卫祖国边疆的情景。这幅唐卡至今收藏在北京的民族文化宫。由此，安多强巴作为达赖喇嘛赴京随行人员，前往北京。很多年后，安多强巴还跟我回忆起当时的情景，他记得看京剧时，毛泽东、刘少奇、周恩来坐在哪里，达赖喇嘛、班禅喇嘛就坐在哪里。

不过，最让安多强巴激动的是，中央安排他利用赴京机会，到中央美术学院

安多强巴作品

安多强巴送给作者的《四臂观音》

进修。那一天，上人体素描课。教室里，学生们围坐着，老师先讲人体素描的基本概念和技法，然后拉开帷幔，安多强巴惊呆了——一位全身赤裸的美女，灯光照在她身上，全身洁白，胸部、阴部，一览无余……安多强巴觉得满身的热血都冲到头上了。不错，他对女体并不陌生，但在众目睽睽下，在艺术课堂上，这却是第一次，艺术美和人体美这样的交汇，带给安多强巴前所未有的冲击。几个月过去，安多强巴跟那位模特儿很熟悉了，甚至很缠绵了，如果不是作为达赖喇嘛的随员，他可能就挪不动离开北京的步伐了。

如今来西藏的游人参观达赖喇嘛的夏宫罗布林卡，一定会注意到两幅壁画：一幅是《释迦牟尼初次说法图》，图中的释迦牟尼佛不同于以往任何地方、任何形式的佛，是那么地英俊、端庄、亲切，既有神的光彩，又有人的韵味，既有传统的线条，又有现代的透视，画面生动，意境深远。另一幅就是达旦明久大殿的《权衡三界：十四世达赖喇嘛坐床庆典》，在西藏历史故事和宗教故事的壁画线条中，似乎有些突兀地出现在完全不同的另一面墙壁，把达赖喇嘛和当时噶厦政府的僧俗高官排队照相式地展示开来，他们表情各异、神采各异、栩栩如生、呼之欲出。这幅画相对于传统绘画，犹如当时的西藏之于以往的西藏，有一种不可思议的魔幻感。

1991年，我离开西藏调往北京，安多强巴来为我送行。此时的他已经七十六岁了。他跟我谈起未来的打算，说他浪漫了这么多年，现在老了，还是想皈依佛法。他要到内地的五台山、普陀山去朝佛，再回西藏就潜心修习佛法了。我们相约，如果去五台山朝佛，一定先到北京来，我会陪他去朝佛。我当时有些感叹，安多强巴在佛法、绘画、女人三者之间游荡了几十年，最终还是皈依了佛法啊。

等了又等，安多强巴没有来，可关于安多强巴的消息倒是传来了——安多强巴的确离开了拉萨，踏上了朝佛的旅程，可走到老家青海时，却留下了，因为他与这里的一位女子交好了，并且生下了一女一儿。三年多后，安多强巴带着这个女人和一女一儿回到拉萨，他无法回到原先的家了，前妻把他的行李卷扔了出来。据说安多强巴自己觉得主要的不是对不起前妻，而是在原先的亲戚面前很是尴尬。八十多岁的安多强巴不得不开始另一种谋生，像他三十多岁时那样，到寺庙去画壁画，换取一点生活费抚养家人。幸亏当时得西藏自治区党委副书记丹增的帮助，在布达拉宫下给安多强巴安排了一处住房，甚至还帮助他办起了一所安多强巴艺术学校，以便让他的艺术后继有人。我得知此事，在北京方面为他筹措到2万元资金，作为对他的艺术学校的资助，这在当时也算是一笔不小的数额了。丹增书记知道他不会理财，让把这笔钱放在文物管理委员会的账号上，真正用于艺术学校才能开支。常有人往来拉萨与北京之间，我想给他带点什么，想来想去，给他带过两件衬衣和两本人体摄影图集，这都是他喜欢的。听说他见到这两样东西，略带羞涩地笑了。他虽然八十多岁了，但还是爱打扮，更爱欣赏美女。

1998年，安多强巴终于到北京来了。但这一次，不是来朝佛的，而是来治病的。他的眼睛不行了，这对于一个画家来说太致命了。不能画画对于一个绘画艺术家来说，就意味着艺术生命的结束，这太悲哀了。我们为他联系了同仁医院，检查结果是眼底黄斑，医生跟他说，这就好像是照相机的反光镜坏了，没有办法。那几天，安多强巴像个小孩子似的生气了。我们带他去听京剧、泡茶馆，让他消气开心。在一家朋友开的茶馆，我们品着茶。茶馆里有两个女服务员，其中有一个相貌平平，另一个长得特别漂亮，前一个来倒茶，安多强巴就像是没看见似的，可后一个来倒茶，他的眼睛就一直盯着那个女孩，甚至转着脖子看着她走，就像向日葵迎着太阳那样。回过头看到我们发现他了，他很不好意思地笑起

洛丹（右一）和他母亲与作者

来了。我们就问："你的眼睛到底是看得见还是看不见啊？"

终其一生，安多强巴的人生主题就是佛、绘画、女人，甚至到八十多岁，他画度母佛像，不是按照传统的度量经，而是让人找来美女给他当模特儿。这样就把他人生的三大主题结合在一起了。

2003年，安多强巴去世，按照传统的丧葬习俗为他进行天葬。我没能赶到拉萨为他送行，但听到关于他的最后一个未经证实的传说，即按照他的秘嘱，他的头骨的一小块是放到了某一座尼姑庙里了，至于其间有过什么故事，已经无法访问他本人了……

[桑旦拉卓读后感]

见过安多强巴先生画的都无不惊叹。爱迪生曾说："天才是百分之一的灵感，加上百分之九十九的汗水。"但目前还有一种说法："那百分之一的灵感是最重要的，甚至比那百分之九十九的汗水都要重要。"不知道这句话是否是爱迪生本人说的，是否有历史依据，但是我自己却挺赞同的。就像安多强巴对美术、对绘画的灵感是无师自通的，天生对绘画有着和常人不一样的感觉，加之个人的努力，他的每一幅绘画都令人叹为观止。灵感是非常重要的，每个人在不同的事业上都会有自己不同的灵感，这需要用时间、听从自己心里的声音慢慢思考，而不是看到别人在某个方面取得成就，自己就一无头绪地去仿效，如此只会浪费宝贵的时间。现在很多家长都想把自己的梦想转嫁到孩子身上，家长望子成龙、望女成凤没有错，但是不顾孩子自己的爱好和偏向，把大好的年华都浪费在他们不热爱、不适合的事物上，我认为，如此并不会给孩子带来好处，只会带来更多的负面影响。

一个汉人的藏族后代

上午，一位五十岁左右的藏族人推开我的办公室，憨笑着问我："老局长，还认识我吗？"我愣了一下，仔细看看，摇摇头，真的是认不出来。他说："我是索朗旺堆，是李彬的儿子啊！"说着，他抓着我的手，放在他脸上亲亲。

哦！我的思绪一下子回到了三十多年前。那时候，我是那曲地区文化局局长，我的同事李彬是副局长。在藏北，说李彬恐怕知道的人不太多，可要说他的藏名"土敦"，就都知道了。我问他土敦是什么意思？李彬解释说，其实"土敦"既是藏名，更是汉名，因为本人比较土，又比较敦厚。

这个"土敦"——李彬长得粗粗大大的，满腮胡须，戴一顶蓝色鸭舌帽，衣着特别随意。说他是汉族人没人相信，说他是上海人更没人相信，因为人们印象中的上海人都是白白净净的。可李彬就是来自上海的汉族人，早年报考了中央民族学院，学习藏语文专业，毕业后来到西藏，分配到那曲地区索县。

李彬进藏后，就一直待在牧区，跟着牧民一起生活工作。李彬是绝对有语言天赋的，既能说一口标准的拉萨话，又能说得一口流利的牧区话。我记得我与李彬初识时，看着他把藏族民歌翻译成汉文，我钦佩至极，后来还把他翻译的民歌安排在我们最早创办的《雪莲》杂志上发表。不过我也知道，在那些民歌当中，有一些其实是他根据当时牧区的形势和当地情况自己编写的。我曾当着李彬的面

索朗旺堆

质疑过，这能算是民歌吗？李彬却大咧咧地说，嘻，我明天就让牧民唱唱，不就是民歌了吗？李彬下乡时一身牧民打扮，到哪里就说哪里的土语，完全是一个老牧民，牧民也从不把他当作上面来的汉族大学生干部。20世纪60年代，他骑着马走乡串村，组织歌舞宣传队。那时候索县的民间歌舞太厉害了，居然能够到北京去演出！

在索县的嘉钦乡，那些年轻的舞蹈女子中有一位叫其美的，长得非常漂亮。土敦与其美就发生了年轻男女之间的故事。1966年，其美为他生下了一个男孩就是索朗旺堆。索朗旺堆后来说，他小时候村里人都管他叫"嘉普"，意思是汉族儿子，他很不理解。有人告诉他，他有一个汉族爸爸，他也不相信，但他隐约觉得自己可能是有一个汉族舅舅吧。

可是，李彬在上海是有家室的，他的妻子是戴着一副金丝眼镜的教师王爱珍。1977年，当李彬带着王老师第一次出现在索县时，索朗旺堆才知道自己真的有一个汉族爸爸。

记得是1979年，我从地区到索县出差，结识了李彬。当时王老师也来到索县探亲，文质彬彬的王老师跟我说到李彬的藏族儿子，我还以为是李彬认下的干儿子呢，王老师说，不是哦，那可是李彬的亲生儿子。我当时有些不解，也不便多问。后来李彬调到了地区文化局担任副局长，还是地区政协委员，专门负责民族民间文学的收集整理工作。有一年那曲地区举办夏季赛马会，工老师带着上海的孩子到那曲来看赛马会，其美也带着索朗旺堆过来了。其美很害羞，我们去看她时，她就躲到墙根，用手捂着脸。王老师倒是挺大方的，热情招呼同事们。开始同事们都觉得挺奇怪，后来却都被王老师感动了，她对李彬非婚生的藏族儿子那么好，在物资匮乏的年代，从上海带给他衣服、玩具、糖果、食品等礼物。当然，我们不知道王老师见到其美是一番什么情景。

后来，我们创建的那曲地区群艺馆招收员工，把李彬的儿子索朗旺堆招进来了。李彬对孩子的学习要求很严格，亲自教他藏文，如果不听话是要收拾他的。因此索朗旺堆的藏文水平不错，被安排在《英雄史诗格萨尔》抢救办公室工作。从那时到现在都三十年了，索朗旺堆一直从事民间文化工作，如今已经是地区群艺馆的馆长了。再后来索朗旺堆也成家了，生养了三个女儿。李彬在退休之前对索

索朗旺堆（右）与作者

朗旺堆也做了一些安排，给他在那曲镇修建了住房，又在青藏公路边修了一间可以用作商店或餐厅的商品房。这样，儿子未来的生活应当不再发愁了。

很多年过去，我与索朗旺堆再次见面，格外亲切。我说，你长得越来越像你爸爸了。索朗旺堆说，是啊，那曲好多人都管我叫"小李彬"呢。我问起他们的情况，索朗旺堆告诉我，他的生身母亲其美十多年前患肠癌去世了。父亲李彬退休后回到上海，2010年患肾病，在医院饱受磨难，三年后也去世了。父亲去世后，索朗旺堆对可能有某种疑虑的上海汉族妹妹说，你放心，爸爸留下的房产和钱财，我碰都不会碰的。妹妹让他写个字据按个手印，索朗旺堆都照办了。索朗旺堆对我说，爸爸把我从牧区带进了城市，有了工作，在那曲和拉萨都有了房子，我很知足了。上海的妹妹就是我的亲妹妹，我怎么会对上海那些钱物有要求呢？爸爸留下的真正财富是他多少年来对民间文化的收集，那是20世纪六七十年代手写的稿子，还有几大箱剪报，等我退休了，有时间了，要好好整理。

我问起汉族妈妈的情况，索朗旺堆从挎包里摸出一封信，那是王老师亲笔写给我的。王老师还称我"小吴"，希望我到上海能去看看她，并留下了地址、电话和微信。我当即拨通她的电话，互相问候。她说我还是叫你小吴可以吗？你的名字虽然熟悉，可想不起模样，叫小吴就能马上想起了。我说当然可以，这样更亲切啊。

索朗旺堆告诉我，现在爸爸不在了，藏族妈妈也不在了，每年春节他都带着他的妻子和三个女儿去上海跟汉族妈妈一起过年。汉族妈妈对他们视如己出，汉族妹妹也把他当作亲哥哥，他们一起到上海迪士尼游玩，一起看浦东的夜景。索朗旺堆说，我每次离开上海时都心痛妈妈太孤独了，很想把妈妈接到拉萨，但又担心她年事已高，适应不了高原气候。

　　李彬与其美的这个藏族孩子的故事，很久之后还会被人们谈起。索朗旺堆说，我的这个汉族妈妈真是太好了！我的这个汉族妈妈才真正是心胸开阔，我十一岁时第一次见到她，那时什么也不懂，这么多年过去，妈妈对我这么好。特别是我的爸爸和藏族妈妈去世后，我跟汉族妈妈更亲了，如果这个世界上真的有白度母，那一定就是我的这位汉族妈妈了。

索朗旺堆与家人（左起第五位是王爱珍）

　　根据《世界知识年鉴》介绍，世界分为六大洲，除南北极都有国家分布，大致有232个国家，2000多种民族，根据联合国最新估计，截至目前世界人口已达75亿。

　　这么多的国家、民族，人海茫茫中我们遇到现在的亲人、朋友，甚至是自己厌恶之人，无论他什么民族、性别、有无宗教信仰，都是因缘而遇。

　　曾经有位大士说："爱心是世界宗教"，所有宗教的核心是爱心，心中若存善念，若有爱，便是信仰，土敦先生和他家人之间虽然有民族的差异，各自的宗教信仰，但他们没有因民族而分别，更没有因是否亲生骨肉而分别，他们之间流露出的是人间真情。

　　更难得的是，土敦的儿子懂得父亲留下的最宝贵的遗产是民族文化的财富、精神的财富，而非物质上的财富，这种观念对于生活在高原上的人来讲可能懂得更深，更有智慧，因为伟大的莲花生大士曾经将佛法传入西藏，教导这里的信徒要懂得行善，懂得讲因果。

　　虽然可能不是所有的人都能行善，但大部分的人都懂得因果，相信它是真实不虚的，所以更加懂得珍惜生活，珍惜亲人。

夏鲁旺堆：宗教与艺术的跨越

    1986年，应堪布格桑的请求，十世班禅大师第二次来到夏鲁寺视察并弘法。堪布格桑领来一位十二岁的小僧童，请班禅大师为其剃度，并赐法名。班禅大师看着小僧童十分可爱，为其摸顶后，双手捧着他的小脸蛋，微笑着赐其法名：罗桑次成。

    罗桑次成原名旺堆，因其出生在夏鲁村，又在夏鲁寺出家，更多的人还是称他夏鲁旺堆。夏鲁旺堆出身贫寒，大约4岁时丧父，连父亲什么模样也想不起来，他只记得，父亲去世时他的小妹妹还在襁褓中。夏鲁旺堆总是说，母亲次仁拉姆是一个伟大的母亲，她一个人含辛茹苦，拉扯着四个孩子长大。他们可算是夏鲁村最可怜的人家了。旺堆九岁时，母亲把他送进夏鲁寺。母亲带着三个女儿，先是在庄稼地里干活，后来搬到30公里外的日喀则市，去编织藏毯。为了解决在日喀则市买房子需要的13000元，母亲把身上祖传下来的蜜蜡珊瑚都变卖了，总共才2000块钱。靠向亲戚和村人四处借贷，才攒够了全部房款，然后日子一天天改善起来。小旺堆在十世班禅大师为其授戒后，正式披上了绛红色的袈裟。

    夏鲁寺始建于1087年，是西藏最负盛名的寺庙之一，香火最旺时，僧众达3000多人，在西藏历史上有着重要地位。夏鲁寺的建筑风格极为鲜明，结合了藏

夏鲁旺堆

地建筑风格和汉地建筑结构，寺庙里的壁画、唐卡、雕塑和泥擦，堪为珍贵，是全国重点文物保护单位。"文化大革命"时，只剩下堪布格桑一个僧人。旺堆入寺时，寺庙有五个僧人，加上三个学僧。堪布格桑非常喜爱并器重旺堆，教他藏文、经书和绘画。但对旺堆来说，天不亮就起床念经，上午还是念经做法事，很是枯燥，只有到下午学习绘画时，才是他最快乐的时刻。旺堆天性热爱绘画，对传统的唐卡绘画有着特殊的兴趣。他从堪布那里学到并掌握了度量经，在唐卡绘画方面的功底很扎实。堪布看着旺堆很有绘画的天赋，便教导他说，要画唐卡，真正的师父不是某个人，而是经书，你要念好经书，才能画好唐卡。

1987年，十三岁的旺堆被师父派到扎什伦布寺，去参加大型壁画工程，参与了五世班禅到九世班禅灵塔的壁画绘制工作。这两年的绘制实践，让旺堆知道了自己在很多佛法和技法上还有太多的未知。所以，旺堆回到夏鲁寺，再次跟格桑师父学习。师父向他传授了秘咒，使他成了一名不但可以画普通唐卡，还能绘制西藏密宗唐卡的全能唐卡画师。

旺堆二十岁那年，很想看看外面的世界，也想通过自己的努力，让母亲和姐妹们生活得更好一些，于是萌生了还俗的念头。但他不敢跟师父说，便让母亲次仁拉姆去跟师父说。师父把次仁拉姆骂了一顿，说，佛祖释迦牟尼身为王子，都可以抛弃奢华生活，你却要儿子去追逐尘世繁华！母亲哭着走了。可没过多久，师父把旺堆找来，让他坐在自己的身边，并没有骂他，而是告诉他，师父本来是想把旺堆培养成自己的接班人，成为夏鲁寺未来的堪布，你既然萌生了离寺的念头，我给你三天的时间考虑，你自己选择吧。20世纪90年代，西藏正涌动着改

夏鲁旺堆与师父格桑

革开放的热潮和经济发展的生机，对于二十岁的旺堆来说，诱惑力太大了。三天后，旺堆来到师父身边，告诉师父自己还是决定离寺。师父虽然非常遗憾，但还尊重了他的选择，并告诫旺堆，无论是在寺内还是寺外，都要牢记佛祖的教诲，做一个好人。旺堆拜别师父，走出了寺庙。

旺堆揣着一部经书、一把画笔和80元钱，来到拉萨。繁华的街道，热闹的市场，幽深的小巷，匆忙的人群，让旺堆感觉"这里才是我应该待的地方"。但他首先要解决自己的生计问题。拉萨有一所专门为孤儿和残疾儿童办的彩泉福利学校，正好需要唐卡绘画老师，旺堆便应聘当了教师。他在那里工作了六年，又于1999年开办了唐卡私塾学校，收教门徒。师父格桑曾经来拉萨看过他，看到他能够为孤儿和残疾人做好事，感到非常满意。

那时的旺堆绝对是一位帅哥，而且是拉萨颇有名气的帅哥，吸引了不少靓妹，其中不乏西藏大学的女学生，虽然旺堆从来没有上过学。最终被原来在彩泉福利学校办公室工作的林周澎波籍的美女宗巴得手了。宗巴说，她是最爱他的人了。他们婚后，生了一个可爱的儿子。

曾经一贫如洗的旺堆家，如今，靠着旺堆在夏鲁寺学到的唐卡手艺，全家人都移居到了拉萨。

我在拉萨生活，几乎每天都要去八廓街。从鲁固巷通往八廓街的巷口，与南方寺毗邻，前几年开办了一家唐卡店，后来我才知道，这就是夏鲁旺堆开办的。我与夏鲁旺堆成为好朋友，好几次我到他的店小坐。从理念上说，旺堆是一个新派人物，但从绘画而言，他却是一个坚守传统的人。他在拉萨的学生可能有好几

夏鲁旺堆和他的母亲

百人，现在跟着他长期学习并绘制唐卡的也有好几十人。这间店铺的位置很好，起初是租的，后来他用一百多万买下来了，现在估计得值五六百万吧。

旺堆的绘画作坊则在八廓街内圈的拉让宁巴，也是一处全国文物重点保护单位，他在那里租了四间房子，他和他的弟子们平时就在那里画画。

旺堆的唐卡传承勉唐派的风格，画风严谨，笔触细腻，在色彩方面又有创新。旺堆说，无论社会、市场状态如何，他们都要坚持自己的传统，要静得下心。一幅唐卡，有的要画一两年，有的要画十多年，他自己绘制的荣获金奖的作品《十世班禅大师》，就先后画了十四年。有人出价80万，旺堆说，这幅画市场价也就三五十万，但别说是80万，就是800万我也不会卖的，因为这是我的生命之作。

这些年，旺堆的作品参加过自治区、全国，乃至亚洲的相关展览，举办过个人作品展。2016年年底，我们在北京两次相逢，一次是在人民大会堂，参加中国西藏文化保护与发展协会代表大会，一次是在中国美术馆参加西藏文联组织的西藏唐卡优秀作品展开幕式，我在开幕式上见到旺堆。他的作品被中国美术馆收藏。传统唐卡能够进入中国美术的最高殿堂，我和他都非常高兴。

我坐在拉让宁巴简陋的作坊，与旺堆讨论唐卡艺术。这是一门独特的艺术，唐卡既是宗教品，又是艺术品，如果只有宗教内容，在艺术和功夫方面不够，或者只有艺术形式，不懂宗教内容，都是无法成功的。旺堆点头称是，他指着正在绘制唐卡的弟子，再次重复师父的话，"我虽然是他们的老师，但真正的老师，是经书。要做好人，才能画好画。"

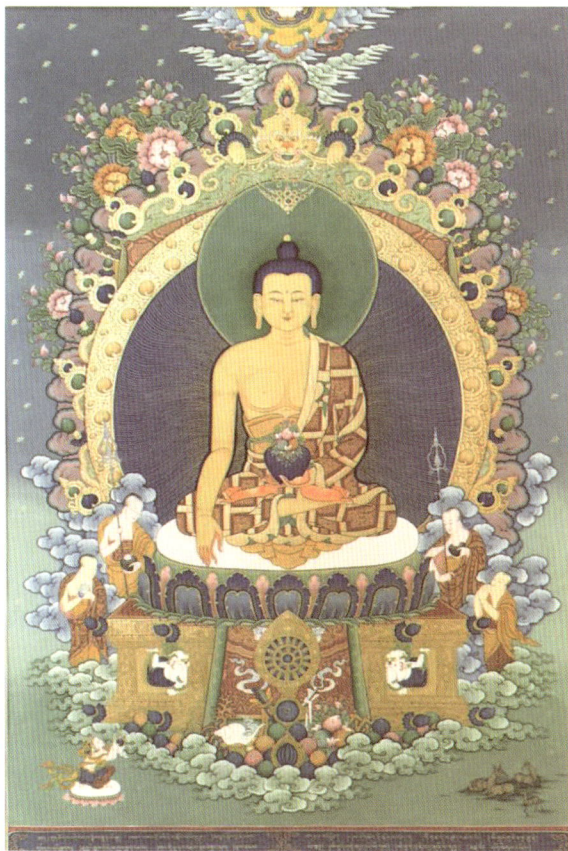

夏鲁旺堆作品

如今，旺堆的成就感，不再是一幅唐卡的收益了，他说，他一般不接受客户的指定定作，他就是用心画好自己想画的。如果客户看中了，就收请了。旺堆欣慰地说，总是有一些收请者告诉他，收请了他的唐卡挂在家中，事业顺利了，家人平安了，万事吉祥如意了……

[桑旦拉卓读后感]

当我们听到一首好歌，读到一篇好文章，或看到一幅精美的绘画，我们的内心会充满喜悦，对此赞不绝口，喜悦过后会深思，但人们很多时候会忽视，为一幅优秀作品付出艰辛的艺术创作过程，其实这更值得让我们来关注和学习。

夏鲁旺堆花费了十四年，成就了唐卡作品《十世班禅大师》。十四年，人生中能有多少个十四年？一个人只要专注地做一件事，时间积累到一定程度，他一定会成功，作为一个真正的艺术家，心血所在，为一幅作品倾注那么久的情感和时间，这已经不能用作品来形容了，是他的心血，其价值在于他的思想和灵魂，这也是他的作品不被金钱所左右的原因，完全听从自己内心的感受，在面对混乱的经济市场时，不随波逐流，能保持自己的艺术价值，不拿艺术作品来迎合市场，用心来捍卫艺术创作理念，堪称真正有灵魂的手工艺人。

银巴：高原观天者

这已经是第十五年了。

每年都是藏历二月十二日。因为昨天纪委巡视组进驻藏医院，要开会，不能请假，耽误了一天，只好推到第二天，即藏历二月十三日，正好是个星期日，西藏天文历算专家银巴开着私家车，带着太太岗祖，我也搭上银巴的车，一同前往林周县卡孜乡的那兰扎寺。

那兰扎寺最初是仿照印度著名的那兰陀寺取名并建立的，1435年由萨迦派高僧荣顿夏迦坚参创建，曾是萨迦派最大的显宗讲学院，也是前藏地区最大的萨迦派寺庙。为了纪念2002年圆寂的该寺高僧次成坚赞，每年这一天，那兰扎寺的僧人，加上邻近寺庙的僧人，都要举办法会，周边的信众也要来朝拜。

次成坚赞大师是那兰扎寺的堪布。这位大师佛性沁透，聪慧过人，学问渊博，精通大小五明，又以天文历算最为精深。"文化大革命"时期，寺庙被毁，大师流落，后来在藏北班戈县落脚，为牧区小学做藏文启蒙老师。我的一位新华通讯社的朋友觉果，当年就是跟次成坚赞大师开始学习藏文字母的。"文化大革命"结束，百废待兴，西藏藏医院院长强巴赤列大师四处物色人才，找到了次成坚赞，并把他请到了西藏藏医院天文历算研究所，开始继续中断了多年的西藏天文历算研究和编制。

银巴（右）与师父

    次成坚赞大师是银巴的恩师，而银巴则是次成坚赞大师的高徒。

    银巴是1989年来到拉萨，拜次成坚赞为师的。

    银巴1968年出生在甘肃省甘南藏族自治州夏河县。十八岁那年，银巴已经中专毕业，考入了西北民族学院。他利用这个暑假，报名参加著名的学者毛儿盖·桑木旦先生在夏河县藏中主持举办的一个天文历算文化补习班。他没有想到，这一个月决定了他一生的命运——银巴仿佛就是为天文历算而生的。拉卜楞寺时轮学院的西绕群培老师发现了银巴在天文历算方面的天赋，在银巴去兰州上学时，特意往西北民族学院，向该院的天文历算学家格西桑珠加措（也是西绕群培先生的老师）引荐了银巴。此后，银巴就住到了老师家里。他与老师情同父子，得到了老师的真传，甚至老师到山林间闭关修行，银巴也跟着一起，系统地掌握了藏历天文历算的知识。老师不但给他传授学问，更教他做人的准则："不忌妒与你之上者，不攀比与你等同者，不欺辱与你之下者"，这也成为银巴一生的做人准则。

1988年，银巴以大师助理的身份陪同老师进京编著《天文历算运算大全》。在中国藏学研究中心，遇到西藏自治区藏医院院长强巴赤列，桑珠加措老师向强巴院长极力推荐银巴，希望将来银巴能到强巴院长领导的藏医院去做天文历算工作。1989年，银巴毕业来到西藏，直接找到强巴院长，强巴院长欣然接受，并把银巴推荐给次成坚赞大师，银巴从此开始了从事藏历天文历算的生涯。

银巴真是幸运儿，求学的每一步都遇到这个领域最好的老师，而次成坚赞大师则是银巴跟随时间最长、受益最大的恩师。次成坚赞大师生前为了传承古老的西藏文化，带着银巴到萨迦主寺去寻找古文献的相关内容。银巴记得当时他们开着卡车，车上装着大师自己新购置的复印机，把那些珍贵的文献复印下来，回来再跟着大师进行整理。

20世纪90年代初期的拉萨，学习氛围非常好。各种新知识随着对外开放而进入，吸引着拉萨许多有志青年。二十多岁的银巴除了向次成坚赞大师学习天文历算外，还满怀着对新知识的渴求，利用业余时间，骑着自行车到西藏社科院、西藏自治区气象局、建筑设计院等单位参加各种英语、计算机培训班。银巴还记

得，有一个晚上他骑着自行车，灯光昏暗、道路颠簸，还摔到沟里去了。当时的藏医院只有一台美国产Victor 9000型计算机，但没有人会用，放在仓库里，银巴便把这台神秘的机器借出来试着使用，他从培训班里学习了计算机基础知识，便开始自学Fortran 和Basic等计算机语言，尝试着自己编程。

银巴的藏医院宿舍隔壁住着一位从西藏军区总医院转业的女兵，因为她生下来的时候是双脚先出来，故取名"岗祖"。命运促成了这对伉俪的婚姻。在岗祖的支持下，银巴花了几千块钱购买了个人电脑，是一台组装机。那些日子，银巴成了一位电脑迷，每天趴在电脑前，琢磨着如何把传统的西藏天文历算的算法，引入到计算机，他用ＶＢ语言编出了第一个完整的西藏天文历算的计算机程序，把最传统的历算内容与最现代的计算方法结合起来，极大地提高了计算效率。为此他花费了二十多年的心血，倾注了大量的精力，现今这套程序越来越完善，已经涵盖了西藏各种历算流派的所有天文历算数据的运算。

我本人看不懂藏历，最初还很纳闷为什么西藏的历书是在藏医院编辑的。我早年在基层工作时，到牧民家中，哪怕是非常偏远，哪怕是没有文化、没有一本书的家庭，藏历却是有一本的。很多牧民不知道今天是公历多少号，却一定知道藏历的日子。牧民靠着这唯一的一本书计算着接羔育幼、抓绒剪毛、抓膘配种和转移草场的时序；农民则靠着这本藏历计算着春播、夏锄、秋收、冬藏；城里人则靠着这本藏历安排着转经、朝拜和外出转山转湖。

藏族的各种宗教和民间节日都是依据藏历制定和安排的。藏历历书每年发行10多万册，肯定是藏区发行量最大、最为普及的图书了。过新年时，还是相互走

藏历历书

访的礼物。几百万生活在雪域高原的藏族同胞，按照几千年来日月星辰的运行和雨雪风霜的自然规律，把古老的藏历作为自己生存的时序，走过一代又一代。很多次，我在西藏高原的夜晚仰望着星空，这与我在我的故乡江西、在北京所看到的星空的方位大不相同。据说，西藏藏医院的大师们常常带着他们的弟子夜观天象，我隐约感觉到，西藏文化中，把天文历算与藏医藏药放在同一个机构研究，是不是早就意识到自然界大宇宙与人体小宇宙的关系呢？

在我看来，藏历是一门神秘的科学。在西藏多年，我对西藏文化的其他方面都多少有些接触、有些了解，唯独对藏族的天文历算一无所知。20世纪，我在藏北工作，到双湖去蹲点。有一次，那里发生地震了，第三天，地委书记洛桑丹珍来看我，他知道我们这儿地震了，我问你怎么知道的？他说藏历里说了的。我感到太奇怪了，前一年出的藏历，怎么会知道今年的地震呢？后来我向银巴请教，银巴告诉我，藏历既不像有的人认为的是迷信，也不像有的人说得那么玄乎，但它的确是一门古老的、独特的、有着一定神秘色彩的科学。

藏历有着高原特点的计算方式，两千多年前就开始形成了，2008年就列入国家级非物质文化遗产，现在已经纳入西藏自治区合法的天气预报体系。蒙古国还把藏历列入法定历法。在藏历中，有对于一定周期的计算和预测，有年总说、月总说，对高原气候、地理的运行规律和特点积累了长久的经验，形成了独特的计算方法。其演算过程非常复杂，但推算结果又很简明，所以容易为老百姓接受、使用和验证。

我最近对藏历的体会就是，2016年，藏历闰四月，出现了两个萨嘎月，于是也有了两个萨嘎达瓦节。这样，高原的夏天相对比较长，雨水也相对充盈，气候比较好，藏历新年比春节晚了一个月。而2017年，现在快进入公历五月，农历已经三月底了，藏历却还在二月下旬，因此，今年高原的春天相对长一些。银巴说明年的藏历年和春节是同一天，那么今年农历应该有闰月。我一查，果然，今年农历是闰六月，那么今年内地的夏天可能会热的时间要长一些。

银巴来到西藏二十八年了，他从西藏藏医院的天文历算室的普通工作人员到藏医院副院长兼天文历算所所长，还被选为西藏自治区政协委员，他的研究可以说是硕果累累。银巴告诉我，最近藏医院正在修建一座天文观测室，古老的藏族天文历算将用上最现代化的观天设施，一定会吸引很多天文历算的爱好者。

那天，我跟着银巴到那兰扎寺。230多名僧人正在喃喃地念诵着经文，已经圆寂了十五年的次成坚赞大师的塑像注视着人间，他的佛性、他的智慧还在启迪着后人。次成坚赞的弟子银巴进入大殿，向他的恩师俯身叩拜。我进寺庙本来是从不跪拜的，但这一天，好像有一种无形的力量驱使，我也叩拜了。这不是一种

宗教，不是一种迷信，而是对一种古老科学和文化的敬畏。毕竟，"最早的哲学是从仰望星空开始的"。

[桑旦拉卓读后感]

记得小时候，我过世的父亲总是喜欢调侃别人，但唯独自己的老师是永远都不会调侃的。他对老师的敬重让我至今难忘，每次见到自己的老师，说话时像个孩子一样用手挠着后脑勺，或者吐个舌头，有一次在电视里播放藏医院教授"楚如才朗"的采访时，父亲居然对着屏幕下跪，说这是我的老师。从小父亲对我万般疼爱，无论我多调皮，他从不曾打骂，唯有几次严厉的训斥，是因为我说老师的坏话，让他无法接受。是的，对不尊重老师的人他是无法理解的。因为他总会讲：记住一句话"一日为师 终身为父"。

我想银巴先生也是把自己的恩师当成父亲一样，才能得到老师的真传，认真领会老师所传授的宝贵知识，认真践行恩师的教导才会有今天惊人的成就。

现在的教育更多的只是在乎学生的成绩、老师的业绩，对于师生情大部分看得都很淡，学生也不懂得尊重老师，这真是一个悲剧。中国近代著名政治家、思想家、维新派人士谭嗣同曾说过"为学莫重于尊师"，意思是做学问、学知识，没有比尊敬老师、遵循老师的教导更重要的了。

健阳乐住的佛缘

阿古昂巴夫妇守在昂仁县这条偏僻的山沟里七十多年了。因为周围的山太高了，在西藏高原公路已经四通八达的今天，这条山沟至今还没有修通公路。村里曾修过简易公路，可一到夏季，大雨一冲就四处塌方。距离最近的通车点也要徒步五六公里呢。

阿古昂巴不是出家人，但因为家族传承，会念一点经，做一点法事。例如，夏季来临，山沟里气候多变，往往一场冰雹来袭，就会把半成熟的青稞砸得一片狼藉。这时村里人就会请阿古昂巴念经，让冰雹远去。农村人一般管这类人叫"冰雹喇嘛"。怎么着念几次经，总会有一两次管用的，所以村里人还是挺信他的。最重要的是阿古昂巴家里有一尊不知是哪一辈传下来的度母佛铜造像，庄严、慈悲、精美。村里人说，阿古昂巴念经做法事很灵，那是因为他家供奉的这尊度母显灵啊。

2016年6月25日，这天夜里阿古昂巴做了一个梦，梦见山谷里夏雨初晴，云蒸霞蔚，一条彩虹横跨山谷，彩虹下一位佛菩萨从霞光中向他家走来……

第二天，阿古昂巴正在向老伴讲述这场吉祥的梦境时，一位高僧带着几名弟子正跋涉在崎岖的山路上，向他家走去。

这位高僧正是我多年前认识的一位朋友：觉囊派法主健阳乐住。当时我正在

健阳乐住

健阳乐住（左）与作者

北京工作，住在北部郊区的上庄村。我们那里有一个每周一回的"不求甚解读书会"，常常请各方面的学者高人来讲座。那天晚上，有一位学佛的朋友米鸿宾，请来了他的上师健阳仁波切给我们讲觉囊派的法理："他空见。"因为我在西藏工作多年，对西藏和藏传佛教接触得较多一点，所以，见到健阳也格外亲切。虽然对他讲的觉囊派高深的宗教哲学如坠云雾，但我对健阳的印象十分深刻。当时他只有三十多岁，但他的法相很有几分佛陀再世的感觉，尤其是他能用标准的汉语普通话表达宗教哲学，十分令人钦佩。自此，我便与健阳多有接触。

觉囊派是公元13世纪源自于西藏拉孜县觉囊沟的一个古老教派，有着独具特色的文化。格鲁派兴起之后，觉囊派遭到各派挤压，教徒们流散到一些偏远地区，默默地传承了几百年。与其他各派的教义大致相近，也有不小的区别。在四川与青海邻近的地区，有几十座觉囊派寺庙，有数十万信众。到20世纪80年代，觉囊派已经传到了第四十六代法主阿旺·云登桑布。藏传佛教领袖十世班禅额尔德尼对觉囊派的地位给予了肯定，并把云登桑布法主请到北京，参与了中国藏语系高级佛学院的组织和教学工作。云登桑布上师自觉年岁渐老，按照觉囊派的法脉传承，他开始寻找自己的接班人了。

此时的健阳乐住俗名叫华丹，只有五岁半。他的舅爷是青海省一位著名高僧，看着这位外甥的长相和品性，就打算让他出家，以后可以作为家乡寺庙的住持。云登桑布上师派出的寻访人也找到了华丹，但舅爷不很乐意，因为他早有安排了。健阳的父母也不乐意，觉得孩子毕竟太小，远离故土，难以割舍。云登桑布上师亲自找到高僧舅爷商量，商量的结果是先把华丹带走，闭关学习修炼三年再送回来。这一去，过了三年，又过了三年，舅爷来找云登桑布上师，要把华丹迎回去。上师说，您看，他在我这里学习修行非常好，他要是走了，我这里觉囊派的佛法就无人继承了。舅爷也觉得佛缘到这份上，不能再加勉强了。

华丹来到藏哇寺，上师给他赐法名阿旺·健阳乐住。从五岁半就跟随上师身边，不离左右，闭关多年，修习佛法。上师以心传法，显密二宗，大小五明，藏文经书，佛乐绘画，言传身示；健阳则点滴在心，一言一行、一举一动皆出于师。2000年9月，见弟子佛性开悟、品性成熟，学业有所成就，上师决定传位于他，授《委任法卷》说："神圣至尊阿旺·健阳乐住如大海遍布，此人胜具戒净贤与光大法门之愿力，他能利益教法与众生而灌顶传法，兴隆三宝之事业，因前世之积累而自在吉祥福报已具足，如正遍知大觉囊预言'值此地藏王之化身菩萨名华丹出现于世，见修行果清净宜，圣贤法子持有大宝教法不灭遍。'如此预言与我唯理清净之观察，授权为大中观他空之四十七代法主金刚上师。"

我认识并接触健阳后，他说得最多的就是上师了。他觉得，他所做的一切都是在继承上师未了的心愿。他已经做的一切，距离上师的发愿还距离很远很远。

我本人并不是佛教徒，也不是施主，而是这位仁波切的俗界朋友。我觉得这样接触起来更为真实，更为随意。那一年冬天，健阳带领着藏哇寺的梵音佛乐团，从广州一路演出到北京。他打电话给我说，有时间可以来听听。那天北京气温骤降，下起大雪，我提前到北京大学去，健阳正在后台间一个墙角蹲着，我很担心会有多少听众能来，宽慰他说，今天北京太冷了，来的人不一定很多。健阳平静地回答说："看缘分吧。"可是半个小时后，我从后台出来，看到演奏厅居

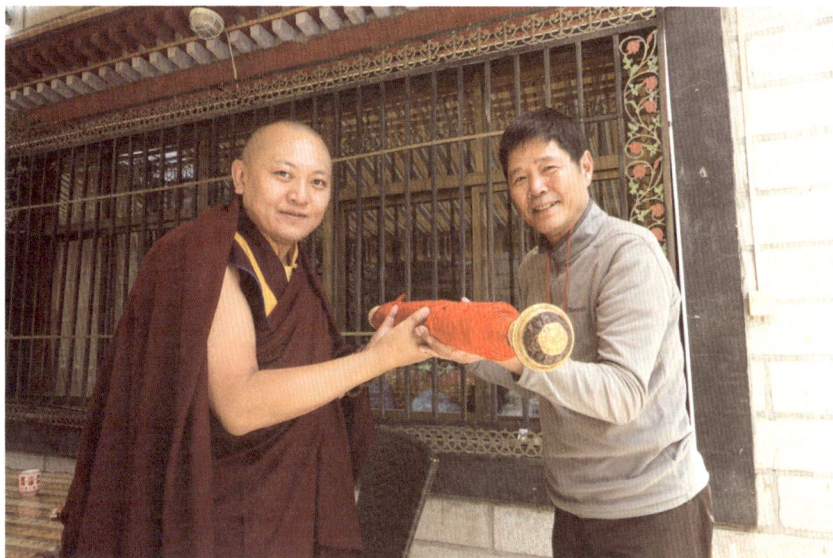

健阳乐住（左）与作者

然座无虚席，很多听众只能找空地儿站着。那天晚上的梵音佛音震撼、感动了所有人，甚至音乐会结束后，很多人久久不愿离去。

后来我辞官离京，再赴西藏，创建西藏牦牛博物馆。这期间，我在藏区进行万里牦牛田野调查中还到过健阳的主寺：位于四川壤塘县的藏哇寺。可惜当时健阳在外地，他嘱咐弟子们热情接待了我。此后健阳几次来西藏，我们都多次见面，所以有时间可以随意聊聊。

我觉得他今年才四十二岁，寺庙有2000多人，还有佛学院，另外，为了帮助政府解决无业青少年的出路，开办了唐卡学校、藏医学习班，也有700多人。

那年我去藏哇寺时，正在兴建规模达4万多平方米的坛城。无论从管理还是从财务上说，都是极大的压力。健阳平静地对我说，一切都是按照上师教导的做，一切都是佛缘。我们没有刻意做什么宣传，也没有举办过特别大型的法会，所有佛事活动都在政府和法律规定的范围内，慢慢做吧。我们的施主、一些居士们，刚开始结缘的时候，有的还是很落魄的，但经过觉囊佛法的修习，又身心俱足地走上新的道路。还有的人完成一段修习后，重新创业，缺乏资金，我们还借给他们一些资金，不久就发达了，加倍地回报寺庙，成为施主。我们修建坛城也是上师的发心，完全按照上师当时的设计，连门窗的尺寸都一点没改变。因为改变一点，整个建筑就不对了。上师的智慧太伟大了。他说起上师时，仿佛上师就在眼前，他的眼里流出无限的深情。

　　健阳此次来到西藏，主要是想看看觉囊派的发源地、拉孜县觉囊沟的情况，还有就是，坛城修建起来，不但作为佛法圣地，还要成为一个佛教文化的博物馆，到西藏看看，能在民间找到点什么新旧物件。原本说是三两天就回拉萨，可是，过了三天还没有回来，给我打电话说，还有一些事，要再过一两天。

　　原来，健阳从拉孜返回到日喀则，正打算回拉萨，却十分偶然听一位阿尼说，昂仁县的一个山沟里的一户老人家有一尊非常珍贵的佛像。这位阿尼是那个村里人的亲戚。健阳听说后，问清那个地方的情况，决定掉头再次西行，去往昂仁县。

　　阿古昂巴怎么也不会想到，他做的那个梦，今天竟成了现实。一位高僧真的来到自己跟前。眼前的健阳，就是梦中的佛菩萨啊！最难以置信的，这位佛菩萨怎么这么眼熟呢？很多年前，也想不起是谁来到他家，给过一张活佛的照片，一直保留在家里。这位活佛恰恰就是眼前的这位佛菩萨！

健阳对这位老人说，听说他家有一尊佛像，想来拜拜。

阿古昂巴说，这尊佛像在他家已经传了几代人了。这几年，不断地有人来找他，希望能够出让。一位精明的康巴商人出价1000万，但阿古昂巴没有卖。这个康巴人为此做了不懈的努力，看到阿古昂巴家的房子很破旧，专门买了一车木料，送到他家门口，说是要给他修一所新房子。就这样，阿古昂巴还是不答应，现在堆在门口的木料都要烂了。那个康巴商人怎么都想不明白，阿古昂巴夫妇都已经七十多岁了，还守着这尊佛像干什么？当然，康巴商人太明白了，这尊佛像如果让他转卖到北京，就是3000万元，他可以从中获得两千万元的利润，一辈子做成这一单生意不就满足了吗。但是，阿古昂巴一直守着，尽管他们家的生活还很艰难。

阿古昂巴对健阳仁波切说，我家祖传的这尊度母佛像今天终于找到主人啦！

健阳回到拉萨对我说，那尊度母佛像太美了，见到度母，他几乎流泪了。那两位老人太好了，守了一辈子这佛像。他与阿古昂巴仿佛是久违的老朋友，他们之间甚至根本没有谈到一个"钱"字，双方都觉得，说到那个字，于对方都是一种侮辱。

阿古昂巴说，现在正是高原的夏天，青稞也是半成熟期，等到秋天丰收后，健阳仁波切您再来把度母佛像迎到藏哇寺的坛城去吧。

健阳乐住（右）与作者

[桑旦拉卓读后感]

　　"法不孤起，必仗缘生"，信佛人对此永远会是深信不疑的，一切皆由因缘而起，也由因缘而灭。缘灭，当年的觉囊派在佛法兴盛时期，走向了没落；缘起，如今的觉囊派在末法的娑婆时期，走向了兴盛。那尊度母像也许注定就是属于仁波切的，所以历经几代人，并没有被金钱、权力及各种诱惑动摇过，依旧努力地守护着……等机缘成熟时，便遇上了属于它的人。生活也是如此，有时太过于纠结、在意得失的东西，都是无形中折磨自己，努力是应该的，但对于得失的心态，需要有个"度"，如能很好地把持这个"度"，既能让事情保持在最好的状态，也能让自己的心灵静下来，反之，就会让本应美好的人生抹上一层不怎么美好的黑迹。

索朗扎西：周折人生

    不能不承认，人生还是有运气之说的。索朗扎西老人这一生的运气真的不怎么好。

    三岁的时候，位于当雄草原的索朗扎西父亲家本来有一百多头牦牛，日子还算过得去，可一场牛瘟死了90多头，只剩下几头。家中的日子过不下去了，父母亲带着能走得动的姐姐出去乞讨了，把三岁的索朗扎西连同仅剩的一头母牦牛和两头小牛犊一起，交给一户牧主，从此，他就成了小奴隶。六岁时就开始给牧主家放小羊，再大一点就放大羊，再后来就放牦牛。

    解放军来了，工作组来了，西藏实行民主改革。工作组要收缴反动牧主的枪支，要分牧主的牛羊给穷人。牧主婆骑着马到寺庙找牧主藏的枪，两天没回来，那牧主不知道共产党坦白从宽的政策，没等到他老婆回来就逃跑，半路跳河自杀了。牧主婆回来后，家中的牛羊已经分给穷人。可是因为索朗扎西年龄太小，又在夏季牧场放牦牛，粗心的工作组把他忘了，没给他分到牛羊。等他回来，工作组已经走了。牧主的家也已经散了，索朗扎西连主人家也回不去了，牧主婆给他一头母牦牛和一只小牛犊，让他离开。他说，我来的时候，带来一头母牦牛和两头小牛犊，干了这么多年，还少了一头小牛犊呢。索郎扎西无处可去，母亲死在乞讨的路上，父亲回来不久也死于不测，他只好牵着这两头牛，投奔已经嫁给林

周县一个牧民的姐姐，给姐姐家放牛。

　　民主改革过去，西藏自治区成立，中央政府关心西藏的发展，决定在林芝建立一家毛纺厂。厂里招工，索朗扎西被招上了。可是他一直在草原上放牛羊，进入工厂什么都不会。厂里就对他说，我们厂里有一些给职工食堂养的牛羊，既然你是牧民，那你就放这些牛羊吧。成为了工人阶级一分子，但索朗扎西干的还是牧民的活儿。厂里有不少汉族工友，索朗扎西一有空闲时间就跟这些汉族工友学习汉语文。先是会了一些汉话，然后又拿着报纸让汉族工友教他，算是初步掌握了一些汉语文，同时，他也在放牛羊时学一些藏文。

　　大概是1967年，中央政府要求西藏送一批职工到内地去培训，厂里就让索朗扎西到拉萨参加考试。索朗扎西记得，考试是在西藏劳动人民文化宫里进行，共有1000多人参加考试。早晨九点入场，一些上过学、有文化的人早就考完出来了，索朗扎西在考场一直待到下午四点钟。考试题目有两项，一是初中以下的算术，就是加减乘除，二是语文，就是给驻藏边防部队写一封慰问信。索朗扎西从来没有参加过这种考试，考得满头大汗，几乎把他认识的汉文都用上了，交卷后回到林芝等消息。一个星期后，自治区来人说，你考试通过了。于是，他跟另外一些考上的伙伴，先坐汽车，再坐火车，到了中国最大的城市上海，在那里学习了三年。据说，到上海去学习的藏族工人，学的汉语是上海话，连汉人都听不懂。

　　本来索朗扎西的命运由此改变了，他成了工人阶级的一员了。他在林芝毛纺厂娶了一位挡车工，结婚生子了。但是，命运对他是如此地不公平。他的妻子生第三个孩子时，是一个死胎。之后腹中又长出一个奇怪的肿包。当时工厂管理很严，不上班是要扣工资的，只能拿病休工资。索朗扎西要照顾病妻，还有两个正在上学的孩子。当时工资很低，生活艰难。20世纪70年代末期，听说可以留职停薪，他问厂里能不能留职停薪，厂里说可以，但根据规定，要留职停薪，每月要给厂里上交90元钱才能保住那个国有企业工人的身份。索朗扎西一听就蒙了，他在厂里每月能拿70元，生活还很难维持，他上哪儿去找90元钱上交呢？回到家里，妻子躺在床上，孩子要交学费（那时候还没有实行免费义务教育），索朗扎西思前想后，说，就是掉到河里，要淹死前还得挣扎几下吧。他一狠心，干脆辞职了。拿到了当月工资另加一年工资，总共1300元，回到原籍所在的林周县。可回去时只遇到他的姐夫，姐姐已经去世，留下姐夫和七个孩子，姐夫一见他就痛哭流泪，说他为了给姐姐治病，借了一个当雄人1000元钱，现在人家逼着还钱，索朗扎西说，人不是植物啊，何况当年在走投无路时，还投奔了姐姐家的，没办法，只好给了姐夫1000元，自己就只剩下300元。

命运再次要弄了他一把。回到乡村，那时已经实行分地分畜到户，土地和牛羊都已经分完了，等他回到农村，村里已经无地无畜可分了。他找到乡里，乡长说，是应该给你分地分畜的，可现在已经没地没畜可分了，总不能把我家的土地和牛羊给你吧？索朗扎西问乡长，能不能贷点款？乡长说，这个可以，但你要找担保，几个亲戚朋友这家出一头牦牛、那家出几只羊担保，让索朗扎西贷到了4000元。索朗扎西拿到贷款，买了一部老旧的解放牌汽车，开始跑运输。可跑了几次，没有定额汽油了，就到车管所去问，车管所说没有你这车的资料啊，再回县里问，原来那辆车在头一年已经报废了，他被那车主给骗了。

走投无路的索朗扎西只好再到林芝，到私营企业去打工。那几年，他一个人兼了五份活儿，还开了一家小店，他拼命地干活挣钱。妻子病了多年，结果在林周求到了一位藏医，居然神奇般地好了。妻子有个徒弟的亲戚在工商局工作，给她找了一份看门的活儿，每个月也有500元。那几年，索朗扎西挣了11万元。他来到自治区首府拉萨，在西郊的堆龙德庆买了一间土坯民房，算是在拉萨有个落脚地了。可不久，堆龙规划要拆迁，他的土坯房子在拆迁范围之内，政府提供了一个安居院，但他还要补交30万元。索朗扎西东拼西借，买下了这房。可是两个孩子都大了，要成亲，一家人没法住，他说，人总不能像蚂蚁吧？又只好把那房子卖了，给孩子买房。现在，两个孩子有地方住了，他却没有地方住。再问他，索朗扎西回答很含混，可能有难言之隐。他是农村户口，却没有土地，他在城市生活，却没有城市户口，两头的保障都拿不到。我也不能问得再细，因为我也没有能力去解决他的困难。

如今索朗扎西七十多岁了，好在他身体非常好，骑着自行车，每天还忙得不行，但问他忙什么，他也不细说。

我本来并不认识这位老人。

今年雪顿节期间，我在牦牛博物馆值班。工作人员扎平告诉我，有一位老人来过牦牛博物馆三次，一定要见到发明（他不会说"创意"这个词）牦牛博物馆的人，见到我之后，对我和扎平说，你发明的这个博物馆可不是一般的啊！我从小放牦牛，吃牦牛肉，喝牦牛奶，穿牦牛毛的衣服，住牦牛毛帐篷，我们藏族人没想到要做一个牦牛博物馆，你却想到了，做到了，你是一个伟人啊！让我和扎平惊呆的是，老人突然跪下给我磕了一个头，边磕头边说："你是真正的活佛，天天念经的不一定是活佛，我给你磕头不会错的！"我和扎平赶紧把他扶起来，我们都感动得哭了。后来，扎平把老人送出门，他还念叨着："我会给他念经祈祷，他这样的人不成佛，这个世界上还有谁能成佛呢？"

第二天，他又骑着一辆破自行车来了，给牦牛博物馆捐赠了两件藏品，还给我本人带了一小袋红景天、一小袋天麻。几天后是中秋节，我预备了一盒月饼、一瓶酒、一袋茶叶，让司机给他送去，但索朗扎西就是不告诉自己的住址。半个

月后，他再次来到牦牛博物馆，给我讲了以上的故事。我很感慨，索朗扎西在底层艰难周折了一辈子，居然还对一座博物馆有如此深刻的认识，有这样不俗的境界和情怀。索朗扎西甚至还读了我送给他的《最牦牛》一书，还提了一点小意见，还建议我的藏名"亚格博"应该改为"亚旦扎西"，意为吉祥牦牛。最后，他把我送给他的礼物绑在自行车架上走了。

看着他的背影，我心里有一些酸楚，他是真正看懂了牦牛博物馆，他本人就是一头老牦牛啊！

  那是一个雪顿节的一天，忽然间听到一个声音：姑娘，知道这个东西叫什么吗？怎么用？他有什么特点、功能？我抬头一看，是一位老人，穿着似乎像20世纪80年代工人的服装，拿起我们在摊子上摆好的火镰。我很认真地回答，这是对面那座大红房子——牦牛博物馆的藏品复制品，并简单介绍了一下那把火镰。老人听后，点点头，似乎对我的回答不是很满意，还给我补充了很多，并且一直重复了很多遍，之后对我们微微一笑走了……我心想，可能是老人家比较喜欢啰嗦而已吧。第二天，馆里出了大新闻，说有人给馆长亚格博下跪了，我在想，会是一个什么样的人呢？同事给我看照片就是昨天那位老人。此后，我见过老人三次，每一次都是身穿那件80年代工人的服装来到我们博物馆，眼神看上去总是带着一点忧伤，但是当他谈起牦牛，谈起牦牛文化，他的眼中会绽放出光芒，他是那么了解牦牛，了解这样一种情感，总会滔滔不绝地讲，他的言语逻辑更像是一个学者。索朗扎西老人，在一生中经历了那么多的苦难、挫折，但他从未向生活投降过，对生活抱着希望，最后还以爱回馈了生活、社会以及他想尊重的人和事。看着老人捐赠的两件藏品，他苦难的人生像荧屏一样出现在我眼前，但他终究是爱着这个世界的。

男变女——"惹喇嘛"的传奇人生

　　20世纪80年代，我在藏北工作时，听说有一批曾经迁往新疆的牧民要回迁，那曲地区为此做了很多的安置工作。当时，因为不在我的工作范围，我并没有特别注意。

　　2004年，我的朋友嘉措主编的《西藏人文地理》杂志创刊，第一期刊发的主题文章叫《寻找乌金贝隆》，讲的是藏北一个部落为了寻找类似于香格里拉或者理想国的"乌金贝隆"，经年累月、长途跋涉的故事，就是这个部落的事情。故事的梗概大致是：大约在1950年，藏北达尔果拉杰部落的一个4岁的小喇嘛得到一份"天书"，上面说在西方有一处"乌金贝隆"的地方，那里水草丰茂、物产丰富，类似天堂。"乌金贝隆"，可以意译为"莲花秘域"。于是，这位小喇嘛便骑着一只山羊，到处向人们传播。这位小喇嘛因之得名"惹喇嘛"。"惹"，藏语里就是"山羊"。这个部落的人听到这个消息，商量了一下后便卷起帐篷，赶着牛羊，一路风尘，千辛万苦地走了三年，最后到达新疆和静县的巴音布鲁克大草原。三十多年后，他们又因为眷恋故乡，回到了西藏。我当时非常感慨，这是一个充满理想主义色彩的故事，藏族是一个非常浪漫的民族。像乌金贝隆这样的传说，如果在我的家乡汉地，也就仅仅是穿耳而过的传说而已，而藏族同胞居然就能够追随着理想，远离家园而去。

"惹喇嘛"

日前，在索南航旦老师家聚会，我们又讲起寻找乌金贝隆的故事。索老师说，你想知道更多的情况，我现在就可以找个当事人来。他打了个电话，半个小时后，罗布多吉和云登两位便出现了。罗布多吉是一位退休的老公安，他就是1952年出生在迁徙的途中，而云登则是1959年出生在巴音布鲁克，后来从那曲地区小学退休的教师。我们在交谈中，再次回溯这个故事，二位都说当时年龄太小了，很多事情记不清楚了。那位"惹喇嘛"现在就在拉萨郊区呢，你们要有兴趣的话，我们可以联系一下。

　　第三天，我和著名纪录片人郑义、李建民等几位友人约定，到拉萨西郊的堆龙德庆县的一处居民小区外。他们告知说，"惹喇嘛"本来是定居在藏北的双湖县措洛镇，近年来因为身体有病，为治病方便在这里租了个小房子。出租房太小，只好把"惹喇嘛"请到外面来，安排在一家小餐馆见面。

　　"惹喇嘛"走出小区来，我们一看，怎么是个老太太啊！

　　这就是那位当年骑着山羊传播"天书"的"惹喇嘛"啊？她走出来跟我们握手时，似乎还有一点老干部的感觉呢。

　　老人今年71岁，本名次仁云登，意为长寿功德者，这当然是一个男孩子的名字。当我们问到她4岁时骑着山羊传播"天书"是怎么回事，她说是有这事，但当时年龄太小，记不太清，现在年龄太大，又想不起了。不过"乌金贝隆"是知道的，大家都知道，就是梦想中的好地方嘛。次仁云登的父亲、母亲、兄弟姐妹共7人，与本部落的7户人家，共有40多人，决定去西方寻找乌金贝隆。迁徙，对于一个游牧部落来说，本来是常事，他们每年都要在夏季牧场、冬季牧场、秋

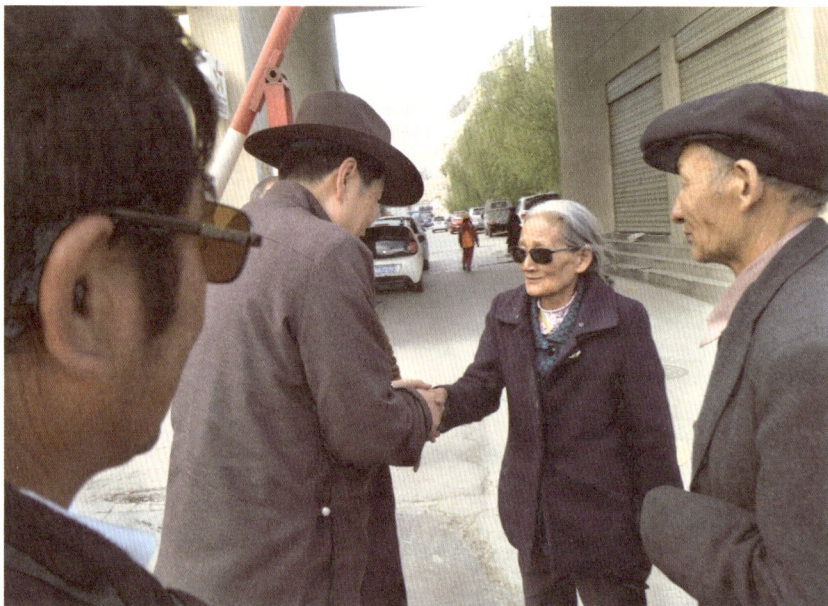

惹喇嘛（右二）第一次与作者（左二）见面

季牧场往返迁徙，但是像这样没有具体目标、不知确定路线的迁徙却是历史上罕见的。也说不清究竟是4岁的"惹喇嘛"带领着部落，还是这位4岁的孩子跟随着部落，他们赶着自家的牛羊，把帐篷卷起来放在牦牛背上，把尚不能远行的孩子放在牦牛背上或者马背上，便开始长途跋涉。每走一两天，找到有水草的地方，便扎下帐篷，让人群休息，牛羊吃草，过一两天，再行上路。一路上有风有雪，甚至有盗匪，还会有内部的争斗，但他们按照既定的目标，往西往西，走过了冬天，走过了夏天，有的老人在途中去世，有的婴儿在路上诞生——那位老公安罗布多吉就是在迁徙的第二年，进入新疆境内后的路上出生的。走了两年，这支迁徙的队伍，走出了西藏，到达了新疆的若羌。但若羌的地形地貌、气候环境显然还不是像乌金贝隆传说的那样，这里还不是乌金贝隆。他们继续前行，到达了巴音布鲁克。

这里才是他们梦想中的乌金贝隆啊！

巴音布鲁克草原是中国最美丽的草原之一，开都河蜿蜒流淌，天鹅湖幽静迷人，纵横几万平方公里的草原，水草齐腰，四周还有雪山环绕，真的是他们几年来梦中的"莲花秘境"啊！这些寻找乌金贝隆的外来人跋涉了不知多么遥远的路途，终于在这里找到了归宿，甚至他们带来的牛羊，也贪婪地在草地上打

滚……

当时的新疆已经解放，各地成立了人民政府。巴音布鲁克草原上多为蒙古族同胞，他们热情地接纳了这批远道而来的藏族同胞——在"惹喇嘛"这批迁徙者之后，又接连有三批迁徙者，为了同样的寻找乌金贝隆的目的先后到达，总共有上千人。巴音布鲁克草原以辽阔的胸襟包容了同为藏传佛教信徒的藏族人。这里的牧民，家家都有一两千只羊，四处飘着奶香，让远来的藏人非常高兴。

此时的"惹喇嘛"已经7岁了。

罗布多吉记得，几年之后，他们与蒙古族同胞相处融洽，在他5岁时，他与11岁的"惹喇嘛"一起进入了当地蒙古族同胞的学校，在一位名叫云龙杰的蒙古老师的启蒙下，开始学习蒙古语文。次仁云登说，我们都会蒙语，还会一点蒙文。因为都是男童，罗布多吉和"惹喇嘛"甚至还钻在一个被窝里睡觉呢。

1962年，16岁的"惹喇嘛"已经是巴音郭楞蒙古族自治州的政协常委了，作为新疆少数民族代表，与其他32名民族代表一同聚会在自治区首府乌鲁木齐，前往首都北京，受到了毛泽东、刘少奇、周恩来、朱德、邓小平的接见。次仁云登对我说，并且掰着手指头，一个一个念着几位领袖的名字。

但是到17岁，"惹喇嘛"生了一场大病，三年才得以痊愈。可愈后的次仁云登却不再是剃着光头、披着袈裟的"惹喇嘛"了，而成为一个女人了！

我惊讶得不知道说什么才好，我问罗布多吉，你不是说你们一起上学还睡一个被窝吗？罗布多吉说，是啊，可那时候我也只有5岁，啥也不知道啊！我问次

仁云登，你那时候真是个男孩吗？她说，是啊！

完全不可思议！

此后，还听有人说，他们寻找乌金贝隆，其实是因为共产党、解放军要进军西藏而逃亡，所以才让次仁云登女扮男装……次仁云登很肯定地说，那时候根本不知道什么共产党解放军。是啊，旧西藏政府对于藏北西部一带，基本上鞭长莫及，而达尔果山一带人烟更是稀少，信息更是封闭，根本不可能在1950年就知道解放军进军西藏的消息。

我不知道是自己的理解力出了问题，还是这个故事本身就那么离奇。"惹喇嘛"怎么就变成了女儿身呢？

此后，在次仁云登23岁时，与一位藏族牧民结婚，并生养了5个孩子。1982年冬天，丈夫因为到邻村喝酒喝醉了，独自骑着马回家，掉进了路上的一个冰窟窿，不幸去世；后来再婚，还是嫁给一位藏族牧民，生养了1个孩子，这位丈夫前几年也去世了。

三十多年过去了，前来寻找乌金贝隆的近千人，已经繁衍到3000多人了。1984年，复出的十世班禅大师视察藏传佛教地区，来到了巴音布鲁克。罗布多吉作为公安人员，当时还担任班禅大师的警卫任务。蒙藏同胞蜂拥而上向大师叩拜，班禅大师很惊讶此地居然还有常居的藏族，感到十分亲切，年老的藏族同胞则向大师诉说对故乡的思念，希望能够回到西藏。大师还告诉他们，这里的条件多好啊，你们留在这里不好吗？但那些藏族老人还是希望能够迁回西藏。我们是藏族人，还是要回到西藏去。

于是，从20世纪80年代到90年代，一批批牧民又从新疆陆续迁回西藏，被安置在他们原来的家乡一带，分布在那曲地区、日喀则地区的几个县。罗布多吉和云登他们都用上了智能手机，有几十个人建了一个微信群，群的名字就叫作"乌金贝隆"。

寻找乌金贝隆的故事已经过去60多年了，但人们说起这个故事仍然不无感慨。因为踏上迁徙之路的时间不同，各人经历的不同，故事也有了多个版本，衍生出很多传说。罗布多吉和云登倒是很希望能够把这个故事真实地记录下来，免

"惹喇嘛"和幼时的伙伴

得以讹传讹。"惹喇嘛"——次仁云登因为身体不好，不能接受长时间的采访，她只是对我们的访问一再地表示感谢，最后还用那曲牧区话跟我们告别："次仁！次仁！"——意即"长寿！长寿！"

桑旦拉卓读后感

　　曾经有一首歌中唱到"有一个美丽的地方，人们都把它向往，那里四季常青，那里鸟语花香，那里没有痛苦，那里没有忧伤，那里月朗风清，那里一片安宁，那里人儿善良，那里一片吉祥，那里一片清香，它的名字叫香巴拉，传说是神仙居住的地方，啊……香巴拉并不遥远。"

　　这首歌的歌名为《香巴拉并不遥远》，乌金贝隆与香巴拉都是人们所向往的一个美好的地方，所有美好的事物都在那里，人们大多时候喜欢把美好的事物寄托在远方，对于身边的人和事，对于当下所处的环境认为只是苟且，仅此而已。我自己也是如此。

　　故事中的主人公不论神奇的男变女的身份是否属实，不论迁徙的真实目的是什么？但他（她）带领上千人千辛万苦地寻找"乌金贝隆"迁徙至遥远的巴音布鲁克是真实的。说明人们对于人间天堂是多么地向往。

　　我想有一天人们如果真能找上传说中的"乌金贝隆"，待久了也会想离开，因为世间万物都是无常的，人心更是如此，只有找到内心深处的"乌金贝隆"并能安住在当下，懂得珍惜当下，能与无常共处，把逆境当成动力，犹如释尊当年，在菩提树下证悟的夜晚，用佛陀无惧的觉性和智慧、慈悲，将魔王射来的无数刀剑转为花朵，我们虽没有佛陀般的觉醒，但我们可以向释尊学习，把生命中的苦难变成动力，让生命之花绽放得更加灿烂，即使是在寒冬也会觉得温暖如春。

　　就像歌中所唱，香巴拉并不遥远。

悲伤西藏

  曾经有过一个愿望，就是与青年时代共同在西藏度过最艰苦岁月的老友一起，找一个地方养老。2006年8月，我进藏三十周年纪念之时，开车重返西藏，跟次仁拉达谈了这个想法，他很赞同。我们都希望那个地方能够有雪山，有藏传佛教寺庙，海拔不至于过高，气候环境和生活条件又比较适宜，我们可以在那里怀旧，在那里进行思想、文化和心灵的交流。后来，我跟他通电话，认为云南丽江的农村比较符合我们的愿望，那里是藏族人居住的最东南边缘，可以遥望西藏高原，从滇藏公路进藏也很方便。次仁拉达说，好的。此后他经历过一次严重的翻车事故，摔断了胳膊，但恢复得很快。我们在通话中又谈到那个愿望。2007年上半年，我多次与他通电话，感觉他支支吾吾，好像欲言又止似的。后来，他终于说出实情：他不但赞同我的想法，而且打算去往丽江实地考察，但正是在由成都去往丽江的中途即攀枝花，他突发重病，大量吐血，只好返回成都。经华西医科大学附属医院检查，确诊为肝癌晚期，因为他还患有糖尿病，也不能手术，医院表示对此已无能为力。

  得知这一消息，我感到难以接受，并决意要再去西藏看望他，2007年12月31日，我收到次仁拉达发来的短信："尊敬的吴老师，您好！您托加措带来的信件和东西已收，很高兴。我的病情没有恶化。藏药对肝的疗效很好，请放心。藏

次仁拉达（右一）、作者与女儿桑且拉卓

传佛教对生死观有很好的帮助，所以我现在没有什么不开心的，每天念经，每月放生，有时听藏汉高僧大德讲经，时间过得很快。请放心。祝元旦快乐！"因为工作杂务，我抽不出身，等到农历年底，我很想到拉萨与次仁拉达一起过个年，因为我真的特别害怕再也见不到他。2008年春节的前一天，我飞往拉萨，飞机抵达拉萨上空，因为扬沙不能降落，返航成都时，我自己又严重感冒，感冒中进藏有危险，而且只会给人添麻烦，无奈取消了本已进行的行程。

2008年4月30日，我利用五一节的三天假期回到了拉萨。当天下午，穿过残留着"3·14"暴力事件痕迹的街道，我来到他的家，终于见到了我相识交往近三十年的朋友，一个普通的藏族平民次仁拉达。

三十年前与他相识时，他就是一个平民，当时只有十几岁。他是藏北草原那曲地区中学的初中毕业生，毕业后留校当了一名发电工，一头鬈发，轮廓分明，本是一个英俊少年，却蓬头垢面，此后的一生也不拘装束，更多的人简称他为拉达，偶有一丝汉语中"邋遢"之意。而但凡接触过他的人，无不赞叹他的聪明，总之是一个智商很高的人。不过，只有与他深交的人，才知道他的苦难历程。

那是在我跟着一起到他的家乡——藏北草原西部的申扎县雄美乡的那趟旅行才知道的。

次仁拉达其实是一个孤儿，一个非婚生孩子，母亲去世后，成了孤儿，另有家庭的生父出于功利而认领了他，实际上是当作一个可以放牧的劳动力认领的。于是，他从四五岁起就在奇林湖畔的草原上放牧，却在其父的家庭中甚至得不到温饱，只有他年迈的奶奶给他慈爱。他说，他常常是光着脚或是裹一块羊皮在冰雪上跑。

我至今对奇林湖地区的寒冷有着最为深刻的记忆。

那是1980年2月8日，我穿着次仁拉达给我找来的老羊皮藏袍，跟他一起骑马要走几十公里的路。尽管我有在雪地骑行的经验，先牵着马徒步走了几公里热身再上马，仍然很快被奇林湖刮来的刺骨寒风穿透，我几乎有一种要被冻死的恐惧，使劲鞭打着我的坐骑，先于次仁拉达走了。在风雪弥漫的远处，看到一顶摇晃的帐篷，我鞭打着马奔向那顶帐篷，像溺于海洋的人奔向孤岛。到达帐篷门口时，我被冻僵的腿已经不能支撑我下马了，我几乎是从马背上直接摔到那顶帐篷里去的。这一下把帐篷里围着火炉的主人惊住了，那是一位老阿妈，袍襟里抱着一个婴孩，还有一对年轻夫妇，他们很快就明白了这是一个被风雪冻僵的人，便手忙脚乱地把我扶在靠垫上，脱去了我的马靴，青年男子从褴褛中抽出一大把羊毛，靠近火炉烘暖，再把我的双脚捂住。看着这样还暖不过来，老阿妈把袍襟中的婴孩交给儿媳妇，凑过身来，把我冰冷的双脚放进她的怀里。随着我的双脚缓缓暖过来，次仁拉达才从后面追过来。他向主人解释，这个被冻伤的人是从江南来到藏北工作的汉人，因为是第一次来到西部，才冻成这样。次仁拉达感谢他们给我这个陌生的汉人以温暖。很多年后，我的心中总会闪过这一幕，我对次仁拉达说，我没有从哪本书里读到过这样真实的崇高。就是在这样荒僻寒冷的草原上，次仁拉达走过他的童年，命运的改变起于教育。由政府出资的申扎县雄美乡历史上第一所初级小学在一间土坯房屋里创建。"我要读书！"成为次仁拉达幼年生命的最强音，他不顾其生父的反对，坚决要去上学，其父甚至以如果不去放牧就不供他吃饭为要挟，而次仁拉达则宣称，即使乞讨也要上学！那个年代西藏还没有条件像如今对义务教育学生实行"三包"——事实上他就是以半乞讨的方式，维持他在初小上学的日子。但只要一走进学校，就觉得是另一个世界，他的天资得到展示，他的学业总是排在第一，并以优异的成绩进入了当时申扎县唯一的完全小学，他从草原牧区走进了县城。在那里，他仍然过着半乞讨的日子，他用课余时间捡牛粪卖给县机关，用周末时间为县人武部放牧军马，以此换回吃喝，维持学业。他又以最优秀的成绩进入了当时整个藏北地区唯一的初级中学，即那曲中学，次仁拉达又从西部牧区来到藏北重镇——那曲。当时的教师多是北京过来援藏的，对这些孩子来说，"北京格拉"真的比他们的父母还要亲。

次仁拉达初中毕业留校当了一名电工，与我的一位山东朋友同住一间宿舍，由此我们也成了好朋友。第一次握手，我注意到他的手指的一节，被柴油发电机的皮带卷断了。在我们的交往中，他的汉语文有了长足的进步。不久，我担任那曲地区文化广播电视局局长，即把他调到文化局所属的群众艺术馆，基于他的天资和工作的需要，又把他送到自治区话剧团学灯光。我记得那年带着次仁拉达去拉萨，那是他平生第一次走出藏北草原。我们乘坐的车一路南行，到了海拔较低的羊八井，次仁拉达第一次看见长着绿叶的树，他惊讶而激动。此前，他除了草原上的帐篷杆和电线杆，除了书中的树，没有见到过具体真实的树。到拉萨后，他朝拜了布达拉宫、大昭寺。他在拉萨学灯光，光电知识对于他来说似乎很容易掌握，好像会无师自通。他利用这个机会，用了更多的精力学习藏语文。

自从次仁拉达调入文化局后，我们几乎每天都生活在一起。我们那一群同事就是一群朋友，我们建设了地区影剧院、地区群艺馆等一批文化设施。这些新建筑落成时，附近的老百姓自发前来敬献哈达，次仁拉达特别开心。当时，正处在改革开放初期，联产承包、治穷致富是各个部门的中心工作，我们文化局自然也不例外。每次被抽调到基层工作组，次仁拉达都是工作组成员，同时也是我的翻译。我们在那曲县的罗马乡、双湖的查桑乡一待就是几个月。我们在属于可可西里地区的双湖的留影至今还挂在我的办公室里。次仁拉达经过几年的自学，已经是公认的高级翻译了，藏译汉、汉译藏、口译、笔译等都是一流的。我与牧民的交谈，他甚至把语气词都翻译出来了，我的一些简单藏话也多是从他那儿学来的。由于我们蹲点的地方海拔超过5000米，我患上严重的失眠症，有一次大概有五六天没能睡好。次仁拉达不知如何是好，最后只能到佛像前为我念经祈祷，保佑我能安然入睡。

随着西藏经济社会的发展，工作生活条件有了改善，我们再一次把次仁拉达送到西藏大学进修藏语文。这一次，他不但把藏语文作为工具来学习，而且广泛涉猎了西藏的历史、宗教、文学，并且逐渐地形成了自己的人生观。在这个阶段，他与从四川藏区来拉萨朝佛的一个女子结识，组成了自己的家庭。我本人也在1988年从地区调到自治区工作。在我离开那曲时，次仁拉达问："吴老师，你走了，谁来救我？"我回答："我从来也没有救过你，都是你自己努力的结果。实际上，你给我的帮助可能更大。"的确，次仁拉达是我认识西藏基层社会的一个向导。

此后，我在文化局的同事格桑次仁调任申扎县委书记（后来成为自治区领导）。格桑次仁也非常欣赏、关心次仁拉达，带着他回到自己的故乡，先做编译工作，并担任申扎县人民政府办公室的副主任。申扎县对外合作成立矿业公司，作为政府出资人的代表，次仁拉达担任副总经理。我们笑称他成了"金老板"。合作方换了五任总经理，而政府方的代表、副总经理一直是次仁拉达。因为他的聪明，很快又掌握了矿业知识和经营管理知识，把一个公司经营得红红火火。与此同时，他自己的家庭经济状况也有了很大改善，在拉萨自建了住房，安居乐业了。这期间，我已经调到北京工作，次仁拉达来京，到北京市委来看我，还是多年前那种装束，但从他的话语中可以感觉到，他已经成为自己命运的主人。

次仁拉达与女儿桑且拉卓

次仁拉达在矿业公司的第一任合作方总经理王世平，此后也成为他终生的朋友。王世平非常能干，后来从企业经营转向行政管理，担任了地区行署副专员。但他发现自己不适应也无意于官场，更愿意办实业，又辞官经商，成为西藏一名很有成就的民营企业家。我与王世平也因为次仁拉达成为好朋友。王世半义是一个非常善良和有责任感的朋友，世平对我说，次仁拉达的事你放心，如果他有万　，我和爱人会承担一切。

我的五一拉萨之行，有一种紧迫感。我不知道次仁拉达的病情会有怎样的结果，但我必须见到他。

"吴老师，你来得很及时啊，我可能还有一个月的时间。"次仁拉达的脸色非常不好，说话没有力气，但见到我却很高兴。我们相识时，他还算是个大孩子，因为生活的艰难和疾病的折磨，生命力明显衰弱了，虽然他心态很平和，但我见此不由得心里隐隐作痛。

在拉萨的三天，我们见了三次，我们像二十多年前一样，单独交谈，谈得很默契、很深入。我们谈宗教、谈民族、谈社会、谈人生、谈命运，我们也直言不讳地谈论死亡。

我有些奇怪次仁拉达后来怎么会成为一个虔诚的佛教信徒。他告诉我，作为一个藏族人，几乎是与生俱来地信奉藏传佛教，但更多的只是盲从。他自己则是听一位高僧讲述宗喀巴的《菩提道次第广论》之后，才真正信奉藏传佛教。我们毫无顾忌地谈论西藏的宗教和文化问题。比如，藏传佛教的轮回观念，同时具有积极和消极的两个方面，但总体上规劝人心向善。由于存在前世的观念，对此生的痛苦是有解释的，由于存在来世的观念，对此生是有约束的。次仁拉达说，我现在得这个病，可以认为是前世作了孽，解除痛苦的最好办法，是祈求他人不再得这个病，如果我因此而死，最好能把这个病带走，如果来世转生为人，也要为他人解除痛苦。次仁拉达所信奉的其实就是"人间佛教"。这使我想起一位宗教哲学家所说的："疾病也可以被用来使我们想起无数存在者所遭受的痛苦，并使我们的爱和同情复苏。"我不信教，但与次仁拉达在交谈中有不少共识，比如藏传佛教存在很多问题：政教合一的历史惯性，对政治的干预，对权力的欲望，教派争斗，社会变革了，宗教却没有变革等。我们都希望宗教回归到个人信仰的本质上来。

在谈话过程中，他的心情逐渐好起来了，他说："吴老师，你来得好啊，我可能还能够活一年。"我说："如果我的到来能让你从一个月延及一年，那我就年年来！"毕竟，他还只有四十多岁啊！

临别前夜，我与当年藏北的友人加措、向阳花、多吉才旦及家属等聚会，次

桑旦拉卓（左）与作者

仁拉达在王世平夫妇的陪同下给我送来一幅唐卡。他郑重地打开，是一幅四手观音像，四周还绘有四幅小佛像，他一一介绍，其中一幅是文殊菩萨，次仁拉达指着文殊对我说："那就是你嘛。"我惊讶甚至惊恐地说，你千万不能这么说，我只是一个前世行过善也作过孽、此生行过善也作过孽的俗人甚至愚人。

但我们约定，如果他走了，他最大的牵挂是他最疼爱的，正在上大学的女儿，我会将她当作自己的孩子一样关照。

几天前，次仁拉达打来电话，他从电视上看到四川地震灾害惨景，心里非常难受。他说，他要捐款给灾区人民，还要去大昭寺为遇难的同胞诵经超度……我没有想到，这是次仁拉达与我的最后一次联系。

5月26日，我接到王世平的电话，次仁拉达已于25日上午10时去世。喇嘛正在为他念诵超度经，30日送往直孔堤天葬台。

我用泪眼远望西南，那让我多少次悲伤的西藏。次仁拉达走完了此生的路程，苦难终结了。他此生是一个平凡、善良、智慧的人，如果真有来世，但愿他不再有那么多苦难……

补记：两个月后，我再次去拉萨，履行我与次仁拉达的生死之约——照看他的女儿桑旦拉卓。我与正度暑假的她共度了三天美好时光，我们结下深厚的父女之爱，我成为她的第二父亲。日前，收到女儿给我的电子邮件：

亲爱的爸爸：

　　刚收到您给我的一封信和几张照片，心里特别的开心。这次您来拉萨不知道给我带来了多少的快乐，您从内心深处关爱我、体贴我、呵护我。您的每个眼神里都流露出对我的疼爱，帮我从丧父之痛的阴影中走出来，让我重新感受到父爱的温暖。女儿此生有两位父亲，一位是出生在雪域高原上的藏族父亲，一位是出生在大都市中的汉族父亲，虽然是不同民族不同地域的两位父亲，但是你们都是伟大的、慈悲的、智慧的。你们之间的友谊就像大海一样深，你们之间有太多的经历、往事对吗？缘分让你们拥有了同样一个女儿桑旦拉卓，你们给了我多少的爱，也教会了我如何去爱别人。女儿发自内心地感激你们，女儿也特别地爱你们，想你们，女儿会时刻牢记你们给我的教诲，也决不会让你们失望。爸爸我爱你们！！！

为西藏人民走向未来而祈祷

——写在后面的话

感谢中国西藏网为我的《形色藏人》开设专栏，网络首发，每周一文，到现在接近一年时间，共发50篇，暂时告一段落。很多朋友希望我继续写下去，但写得有点累了，也不排除今后断续再写一些。拟将已经发表的这些文章结集交由西藏人民出版社和北京十月文艺出版社联合出版，敬请读者关注指教。

我经常告诫自己，千万不能轻言了解西藏。我从第一次进藏到现在四十多年了，在西藏工作实际生活也有二十几年，经历了从乡到县、到地区、到自治区的各个层级，也读了不少有关西藏历史文化的书籍，但我觉得自己对西藏还是不甚了解。在我看来，西藏的雪山草原是亿万年形成的，西藏的古建大寺是千百年形成的，要了解今天的西藏，当然要看那里今天的城市和乡村、路桥和电网，但最重要的是生活在当代西藏的人，是他们的身世和经历、故事和命运。

我不是新闻记者，本职工作不是做新闻报道的。我只是在自己第二次进藏后创建西藏牦牛博物馆，在筹建过程和田野调查中，包括此前在藏工作期间接触到的一些人和事，感激这些朋友所给予我的帮助。他们的年龄、职业、阶层不一，但都是我直接的朋友。我写的故事，都是他们真实的经历，我对其真实性负责。

但凡有文字阅读能力的，我都会尽可能请主人公本人过目。因而，在这里看到的西藏，不是过往的西藏，而是现实的西藏，不是虚构的西藏，而是真实的西藏。这里既没有神秘化，也没有妖魔化，既没有人为的拔高，也没有经意的贬低，我记录的是人和生活本身。虽然有的人物很奇特，有的故事很离奇，这使我更相信那句名谚：真实比虚构更离奇。

《形色藏人》中的50个人物中，有的事业既成，有的就过着平凡普通的日子，也有一些至今仍然艰辛地生活在社会最底层。我常常会想起他们，有时会在早晨的转经路上遇到他们，另外有3位在我写完之后已经过世。我的这些记录，会留给他们和他们的子孙。

很多时候，这些人的形象会与西藏人民所崇敬的强巴佛即庄严慈悲的未来佛的面庞一起，出现在我的心中，我愿为西藏人民走向更加美好的未来而祈祷……

感谢女儿桑旦拉卓逐篇的《读后感》。

感谢老支徐迅博士、胡晓江博士的评论。

图书在版编目 (CIP) 数据

形色藏人 / 吴雨初著 . — 拉萨：西藏人民出版社，
2018.5

ISBN 978-7-223-05806-3

Ⅰ.①形… Ⅱ.①吴… Ⅲ.①故事—作品集—中国—
当代 Ⅳ.① I247.81

中国版本图书馆 CIP 数据核字 (2018) 第 036793 号

形色藏人
XINGSE ZANGREN
吴雨初　著

出　　版　北京十月文艺出版社
　　　　　西 藏 人 民 出 版 社
地　　址　北京北三环中路 6 号
邮　　编　100120
网　　址　www.bph.com.cn
发　　行　新经典发行有限公司
　　　　　电话（010）68423599
经　　销　新华书店
印　　刷　固安县铭成印刷有限公司
版　　次　2018 年 5 月第 1 版
　　　　　2018 年 5 月第 1 次印刷
开　　本　870 毫米 ×1015 毫米 1/16
印　　张　26.75
字　　数　299 千字
书　　号　ISBN 978-7-223-05806-3
定　　价　69.80 元
质量监督电话　010-58572393
如有印装质量问题，由本社负责调换。